P9-DBV-375

NO
LLOƧ

NO LLORES

UNA NOVELA

MARY KUBICA

POR LA AUTORA DEL *BEST SELLER UNA BUENA CHICA*

HarperCollins *Español*

© 2018 por HarperCollins Español
Publicado por HarperCollins Español, Estados Unidos de América.

Título en inglés: *Don't Cry*
© 2017 por Mary Kubica
Publicado por HarperCollins Publishers, 195 Broadway, New York, NY 10007.

Todos los derechos reservados. Ninguna porción de este libro podrá ser reproducida, almacenada en ningún sistema de recuperación, o transmitida en cualquier forma o por cualquier medio —mecánicos, fotocopias, grabación u otro—, excepto por citas breves en revistas impresas, sin la autorización previa por escrito de la editorial.

Esta es una obra de ficción. Los nombres, personajes, lugares y sucesos que aparecen en ella son fruto de la imaginación del autor, o se usan de manera ficticia, y no pueden considerarse reales. Cualquier parecido con sucesos, lugares y organizaciones reales, o personas reales, vivas o muertas, es pura coincidencia.

Editora en Jefe: *Graciela Lelli*

ISBN: 978-1-40021-121-0

Impreso en Estados Unidos de América

18 19 20 21 22 LSC 9 8 7 6 5 4 3 2 1

Para Pete

DOMINGO

QUINN

Viéndolo con perspectiva, debería haberme dado cuenta de inmediato de que algo iba mal. El ruido ensordecedor en mitad de la noche, la ventana abierta, la cama vacía. Más tarde, achaqué mi indiferencia a una serie de cosas, desde el dolor de cabeza hasta el cansancio, pasando por la estupidez absoluta.

Pero aun así.

Debería haberme dado cuenta de inmediato de que algo iba mal.

Me despierta la alarma del despertador. La alarma del despertador de Esther, que pita dos puertas más allá.

—Apágalo —murmuro mientras me tapo la cabeza con la almohada. Me pongo boca abajo y me meto debajo de una segunda almohada para amortiguar el sonido, tapándome además la cabeza con las sábanas.

Pero no sirve de nada. Sigo oyéndolo.

—¡Maldita sea, Esther! —exclamo mientras doy una patada a las sábanas y me pongo en pie. Junto a mí, murmullos de queja, unos ojos cerrados que buscan recuperar la manta, un suspiro de fastidio. Siento el sabor del alcohol de anoche, que me revuelve las tripas, algo llamado Estruendo de Arándano, y un Bourbon Sour, y un Tokyo Iced Tea. La habitación da vueltas y de pronto recuerdo estar bailando en la pista con un tío llamado Aaron o Darren, o Landon o Brandon. El mismo tío que me pidió compartir un taxi de vuelta a casa, el que sigue tumbado en mi cama cuando le doy un codazo y le digo que tiene que marcharse, mientras le arranco la manta de entre las manos—. Mi compañera de piso está despierta —le digo mientras le golpeo en las costillas—. Tienes que irte.

—¿Tienes una compañera de piso? —me pregunta mientras se incorpora, todavía medio dormido. Se frota los ojos y es entonces cuando me doy cuenta, al verlo a la luz de una farola cercana cuya luz se cuela por la ventana: me dobla la edad. El pelo que parecía castaño con las luces atenuadas del bar, y con una importante cantidad de alcohol en sangre, ahora resulta ser gris. Y los hoyuelos no son hoyuelos, sino arrugas.

—Maldita sea, Esther —repito en voz baja, sabiendo que, de un momento a otro, la vieja señora Budny del piso de abajo comenzará a golpear el techo con su mopa en señal de protesta—. Tienes que irte —le digo de nuevo, y me hace caso.

Sigo el rastro del ruido hasta la habitación de Esther. El despertador suena incesantemente como si fuera el canto de una chicharra. Voy maldiciendo para mis adentros según me acerco, arrastrando una mano por la pared del pasillo a oscuras. Falta aún una hora para que salga el sol. Todavía no son las seis. El despertador de Esther le grita como hace todos los domingos por la mañana. Hora de prepararse para la iglesia. Esther, con su voz sedosa y sensual, lleva mucho tiempo cantando en el coro de la iglesia católica de Catalpa todos los domingos por la mañana. Yo la llamo Santa Esther.

Cuando entro en su dormitorio, lo primero que advierto es el frío. A través de la ventana se cuelan ráfagas de viento frío de noviembre. Sobre su mesa hay un fajo de papeles –sujetos bajo un pesado libro de texto de la universidad: *Introducción a la terapia ocupacional*– que se agitan con el viento y hacen un ruido estridente. El interior de la ventana está cubierto de escarcha y la condensación forma surcos en los paneles de cristal. La ventana está levantada hasta arriba. La mosquitera de fibra de vidrio está quitada y descansa en el suelo.

Me asomo a la ventana para ver si Esther está en la salida de incendios, pero el mundo en el exterior, en nuestra pequeña manzana residencial de Chicago, sigue oscuro y en silencio. Los coches forman una hilera aparcados en la calle, salpicados de hojas recién caídas de los árboles cercanos. La escarcha cubre los coches y la hierba amarillenta, que se marchita deprisa; pronto morirá. Veo las columnas de humo que emergen de las rejillas en los tejados cercanos y se pierden en el cielo matutino. Toda Farragut Avenue está dormida, salvo yo.

La salida de incendios está vacía; Esther no se encuentra ahí.

Me aparto de la ventana y veo las sábanas de Esther tiradas en el suelo, una colcha naranja y una manta aguamarina.

—¿Esther? —digo mientras atravieso el dormitorio, en el que apenas hay espacio para su cama de matrimonio. Tropiezo con un montón de ropa tirada en el suelo y se me enredan los pies en unos vaqueros—. Levanta ya —le digo mientras golpeo el despertador con la mano para apagarlo. En su lugar, lo que hago es encender la radio y una cacofonía de ruido inunda la habitación, gente que habla por encima del martilleo de la alarma—. Maldita sea —murmuro antes de perder la paciencia—. ¡Esther!

Cuando mis ojos se acostumbran a la oscuridad de la habitación, me doy cuenta de que Santa Esther no está en su cama.

Por fin consigo apagar la alarma, después enciendo la luz y entorno los ojos porque el brillo intenso aumenta mi dolor de cabeza, efecto secundario de una noche de excesos. Me doy la vuelta para ver si, por alguna razón, he pasado a Esther por alto; miro debajo de la montaña de mantas que hay en el suelo. Es ridículo, lo sé incluso mientras lo hago, pero lo hago de todos modos. Miro en su armario;

voy al cuarto de baño y observo desperdigada sobre el tocador la prolífica colección de cosméticos carísimos que compartimos.

Pero Esther no está por ningún lado.

Las decisiones inteligentes no son mi fuerte. Eso es cosa de Esther. Y quizá por eso no llamo a la policía de inmediato, porque Esther no está aquí para decirme que lo haga. Sin embargo, y con toda sinceridad, lo primero que pienso no es que a Esther le haya ocurrido algo. Tampoco es lo segundo, ni lo tercero, ni lo cuarto que pienso. Así que dejo que la resaca se apodere otra vez de mí, cierro la ventana y me vuelvo a la cama.

Cuando me despierto por segunda vez, son más de las diez. El sol brilla en el cielo y por Farragut Avenue la gente va y viene de comprar café y bollos para desayunar, o para tomar el *brunch*, o lo que sea que come y bebe la gente a las diez de la mañana. Llevan chaquetas acolchadas y abrigos de lana, con las manos en los bolsillos y sombreros en la cabeza. No hace falta ser un genio para saber que hace frío.

Yo, sin embargo, me quedo sentada en el sofá de color rosa del salón del pequeño apartamento, esperando a que Santa Esther llegue con un café y un bollo. Porque eso es lo que hace todos los domingos después de cantar en el coro de la iglesia. Me trae un café y un bollo y nos sentamos a la mesa de la cocina, comemos y charlamos de todo un poco; desde los niños que no han parado de llorar durante la misa hasta el director del coro, que ha perdido su partitura, pasando por cualquier cosa insulsa que yo haya hecho la noche anterior: beber demasiado, traerme a casa a un tío al que apenas conocía, un tío sin cara al que ella nunca ve, pero sí oye a través de las finísimas paredes de nuestro apartamento.

Anoche yo salí, pero Esther no vino conmigo. Su plan era quedarse en casa y descansar. Dijo que estaba incubando un resfriado, pero ahora que lo pienso no vi ningún síntoma de enfermedad; ni toses, ni estornudos, ni ojos llorosos. Estaba en el sofá, con el pijama puesto y tapada con una manta.

—Ven conmigo —le rogué. Habían abierto un bar nuevo en Balmoral al que nos moríamos por ir; uno de esos clubes chic con poca luz que solo sirven martinis—. Ven conmigo —le supliqué, pero ella dijo que no.

—Sería una aguafiestas, Quinn —respondió—. Vete sin mí. Te divertirás más.

—¿Quieres que me quede en casa contigo? —le pregunté, aunque fue una sugerencia vacía—. Pediremos comida a domicilio —dije. Pero yo no quería pedir comida a domicilio. Me había puesto un vestido nuevo y unos zapatos de tacón, me había arreglado el pelo y me había maquillado. Incluso me había depilado las piernas para la ocasión; no pensaba quedarme en casa. Pero al menos me ofrecí.

Esther dijo que no, que me fuera sin ella y que me lo pasara bien.

Y eso fue justo lo que hice. Me fui sin ella y me lo pasé bien. Pero no fui a ese bar de martinis. No, eso lo reservé para hacerlo con ella. En su lugar, acabé en un karaoke cutre, bebiendo demasiado y yéndome a casa con un desconocido.

Cuando regresé, Esther estaba en la cama con su puerta cerrada. O eso pensé en su momento.

Pero ahora, sentada en el sofá mientras repaso los extraños acontecimientos de esta mañana, no puedo evitar preguntarme qué habría hecho que Esther desapareciera por la escalera de incendios.

Pienso y pienso, pero mis pensamientos acaban siempre en el mismo sitio: una imagen de Romeo y Julieta, la famosa escena del balcón, en la que Julieta declara su amor por Romeo desde el balcón de su casa (que básicamente es lo único que recuerdo del instituto; eso y que un tubo de bolígrafo es la mejor arma para lanzar bolitas de papel).

¿Será esa la razón por la que Esther se ha escabullido por la ventana en mitad de la noche? ¿Un tío?

Claro, al final de la historia Romeo se envenena y Julieta se apuñala con una daga. Leí ese libro. Mejor aún, vi la película, la adaptación de los noventa con Claire Danes y Leonardo DiCaprio. Sé cómo termina, con Romeo bebiéndose su veneno y Julieta disparándose en la cabeza con la pistola de este. Yo solo espero que la historia de Esther acabe mejor que la de Romeo y Julieta.

De momento no hay nada que hacer, salvo esperar, así que me quedo sentada en el pequeño sofá rosa, contemplando la mesa vacía de la cocina, esperando a que llegue Esther y sin pensar si habrá pasado la noche en su cama o si, en su lugar, habrá salido por la ventana del tercer piso de nuestro bloque de apartamentos. Eso no importa. Sigo esperando con el pijama puesto –una camiseta de algodón de manga larga, unos pantalones cortos de franela y calcetines de lana– a que lleguen mi café y mi bollo. Pero esta mañana no aparecen y culpo a Esther de ello, del hecho de que hoy tendré que pasar sin desayuno y sin cafeína.

Para cuando llega el mediodía, hago lo que haría cualquier adulto que se respete: pido comida a Jimmy John's. Mi sándwich de pavo tarda sus buenos cuarenta y cinco minutos en llegar, y durante ese tiempo me convenzo a mí misma de que mi estómago ha empezado a digerirse solo. Hace catorce horas que no pruebo bocado y, con el exceso de alcohol, estoy bastante segura de que debe de estar hinchándoseme por el hambre.

No tengo energía. La muerte es inminente. Puede que me muera.

Y entonces suena el telefonillo y me pongo en pie de un salto. ¡La comida! Saludo al tipo de Jimmy John's en la puerta, le doy su propina, unos míseros dólares que encuentro en un sobre que Esther metió en un cajón de la cocina con la palabra *Alquiler* escrita en él.

Me como el sándwich encorvada sobre una mesita baja de hierro industrial y después hago lo que haría cualquier adulto que se respete cuando su compañera de piso desaparece. Husmeo. Entro en la habitación de Esther sin el más mínimo remordimiento, sin un ápice de culpa.

Su habitación es la más pequeña de las dos, bastante pequeña. Su cama de matrimonio invade la estancia, de pared con gotelé a pared con gotelé, lo que apenas deja espacio para caminar. Eso es lo que consigues por mil cien dólares al mes en Chicago: paredes con gotelé y una caja de zapatos.

Paso junto al pie de la cama y tropiezo con la montaña de colchas que sigue tirada en el suelo de madera. Me asomo de nuevo a la salida de incendios, una colección de escaleras y plataformas con enrejado de acero que se adhiere a la ventana de Esther. Bromeamos al respecto cuando me mudé; dijimos que ella se quedaba la habitación más pequeña, pero a cambio, y gracias a la salida de incendios pegada a su ventana, sería la que sobreviviría si algún día el edificio empezase a arder. A mí me pareció bien. Y me lo sigue pareciendo, no solo porque tengo una cama, un escritorio y una cómoda en mi habitación, sino además un puf. Y el edificio no se ha incendiado jamás.

De nuevo me pregunto qué habrá llevado a Esther a salir por la escalera de incendios en mitad de la noche. ¿Qué tiene de malo la puerta principal? No es que esté preocupada, porque en realidad no lo estoy. Esther ya ha salido antes por esa ventana. Solíamos pasar el tiempo ahí fuera, mirando la luna y las estrellas, tomando copas, como si fuera un balcón, con los pies colgando sobre un repugnante callejón de Chicago. Era algo nuestro, algo que compartíamos, recostadas sobre las incómodas rejas de acero de aquella escalera negra y mugrienta, contándonos secretos y sueños, mientras se nos clavaba el metal en la piel hasta que se nos dormía el culo.

Pero, incluso aunque estuviera ahí anoche, Esther no está en la escalera de incendios ahora.

¿Dónde podría estar?

Miro en su armario. Sus botas favoritas han desaparecido, como si se las hubiera puesto, hubiera abierto la ventana y hubiera salido con algún propósito.

Sí. Me digo a mí misma que eso fue justo lo que hizo, lo cual reafirma mi conjetura de que Esther está bien. «Está bien», me repito.

Pero aun así, ¿por qué?

Contemplo la calle tranquila a través de la ventana. El ajetreo del café de la mañana ha dado paso al bajón de la cafeína; no hay ni un alma por la calle. Me imagino a media ciudad de Chicago sentada frente al televisor viendo otra derrota más del equipo de los Osos.

Entonces me aparto de la ventana y comienzo a inspeccionar el dormitorio de Esther. Lo que encuentro es un pez sin alimentar, un montón de ropa sucia que rebosa la cesta de plástico que hay en el armario, vaqueros ajustados, *leggings*, sujetadores y bragas de abuela, una pila de camisolas blancas, dobladas junto a la cesta con sumo cuidado. Un bote de ibuprofeno, una botella de agua, libros de texto apilados junto a su escritorio de IKEA, además del que reposa encima de la mesa, sujetando los papeles que hay debajo. Pongo la mano en el tirador del cajón del escritorio, pero no miro lo que hay dentro. Eso sería desconsiderado, más aún que rebuscar entre las cosas que ha dejado sobre el escritorio: su portátil, su iPod, sus auriculares y más.

Pegada a la pared encuentro una fotografía en la que aparecemos Esther y yo, fue tomada el año pasado. Era Navidad y estábamos ante un abeto artificial haciéndonos un *selfie*. Sonrío al recordarlo; hicimos toda una excursión a través de la nieve para recoger aquel árbol. En la foto estamos pegadas, las ramas del abeto nos dan en la cabeza y el espumillón se nos engancha en la ropa. Estamos riéndonos, yo con una mueca complaciente y Esther con esa sonrisa afable suya. El árbol es de Esther, lo guarda en un almacén que hay al final de la calle, un cubículo de tres por dos donde, por sesenta pavos al mes, guarda guitarras viejas, un laúd y cualquier otra cosa que no le quepa en su diminuto dormitorio. Su bici y, por supuesto, el árbol.

Fuimos juntas hasta ese almacén el pasado diciembre con la intención de recoger ese árbol de Navidad. Recorrimos las aceras cubiertas de nieve recién caída, donde se nos hundían los pies como si pisáramos arenas movedizas. Seguía nevando, esos copos de nieve gordos que caen del cielo sin fuerza como si fueran bolas de algodón. Los coches aparcados en la calle estaban enterrados bajo la nieve; habría que retirar la nieve con una pala para sacarlos o esperar al deshielo. Media ciudad estaba atrapada por la ventisca, de modo que la calle estaba extrañamente tranquila y Esther y yo caminábamos cantando villancicos a voz en grito, porque no había nadie que pudiera oírnos. Solo las máquinas quitanieves se aventuraban a salir a la calle aquel día, e incluso ellas patinaban haciendo zigzag por la calzada. Ni Esther ni yo trabajamos aquel día.

Así que nos fuimos al almacén a por ese pequeño árbol de plástico, para llevárnoslo a casa, y nos detuvimos en el pasillo de hormigón de las instalaciones para hacer un bailecito ante la cámara de seguridad antes de que nos entrara la risa. Imaginamos al empleado, un hombre introvertido y siniestro, sentado a su mesa, mirando la pantalla mientras nosotras ejecutábamos una giga irlandesa. Nos reímos sin parar y luego, cuando al fin dejamos de reírnos, Esther utilizó su llave para entrar y empezar a buscar el cubículo 203. Yo comenté algo sobre la ironía de ese número, ya que mis padres vivían en el 203 de David Drive. «El destino», afirmó Esther, pero yo dije que en realidad era más bien una coincidencia absurda.

Dado que el árbol estaba desmontado y metido en una caja, fue difícil de encontrar. Había muchas cajas en aquel almacén. Muchas cajas. Y al parecer yo me topé con la caja equivocada, porque, cuando abrí la tapa y encontré un montón de fotografías de una familia feliz sentada junto a una casita, saqué una y le pregunté a Esther «¿Quiénes son estos?», a lo que ella respondió con un «Nadie» antes de arrebatarme la fotografía. No tuve mucha ocasión de ver la imagen, pero aun así no me parecía que fuese nadie, aunque no insistí. A Esther no le gustaba hablar de su familia. Eso lo sabía. Mientras que yo me quejaba de la mía sin parar, ella se guardaba sus sentimientos.

Metió la fotografía en la caja y cerró la tapa.

Encontramos el árbol y cargamos con él hasta casa, pero no sin antes detenernos en nuestra cafetería favorita, que estaba casi vacía, donde disfrutamos de un café y unas tortitas en pleno día. Vimos la nieve caer. Nos reímos de la gente que intentaba recorrer las aceras o desenterrar sus coches. Los afortunados que lograban salir, se reservaban su hueco de aparcamiento. Lo llenaban con objetos de todo tipo –un cubo, una silla– para que nadie aparcara allí. Los huecos de aparcamiento por aquí son como el oro, sobre todo en invierno. Aquel día, Esther y yo observamos todo aquello junto al ventanal de la cafetería; vimos a los vecinos que sacaban sillas de sus casas para dejarlas en los huecos de aparcamiento, que poco después volverían a cubrirse de nieve, y dimos gracias a Dios por el transporte público.

Después nos llevamos el árbol a casa y allí pasamos la noche llenándolo de luces y adornos. Cuando terminamos, Esther se sentó en el sofá color rosa con las piernas cruzadas y tocó la guitarra mientras yo tarareaba *Noche de paz* y *Jingle bells*. Eso fue el año pasado, el año que me compró unos calcetines de lana con suela para tener los pies calentitos porque en nuestro apartamento yo pasaba frío las veinticuatro horas del día, siete días por semana. Nunca entraba en calor. Fue un regalo muy considerado que demostraba que me escuchaba cuando me quejaba una y otra vez de que tenía los pies fríos. Me miro los pies ahora y ahí están: los calcetines de lana con suela.

Pero ¿dónde está Esther?

Sigo con mi inspección, sin saber bien qué busco, pero encuentro varios bolígrafos y portaminas sueltos. Un peluche de su infancia, deshilachado y raído, se esconde en la balda de un triste armario cuyas puertas ya no corren sobre el raíl. El suelo del armario está lleno de cajas de zapatos. Miro dentro y veo que todos los pares son cómodos y aburridos: mocasines, deportivas, zapatos planos.

Nada con tacones.

Ningún color más allá del blanco, el negro y el marrón.

Y una nota.

Una nota sobre el escritorio de IKEA, encima de la pila de papeles que descansan bajo el libro de terapia ocupacional, entre la factura del teléfono móvil y un trabajo para clase.

Una nota sin enviar y doblada en tres partes, como si estuviera a punto de meterla en un sobre y echarla al correo, pero entonces algo la distraería.

Le pongo el tapón a la botella de agua y recojo los bolígrafos. ¿Cómo no me había dado cuenta antes de lo guarra que es Esther? Lo pienso un momento: ¿qué otras cosas desconoceré sobre mi compañera de piso?

Y entonces leo la nota porque, claro está, ¿cómo no iba a leerla? Es una nota que parece producto de un acosador. Está escrita a máquina, algo típico de la neurótica Santa Esther, y acaba diciendo: *Con todo mi amor, EV.* Esther Vaughan.

Y es entonces cuando me doy cuenta: quizá Santa Esther no sea tan santa después de todo.

ALEX

Quiero dejar una cosa clara: yo no creo en los fantasmas.

Hay explicaciones lógicas para todo; algo tan simple como una bombilla suelta, un interruptor defectuoso, un problema con los cables.

Estoy de pie en la cocina, terminándome un refresco, con un zapato puesto y el otro quitado, poniéndome la segunda deportiva negra, cuando veo un destello de luz procedente del otro lado de la calle. Encendido. Apagado. Encendido. Apagado. Como una contracción muscular involuntaria. Un calambre. Un tirón, un tic.

Encendido. Apagado.

Y después desaparece y yo ni siquiera estoy ya seguro de que haya pasado de verdad o de si ha sido mi imaginación, que me ha jugado una mala pasada.

Mi padre está en el sofá cuando me voy, con los brazos y las piernas extendidos en todas direcciones. Hay una botella abierta de *whisky* canadiense Gibson's Finest sobre la mesita baja; el tapón estará perdido entre los cojines del sofá, o apretado entre los dedos de una mano sudada. Está roncando y su pecho retumba como si fuera una serpiente de cascabel. Tiene la boca abierta, la cabeza colgando por encima del brazo del sofá, de modo que, cuando se despierte, con resaca, sin duda, tendrá además una contractura en el cuello. La peste de su aliento matutino inunda la habitación, emerge de su boca abierta como los gases de un coche; nitrógeno, monóxido de carbono y óxido de azufre que enturbian el aire y lo ennegrecen. Bueno, no exactamente, pero yo me lo imagino así, negro, y me llevo una mano a la nariz para no tener que olerlo.

Mi padre todavía lleva puestos los zapatos, unas botas de cuero marrón; la izquierda está desatada y los cordones cuelgan por el lateral del sofá. Lleva el abrigo también; una prenda de nailon con cremallera del color de los abetos. La peste a colonia anticuada me da los detalles de su noche, otra noche patética que habría ido mucho mejor si se le hubiera ocurrido quitarse el anillo. Tiene más pelo que la mayoría de hombres a su edad, lo lleva corto, pero a la vez es abundante, de un color rojizo que hace juego con su piel rubicunda. Otros hombres a su edad están quedándose calvos, o no tienen nada de pelo. Y además engordan. Pero mi padre no. Él es un hombre guapo.

Pero aun así, incluso mientras duerme, advierto la derrota. Es un derrotista: una calamidad mucho peor para los hombres de cuarenta y cinco años que los michelines o la calvicie.

Y además es un borracho.

La televisión está encendida desde la noche anterior y en ella se ven ahora los dibujos animados de primera hora de la mañana. La apago y salgo por la puerta mientras contemplo la casa destartalada de enfrente, donde he visto el destello de luz hace unos minutos. Es un pequeño hogar tradicional, de color amarillo, con un bloque de hormigón en lugar de un porche, revestimientos de aluminio y el tejado destrozado.

Nadie vive en esa casa. Nadie quiere vivir allí, igual que nadie quiere que le hagan una endodoncia o que le extirpen el apéndice. Hace muchos inviernos se congeló una tubería de agua, explotó, o eso oímos nosotros, y llenó de agua el interior de la vivienda. Algunas ventanas están tapiadas con tablones de contrachapado, que han pintarrajeado algunos gamberros. El jardín está cubierto de malas hierbas. Hay un canalón colgando medio suelto de la estructura, la bajante yace en el suelo. Pronto quedará cubierta por la nieve.

No es la única casa de la calle que ha sido abandonada, pero sí la única de la que habla todo el mundo. La economía y el mercado inmobiliario son los culpables de las demás casas vacías y en mal estado, la plaga que erosionó el valor de nuestros hogares y convirtió un vecindario idílico en algo feo.

Pero esta casa no. Esta tiene su propia historia.

Me meto las manos en los bolsillos de la chaqueta y sigo andando.

El lago está embravecido esta mañana. Las olas golpean la orilla de la playa y empapan la arena con agua. Agua fría. No creo que pase de los dos grados. Lo suficiente para no congelarse, al menos de momento; no como el invierno pasado, cuando el faro quedó cubierto de hielo, aferrado al muelle de madera. Pero eso fue el invierno pasado. Ahora estamos en otoño. Todavía queda mucho tiempo hasta que se congele el lago.

Me aparto un par de metros del lago para que no se me mojen los zapatos. Pero aun así se me mojan. El agua salpica hacia los lados, con olas de casi metro y medio de alto. Si fuera verano, temporada turística, la playa estaría cerrada debido al fuerte oleaje y a las corrientes.

Pero no es verano. De momento no hay turistas.

El pueblo está tranquilo y algunas de las tiendas no abrirán hasta primavera. El cielo está oscuro. En esta época amanece tarde y anochece pronto. Miro hacia arriba. No hay estrellas; no hay luna. Están escondidas tras una masa de nubes grises.

Las gaviotas graznan con fuerza. Dan vueltas en círculos sobre mi cabeza, pero solo se ven gracias a la luz giratoria de la linterna del faro. Sopla el viento, embravece el lago y no deja volar tranquilas a las gaviotas. Al menos no lo hacen en línea recta. Se dejan llevar de un lado a otro. Agitan las alas con tenacidad y se mantienen suspendidas en el aire, sin ir a ninguna parte, como yo.

Me pongo la capucha para que no se me meta la arena en los ojos y el pelo.

Mientras atravieso el parque, alejándome del lago, paso frente al antiguo tiovivo. Me quedo mirando los ojos sin vida de un caballo, una jirafa y una cebra. Un carro tirado por serpientes marinas en el que hace seis años me di mi primer beso. Con Leigh Forney, que ahora ha empezado su primer curso en la Universidad de Míchigan, estudiando biofísica o no sé qué molecular, o eso he oído. Leigh no es la única que se ha ido. Nick Bauer y Adam Gott también. Nick se ha ido a estudiar al Caltech y Adam a la estatal de Wayne, donde juega de base en el equipo de baloncesto. Y luego está Percival Allard, también conocido como Percy, que se ha ido a estudiar a una facultad de la Ivy League que está en New Hampshire.

Todos se han ido. Todos salvo yo.

—Llegas tarde —me dice Priddy cuando el sonido de la campana que hay sobre la puerta anuncia mi llegada tardía. Está de pie junto a la caja registradora, contando billetes de dólar sobre el mostrador. Doce, trece, catorce... No me mira cuando entro. Lleva el pelo suelto y sus rizos plateados le rozan los hombros de la blusa. Es a la única del local a quien se le permite llevar el pelo suelto. Las camareras, que van de un lado a otro con sus uniformes blancos y negros, rellenando saleros y pimenteros, llevan todas el pelo recogido con coletas o trenzas. Pero no la señora Priddy.

Una vez traté de llamarla Bronwyn. Al fin y al cabo es su nombre. Lo dice justo ahí, en su insignia. *Bronwyn Priddy*. Pero no me fue muy bien.

—Culpa del tráfico —respondo, y ella se ríe. En el dedo anular lleva una alianza de boda que le regaló su difunto marido, el señor Priddy. Se especula que fueron los incesantes incordios de ella los que le mataron. Sea cierto o no, yo lo doy por hecho. Tiene un lunar en la cara, justo en los pliegues amarillentos de piel entre la boca y la nariz, un lunar abultado, marrón oscuro, redondo y con un único pelo gris. Ese lunar es el que nos hace estar seguros de que Priddy es una bruja. Eso y su malicia. Corre el rumor de que guarda su escoba en un armario cerrado con llave que hay en la cocina de la cafetería. Su escoba y su caldero, y cualquier otro elemento de brujería que pueda necesitar: un murciélago, un gato, un cuervo. Está todo ahí, guardado tras una puerta metálica, aunque nosotros estamos seguros de que los oímos de vez en cuando: el maullido de un gato, el graznido de un cuervo, el aleteo de un murciélago.

—¿A esta hora del día? —pregunta Priddy en respuesta a mi comentario sobre el tráfico. Pero veo su cara y sé que tiene que haber ahí una sonrisa, debajo de esa pelusilla de melocotón que debería depilarse. Lo compensa de alguna forma pintándose las cejas de un marrón oscuro, para desviar la atención de su bigote. Priddy deja de contar un momento, levanta la mirada de los billetes y yo me quedo ahí, en la puerta, quitándome la chaqueta, mientras me dice—: Esos platos no se van a lavar solos, ¿sabes, Alex? A trabajar.

Creo que en el fondo le gusto.

La mañana llega y se va como sucede siempre. Cada día es lo mismo que el anterior. Los mismos clientes, las mismas conversaciones; la única diferencia es el cambio de ropa. Sobra decir que el señor Parker, que pasea a sus dos perros al amanecer –un border collie y un perro de montaña bernés–, será el primero en llegar. Que atará a los perros a una farola, entrará en el local y las suelas de sus zapatos dejarán trozos de hojas y manchas de barro en el suelo, que después a mí me tocará limpiar. Pedirá café solo para llevar, y luego dejará que Priddy le convenza para comprar también algún bollo, que asegura erróneamente que es casero, a lo que él se negará dos veces antes de aceptar, olisqueando en el aire el aroma a levadura y mantequilla que ni siquiera está presente.

Sobra decir que por lo menos una camarera tirará una bandeja llena de comida. Que casi todas ellas se quejarán sobre la escasez de las propinas. Que el fin de semana los clientes de la mañana se quedarán ahí perdiendo el tiempo, bebiendo una taza de café tras otra y dándole a la sinhueso hasta que el desayuno deje paso a la comida y por fin se marchen. Pero, durante la semana, los únicos clientes que se quedan más allá de las nueve de la mañana son jubilados o conductores de autobuses escolares, que estacionan en doble fila en el aparcamiento de atrás y se pasan la mañana quejándose de la mala educación de quienes están a su cargo, a saber, todos los chicos con edades comprendidas entre los cinco y los dieciocho años.

No hay desconocidos en esta época del año. Todos los días es lo mismo, al contrario que en los meses de verano, cuando aparecen turistas desconocidos. Entonces puede pasar de todo. Nos quedamos sin beicon. Algún idiota quiere saber qué llevan realmente los *croissants* de chocolate, así que Priddy nos envía a alguno a sacar la caja de la basura para verlo. Los veraneantes sacan fotos al nombre de la cafetería, impreso en el ventanal de la entrada; se sacan fotos con las camareras como si esto fuese una especie de atracción turística, un destino solicitado, y repiten una y otra vez que algunas guías de viaje sobre Míchigan aseguran que nosotros servimos el mejor café del pueblo. Nos preguntan si pueden comprar las tazas en las que aparece nuestro nombre en letra antigua, y Priddy sube el precio de manera considerable; ella las compra al por mayor por un dólar cincuenta cada una, pero a los turistas se las vende por 9.99 dólares. Una estafa.

Pero esas cosas no ocurren fuera de temporada, porque cada día es igual al anterior, como hoy. Y mañana. Y ayer. Al menos así es como parece que será cuando llega el señor Parker con sus dos perros y pide café solo para llevar, y Priddy le pregunta si quiere un *croissant*, cosa que él rechaza dos veces antes de aceptar.

Pero, al finalizar la mañana, sucede algo, algo fuera de lo normal que hace que este día sea distinto a todos los anteriores.

Cariño:

Es uno de los últimos recuerdos que tengo de ti, tus brazos enredados en su cuello, la delicada curva de sus pechos pegada a tu piel a través del tejido de algodón de una blusa blanca. Ella era preciosa y, sin embargo, yo no podía parar de mirarte a ti; el brillo de tu piel, la luz de tu mirada, la curva de tus labios mientras ella los acariciaba con la yema del dedo índice antes de darte un beso.

Te vi a través de la ventana. Me quedé ahí, en mitad de la calle, sin esconderme en las sombras ni detrás de los árboles. Justo en mitad de la calle, ajena al tráfico. Me sorprende que ella no me viera, que no oyera el claxon del coche que me sugería que me apartara. Me lo recomendaba. Pero yo no me moví. Me daba igual. Estaba demasiado ocupada viendo como os abrazabais. Demasiado intrigada y demasiado furiosa.

Quizá tú sí. Quizá tú sí que me viste, pero fingiste no ver ni oír nada.

Era de noche, acababa de oscurecer, y yo pegué la cara al cristal para ver el interior. Las cortinas estaban abiertas y la casa tenía todas las luces encendidas, como si quisieras que yo pudiera verlo. Como si estuvieras regodeándote, restregándome tu victoria. O quizá fue cosa de ella: dejar las luces encendidas para que yo pudiera verlo. Al fin y al cabo era su victoria. Como un foco que ilumina a los bailarines sobre el escenario, tus risas, sus sonrisas, sin que nadie advirtiera mi ausencia porque ya había sido reemplazada, como si nunca hubiera estado ahí.

Pero tú no estabas en un escenario, sino en el salón de una casa que yo debería haber compartido contigo.

Necesito saberlo: ¿me viste? ¿Estabas intentando enfadarme?

Con todo mi amor,

EV

ALEX

Tiene el pelo castaño oscuro. Más o menos. De un castaño oscuro que va aclarándose progresivamente de manera que, cuando llegas al final, casi se ha vuelto rubio. Posee una ondulación sutil, casi imperceptible, así que en realidad no sabes si tiene el pelo ondulado o si simplemente va despeinada por el viento; le llega por debajo de los hombros. Un pelo castaño que acompaña a unos ojos marrones que, al igual que la melena, parecen cambiar de color cuanto más los miro. Llega sola y sujeta la puerta a dos viejos carcamales que parecen pisarle los talones de las botas de invierno, por las que sin duda habrá pagado demasiado. Se echa a un lado y espera a que se hayan sentado, aunque es evidente que ella ha llegado primero. Se queda ahí, en la entrada, con cierto aire de seguridad en sí misma y, a la vez, totalmente insegura. Parece tener aplomo: postura erguida, tranquila, mientras espera su turno.

Pero sus ojos no tienen un objetivo fijo.

No la había visto antes por aquí, pero llevo años imaginándome que vendría.

Cuando le toca su turno, se sienta a una mesa que hay junto al ventanal, para poder ver a los clientes predecibles que van y vienen sin parar, aunque sobra decir que a ella no le resultan predecibles en absoluto. Veo como se quita el abrigo de cuadros negros y blancos. En la cabeza lleva una boina de lana negra. Se la quita también y la deja sobre un banco marrón junto a su bolso de lona. Despúes se quita la bufanda de punto y la deja también en el banco. Es menuda, aunque no como esas modelos superdelgadas que se ven en las revistas de moda de la cola del supermercado. No, no es así. No es delgada como un alfiler, más bien tiene una constitución menuda. Es más tirando a baja que a alta, más escuálida que rellenita. Pero aun así, tampoco es que sea baja ni escuálida. Digamos que normal, del montón, aunque en realidad tampoco es ninguna de esas dos cosas.

Bajo el abrigo, la boina y la bufanda se esconden unos vaqueros que acompañan a las botas. Y una sudadera azul con capucha y bolsillos.

Fuera ya ha amanecido. Es otro día sin sol. Hay hojas en la acera, hojas secas y quebradizas; las que quedan en los árboles habrán caído a última hora de la tarde, a juzgar por el viento del oeste. Sopla por las esquinas de los edificios de ladrillo rojo, se cuela por debajo de los toldos y allí espera la oportunidad perfecta para arrebatarle el sombrero a alguien o robarle el periódico.

No hay amenaza de lluvia, al menos de momento, pero el frío y el viento mantendrán a mucha gente dentro de casa, anticipando la promesa del invierno.

La chica pide café. Se sienta junto al ventanal y bebe de su taza, contemplando la vista: los edificios de ladrillo, los toldos de colores, las hojas caídas. Desde aquí no se ve el lago Míchigan, pero a la gente le gusta igualmente sentarse junto al ventanal e imaginar. Está ahí, en alguna parte, la orilla oriental del lago Míchigan. Nos llaman la región portuaria; una sucesión de pueblecitos costeros a unos ciento veinte kilómetros de Chicago, ciento veinte kilómetros que de alguna manera equivalen a tres estados y otro mundo. De ahí procede casi toda nuestra clientela. De Chicago. A veces de Detroit o de Cleveland o de Indianápolis. Pero sobre todo de Chicago. Un destino de fin de semana, porque tampoco hay mucho que hacer por aquí que te mantenga ocupado durante más de dos días.

Pero eso es principalmente en verano, cuando viene gente de verdad. Ahora no viene nadie. Nadie salvo ella.

Nuestra cafetería está alejada de los lugares más concurridos, en un extremo del pueblo, donde las tiendas y los restaurantes dan paso a las viviendas. Es una mezcla variada, en serio; una tienda de regalos al norte, un hotelito con encanto al sur. Al otro lado de la calle adoquinada se encuentra una consulta de psicología, seguida de una sucesión de hogares unifamiliares. Bloques de apartamentos. Una gasolinera. Otra tienda de regalos, cerrada hasta primavera.

Pasa por delante una camarera que chasquea los dedos ante mis ojos.

—Mesa dos —me dice una camarera a la que yo llamo Roja. Para mí no son más que apodos: Roja, Trenzas, Aparato—. Hay que limpiar la mesa dos.

Pero yo no me muevo. Sigo mirando. Le doy un apodo a ella también, porque me parece lo correcto. La mujer que mira por la ventana está haciendo castillos en el aire. Soñando despierta. Es increíble, en serio, que ocurra algo distinto por aquí cuando nunca pasa nada. Si Nick o Adam siguiesen por aquí y no se hubieran ido a la universidad, los llamaría y les hablaría de la chica que ha aparecido hoy. De sus ojos, de su pelo. Y ellos querrían conocer los detalles: preguntarían si realmente era diferente a los montones de chicas que vemos todos los días, las mismas chicas a las que conocemos desde primer curso. Y yo les diría que sí.

Mi abuelo solía llamar a mi abuela –que también era morena, aunque yo solo la vi con el pelo gris– Cappuccetta. Se supone que el apodo Cappuccetta procedía de los monjes capuchinos, o eso aseguraba mi abuelo italiano, algo de que las capuchas que llevaban se parecían al café, al *cappuccino*. Al menos eso era lo que decía mi abuelo cuando miraba a mi abuela a los ojos y la llamaba Cappuccetta.

A mí me gusta cómo suena. Y creo que a esta chica le pega; su pelo marrón, la ambigüedad que le rodea como la capucha de un monje. Pero yo no bebo café, así que desvío la mirada hacia su

31

estrecha muñeca, donde lleva una pulsera de perlas que parece demasiado pequeña incluso para su manita. La lleva apretada, con una goma elástica que asoma entre las cuentas. Me imagino que deja una marca roja sobre su piel. Las perlas están desgastadas y han perdido el brillo. Observo que tira con frecuencia de la goma, la levanta de su piel y después la suelta para que caiga de nuevo. Ese movimiento resulta casi hipnótico. La observo durante un minuto, incapaz de apartar la mirada de la pulsera o de sus manos delicadas.

Y eso es lo que me da la idea. Decido que no será Cappuccetta. En su lugar la llamaré Perla.

Perla.

En ese momento aparece un grupo de feligreses, los mismos que llegan cada semana en torno a esta hora. Ocupan su mesa habitual, una tabla rectangular en la que caben los diez. Les sirven sus jarras de café, una de ellas con descafeinado, aunque nadie las ha pedido. Es algo que se da por hecho. Porque esto es lo que hacen todos los domingos por la mañana: reunirse en torno a la misma mesa y hablar con pasión sobre cosas como sermones, pastores y escrituras.

La camarera Trenzas hace tres pausas consecutivas para fumar, de modo que cuando regresa huele como una fábrica de cigarrillos, con sus dientes amarillentos mientras se guarda en el bolsillo del delantal otra propina inadecuada y se queja. Un dólar cincuenta, todo en monedas de veinticinco centavos.

Se excusa y se dirige hacia el cuarto de baño.

La cafetería adquiere una atmósfera de normalidad, aunque con Perla en el local –la chica del pelo degradado que contempla por el ventanal las viviendas de colores y los edificios de ladrillo rojo– no hay nada normal. Come del plato de comida que le han servido: huevos revueltos con una magdalena untada de mantequilla y mermelada de fresa. Una segunda taza de café con dos tarritos de leche y un sobrecito de edulcorante, de los de color rosa, que bebe sin molestarse en remover con la cucharilla. Yo me quedo mirándola, incapaz de apartar la mirada de sus manos, y ella levanta la taza y se la lleva a los labios para beber.

En ese momento, la voz metálica de Priddy me llama por mi nombre e interrumpe mis pensamientos.

—Alex —me dice y, cuando me doy la vuelta, veo su dedo largo y doblado, haciéndome un gesto para que me acerque. Frente a ella, sobre el mostrador, hay una caja de cartón y un vaso de plástico con un refresco. Dentro de la caja hay un sándwich de beicon, lechuga y tomate con patatas fritas y un pepinillo de guarnición. Lo mismo de siempre. No entregamos a domicilio, pero para Ingrid Daube lo hacemos. Y hoy me toca ir a mí. Normalmente me gusta ir a casa de Ingrid, me saca de la aburrida rutina de la cafetería, pero hoy no es uno de esos días. Hoy preferiría quedarme.

—¿Yo? —pregunto estúpidamente mirando la caja.

—Sí, tú, Alex. Tú —responde Priddy.

Yo suspiro.

—Llévale esto a Ingrid —me dice, sin un «por favor» ni un «gracias», solo un simple—: Vete. —Me quedo un instante mirando a la chica del pelo degradado, Perla, cuando Roja pasa por delante y le rellena la taza de café por tercera vez.

Perla lleva aquí una hora, quizá dos, y, aunque hace rato que terminó de comer, no se va. Le han retirado ya los platos. Hace ya treinta minutos que Roja le dejó la cuenta en la mesa junto a la taza de café. La camarera le ha preguntado ya tres veces si quiere algo más, pero ella niega con la cabeza y dice que no. Roja está poniéndose nerviosa, ansiosa por recibir otra escasa propina de la que poder quejarse en cuanto Perla decida marcharse. Y aun así no se marcha. Se queda junto al ventanal, contemplando la vista, bebiendo café sin planes aparentes de marcharse.

Yo me digo a mí mismo que me daré prisa. Que volveré antes de que se vaya.

¿Por qué? No sé por qué. Por alguna razón quiero estar aquí cuando se vaya, ver cómo se pone de nuevo la boina y esconde su melena. Verla ponerse la bufanda al cuello y envolverse en el abrigo de cuadros. Verla levantarse de la silla y salir.

Me digo a mí mismo que me daré prisa; volveré antes de que se marche. Lo repito. Si lo calculo bien, quizá se marche justo cuando yo vuelva de entregarle su pedido a Ingrid. Quizá.

Le sujetaré la puerta. Le diré «Que tengas un buen día».

Le preguntaré cómo se llama. «¿Eres nueva por aquí?», le diré. Quizá. Si lo calculo bien.

Y si no me comporto como un gallina, cosa que probablemente pasará.

No me molesto en ponerme el abrigo para cruzar al otro lado de la calle. Agarro la caja y la bebida y salgo de espaldas por la puerta de cristal, utilizando el culo para abrirme la puerta. El viento está a punto de tirarme la caja de las manos cuando salgo y creo que es en momentos como estos en los que desearía tener pelo. Más pelo. Mucho más, en vez de llevar la cabeza rapada, lo que hace que se me congelen las orejas y el cuero cabelludo. También podría ponerme un gorro, además del abrigo. En su lugar, llevo el uniforme de la cafetería: unos pantalones baratos de pinzas, una camisa blanca y una pajarita negra. Es hortera, la clase de cosa que preferiría no tener que llevar en público. Pero Priddy no me da a elegir. Las mangas de la camisa ondean con el viento, que se cuela por debajo del poliéster y hace que se hinche como un paracaídas o un globo de cumpleaños. Fuera hace frío, la temperatura del aire no superará los cuatro grados. La sensación térmica es otra historia. La sensación térmica, también conocida como «esa cosa de la que hablará todo el mundo durante los próximos cuatro meses». Estamos todavía en noviembre y los meteorólogos ya adelantan un invierno frío, uno de los más fríos que se recuerdan, según dicen, con temperaturas bajo cero, sensación térmica de récord y nieve en abundancia.

Es el invierno de Míchigan, por el amor de Dios. ¿Qué tiene de especial?

Ingrid Daube vive en una casa baja al otro lado de la calle, una casa baja que data de los años cuarenta o cincuenta. Es de color azul claro, con persianas azul oscuro y un tejado a dos aguas que tiene casi lo mismo de alto que de ancho. Es una buena casa, una casa con encanto. Pintoresca e idílica, salvo por el ajetreo y el bullicio de la calle principal, que en esta época del año son inexistentes. Todo está en silencio. Desde la ventana de la buhardilla de su casa puede ver la cafetería, y yo la veo a ella, de pie en la ventana como una aparición, mirándome mientras espero a que pase un coche y luego cruzo corriendo la calle. Me saluda a través del cristal. Le devuelvo el saludo y entonces desaparece.

Comienzo a subir los peldaños del porche blanco y ancho de Ingrid, y es entonces cuando oigo el chirrido agudo de una bisagra, seguido del impacto de la puerta de malla metálica de la vivienda de al lado, una casita azul convertida en consulta para el doctor Giles, el loquero del pueblo. Hace menos de un año que trasladó allí su consulta. Cuando miro hacia allá, lo veo de pie en la puerta, despidiendo a una paciente antes de mirar a un lado y a otro de la calle, con las manos en los bolsillos, como si estuviese esperando a que apareciese otra persona. ¿La abraza? Estoy bastante seguro de que sí, un abrazo incómodo con un solo brazo que no debería tener lugar a plena luz del día. Eso es lo que hace que resulte extraño. Mira el reloj. Mira hacia la izquierda, después hacia la derecha. Alguien llega tarde y al doctor Giles no le gusta que le hagan esperar. Parece que le fastidia la espera. Lo veo en sus ojos entornados, en su postura vertical, en sus brazos cruzados.

No me gusta nada ese hombre.

La paciente que se marcha se pone la capucha de piel de su parka negra, aunque no sé si lo hace por privacidad o para entrar en calor. No llego a verle la cara antes de que se aleje por la calle. No la veo, pero la oigo. Todo el pueblo la oye. Oigo su llanto, un gemido de angustia que se oye desde lejos. La ha hecho llorar. El doctor Giles ha hecho llorar a la chica. Otra razón más por la que no me gusta ese tipo.

35

Se armó un escándalo cuando el doctor Giles trasladó su consulta a la casita azul. Un escándalo porque las mujeres del pueblo se dedicaron a merodear por la cafetería, o por la calle, para poder ver las idas y venidas de la clientela del doctor Giles: qué habitantes del pueblo acudían al loquero y por qué. Una demostración de aquello que la gente más odia de la vida en los pueblos pequeños: no existe la intimidad.

El nuestro es el paradigma de un pueblo pequeño. Tenemos un semáforo y tenemos un borracho del pueblo, y todos saben quién es el borracho del pueblo: mi padre. Todo el mundo cotillea. No hay nada mejor que hacer que despellejarnos los unos a los otros. Y eso hacemos.

Ingrid abre la puerta antes de que yo llame. Abre la puerta y yo entro y me limpio los zapatos en el felpudo. Ella sonríe. Ingrid tiene más o menos la edad que tendría mi madre si mi madre siguiera por aquí. No me malinterpretéis, mi madre no está muerta (aunque a veces desearía que lo estuviera), simplemente no está aquí. Ingrid tiene uno de esos cortes de pelo corto que llevan a veces las mujeres de cuarenta o cincuenta años, del color de la arena mojada. Tiene unos ojos cálidos y una sonrisa amable pero triste. No hay nadie en el pueblo que pueda decir algo malo sobre Ingrid, pero sí sobre las cosas malas que le han ocurrido a Ingrid. Es de eso de lo que hablan. La vida de Ingrid es la definición de la tragedia. Le han tocado malas cartas, eso seguro, y como resultado se ha convertido en un caso de beneficencia para el pueblo, una mujer de cincuenta años demasiado aterrorizada para salir de su propia casa. Sufre ataques de pánico cada vez que lo hace, siente presión en el pecho y le cuesta respirar. Lo he visto con mis propios ojos, aunque no conozco toda su historia. Tengo por costumbre no inmiscuirme en los asuntos de los demás, y aun así he visto como metían a Ingrid en una ambulancia y se la llevaban a urgencias cuando pensaba que estaba muriéndose. Resultó que no le pasaba nada. Había tenido un episodio común de agorafobia, como si fuera común para una mujer de cincuenta años quedarse en su casa porque le da pánico el mundo exterior. No sale de su casa para nada, ni para recoger el correo, ni para regar una flor, ni para arrancar una mala hierba. Tras las paredes de yeso se encuentra bien, pero fuera de esas paredes ya es otra historia.

Dicho esto, Ingrid no está loca. Es tan normal como cualquier otra persona de por aquí.

—Hola, Alex —me dice.

—Hola —respondo yo.

Ingrid viste como debería vestir una mujer de cincuenta años: con una sudadera naranja y unos pantalones negros de punto. Colgada del cuello lleva una cadena con un relicario. En las orejas, unos pendientes de brillantes. En los pies, unos zapatos planos.

Antes de que tenga oportunidad de cerrar la puerta, me doy la vuelta y miro hacia fuera. Al otro lado del ventanal de la cafetería veo a Perla, oscurecida en parte por el reflejo de casi todo lo que hay al otro lado de la calle. Es difícil distinguir lo que está dentro y lo que está fuera, así que no es de extrañar que a veces los pájaros se estrellen contra el cristal y acaben muertos en el asfalto.

Pero aun así, a través de los árboles de la acera y de la manifestación de la otra mitad del mundo sobre el cristal, yo la veo.

Perla.

Mira por el ventanal, pero no me ve. Sigo la dirección de su mirada hasta un cartel que cuelga de una barra en la casa de al lado: *Dr. Giles. Psicólogo licenciado.* Y ahí está él, con su pelo corto y oscuro, esperando con impaciencia a que aparezca un paciente.

La chica está mirándolo a él.

¿Tendrá cita con el doctor Giles? Quizá. Quizá sea eso. Cambia mi percepción, aunque eso no hace que deje de pensar en su pelo o en sus ojos, porque no es así. De hecho, es lo único que veo cuando parpadeo.

Ingrid cierra la puerta y me pregunta:

—¿Puedes echar el pestillo?

La casa de Ingrid es pequeña, pero más que adecuada para una persona sola. Echo el pestillo y le llevo la comida a la mesa de la cocina. Sobre la encimera de mármol hay una caja de cartón abierta y unas cuantas novelas al lado. Algo para pasar el tiempo. También hay un cuchillo de carnicero de aspecto profesional que habrá utilizado para cortar el precinto de la caja.

La televisión está encendida; es una pequeña pantalla plana que Ingrid no ve, aunque sé que la escucha y creo que el sonido de los actores y de las actrices de la tele le ayuda a pensar que no está sola. Que hay alguien aquí, aunque no sea más que un truco. Es una broma que se gasta a sí misma. Debe de sentirse sola al no poder salir de su propia casa.

Por lo demás, la casa está en silencio. En otro tiempo se oían las voces estridentes y los pasos de los niños, pero ya no. Esos sonidos ya se esfumaron.

—Esperaba que pudieras hacerme un favor, Alex —me dice Ingrid, y me hace apartar la mirada de una mujer que aparece por televisión. Su hogar es blanco: paredes blancas, muebles blancos. Los suelos contrastan con el resto de la casa, tablones de madera tan oscuros que casi parecen negros. El mobiliario y la decoración son austeros, con tonos neutros y grises, sin adornitos ni complementos, al contrario que en mi casa, porque mi padre es un acaparador y no quiere deshacerse de nada. No es que haya coleccionado basura durante años y la tenga apilada en mitad del salón, con gatos callejeros que procrean en cada rincón de la casa, de modo que está plagada de gatitos, algunos vivos y otros muertos. No, no es así; no es como los diógenes que salen por televisión. Pero es un sentimental al que le cuesta desprenderse de mis notas del instituto o de mis dientes de leche. Supongo que eso debería hacerme sentir bien. En el fondo supongo que es así.

Pero también me recuerda que a mi padre no le queda en el mundo nadie más que yo. Si yo me fuera, ¿qué sería de él?

—He hecho una lista de la compra —me dice Ingrid y, sin esperar a que me pregunte «¿Te importaría ir?», yo respondo.

—Claro. ¿Mañana le viene bien? —Y ella me dice que sí.

Desde la ventana de la cocina de Ingrid veo bastante bien el interior de la consulta del doctor Giles. La casa de Ingrid está un poco más elevada que la suya y la ventana está situada en el ángulo ideal para poder ver lo que hay dentro. No es una vista maravillosa, pero aun así es una vista. Mientras Ingrid busca en su bolso dos billetes de veinte dólares y me los entrega, yo advierto una sombra, un leve movimiento a través del cristal. Hay alguien ahí. Me quedo mirando, pero no demasiado. No puedo. No me apetece que Ingrid piense que soy un mirón. En su lugar, la miro a los ojos, me guardo en el bolsillo los dos billetes de veinte y le digo que iré mañana por la mañana. Iré a la tienda por la mañana. Lo he hecho muchas veces antes.

Me guardo la lista, me despido de ella y me marcho.

En cuanto salgo de su casa, bajo las escaleras del porche y llego a la acera, me doy cuenta.

El ventanal de la cafetería se ha quedado vacío.

La chica se ha marchado.

QUINN

Con frecuencia pensaba que Esther era transparente, como una plancha de cristal. Lo que ves es lo que hay. Pero ahora, sentada en el suelo de su pequeño dormitorio, encima de mis piernas, que se me han quedado dormidas, aferrada a la nota que dejó escrita, pienso que quizá me equivocaba. Me he equivocado en todo.

Quizá Esther no sea transparente después de todo. No es una plancha de cristal, sino un caleidoscopio de juguete, de esos con mosaicos complicados y diseños que cambian cada vez que lo giras.

Fue un anuncio en el *Reader* el que me llevó hasta ella.

—¿Hablas en serio? —preguntó mi hermana, Madison, cuando le mostré el anuncio: *Mujer busca compañera de piso para compartir apartamento de 2 dormitorios en Andersonville. Buena localización, cerca de autobuses y tren*—. ¿Has visto la película *Mujer blanca soltera busca?* —dijo desde el borde de su cama de matrimonio, cubierta de tarjetas de ciencias, que proliferaban como conejos sobre la colcha.

Levanté una tarjeta.

—Jamás necesitarás estas chorradas, lo sabes, ¿verdad? —le dije mirando la definición garabateada al dorso—. Al menos no en el mundo real.

Entonces Madison me miró como hacía siempre y me dijo:

—Mañana tengo un examen. —Como si fuera algo que yo no supiera.

—¿No me digas, Sherlock? —respondí lanzando la tarjeta de nuevo sobre la cama—. Pero, cuando acabes el instituto, no necesitarás esta mierda.

Yo era la última persona en el mundo que debería darle consejo a alguien sobre cualquier cosa, y mucho menos sobre formación. Había terminado la universidad cinco meses atrás, una universidad de mierda, por cierto, incapaz de competir con las mejores universidades de Estados Unidos. Pero la matrícula era barata, o al menos más barata que las demás. Y encima me admitieron, cosa que no podía decirse de las demás universidades en las que solicité plaza gracias a una cosita llamada «dificultades de aprendizaje». Entre el síndrome de déficit de atención y la dislexia, era una causa perdida. O eso decían las múltiples cartas de rechazo que recibí de las universidades donde solicitaba plaza, con ese sello enorme y rojo que dice *Rechazado*.

Es buenísimo para la autoestima. De verdad que sí.

O no.

Pasé los primeros dos cuatrimestres en periodo de prueba académico. Pero, cuando el decano amenazó con echarme de la facultad, me puse las pilas y abrí un libro. También me acordaba de tomarme el Ritalin de vez en cuando y admití que tenía dificultades de aprendizaje, cosa que no me gustó mucho tener que hacer.

Pero aun así, de un modo u otro, conseguí graduarme con un notable. Y aun así nadie necesita que le dé consejos académicos, y mucho menos Madison, mi hermana pequeña, que tiene pensado graduarse con honores. Así que yo cierro la boca. Al menos con ese tema.

Por cierto, sí que había visto *Mujer blanca soltera busca*. Claro que sí. Pero las situaciones desesperadas requerían medidas desesperadas, y yo estaba desesperada. Tenía veintidós años, me había graduado en la universidad hacía cinco meses y necesitaba desesperadamente huir de casa de mis padres, donde vivían con la mente maestra de mi hermana y su apestoso conejillo de Indias. Madison estudiaba aún en el instituto, era una friki de la ciencia con una carrera en medicina por delante. Eso o ser embalsamadora, quizá, con esa fascinación morbosa por todas las cosas muertas. Tenía una ardilla disecada que compró por internet con el dinero de su paga, lo mismo que pensaba hacer con el conejillo de Indias cuando al fin estirase la pata; despellejarlo y rellenarlo para poder ponerlo en la estantería.

Madison era feliz como una perdiz viviendo en casa. No entendía mi necesidad de marcharme. Para mí no solo era un aburrimiento vivir allí, sino que era tan molesto como arañar una pizarra con las uñas: la camioneta de mi madre, que venía a buscarme todos los días a la estación de metro de Barrington después del trabajo, mi madre al volante, preguntándome cómo había ido el día.

—¿Has hecho amigos hoy? —me había preguntado aquel primer día de trabajo como ayudante en un prestigioso bufete de abogados, como si fuese el primer día de guardería en vez de un trabajo. Conseguí el puesto gracias a una mentira piadosa, ya que aseguré que me interesaba estudiar Derecho cuando en realidad no me interesaba para nada—. ¿Has aprendido algo nuevo? —me preguntó después aquel día.

—No, mamá, nada.

Pero sí que aprendí. Aprendí que mi trabajo era una mierda.

Y luego mi madre y yo nos fuimos a casa, donde me vi obligada a escuchar a mis figuras paternas hablar sin parar sobre lo lista que era Madison, que Madison había clavado otro examen, que a Madison ya la habían aceptado en algunas de las mejores facultades del país, mientras que yo había elegido la mía por el hecho de que era barata y de que me había aceptado, en contraste con las interminables negativas que recibí por los malos resultados de mis exámenes.

Tenía que largarme. Me ahogaba, me asfixiaba. No podía respirar.

Y entonces fue cuando ocurrió. Volvía a casa en metro del trabajo, abrí los anuncios clasificados y vi el anuncio en el *Reader*. El anuncio de Esther, como un faro en la oscuridad de la noche. Ya había buscado apartamentos antes, pero en mi trabajo no ganaba mucho y, aunque intenté rebajar mis requisitos –estudios, apartamentos con jardín, apartamentos en la zona sur–, el hecho era que no podía permitirme un apartamento en Chicago yo sola. Y no era una opción vivir en un apartamento a las afueras de Chicago, porque entonces no solo necesitaría un apartamento, sino también un coche, algún medio de transporte para ir hasta la estación de tren que no fuera mi querida madre.

Mujer busca compañera de piso para compartir apartamento de 2 dormitorios en Andersonville. Buena localización, cerca de autobuses y tren.

¡Era para mí! Llamé de inmediato y quedamos en conocernos.

El día que había quedado con Esther, me preparé mentalmente para conocer a Jennifer Jason Leigh. Para ser sincera, Madison me había asustado un poco con el asunto de *Mujer blanca soltera busca.* Para empeorar las cosas, vi la película antes de quedar con ella, vi como Jennifer Jason Leigh, también conocida como Hedy, se convertía en una psicópata, aliviada solo por el hecho de que, al ser yo la que se mudaba al apartamento de Esther, yo era Jennifer Jason Leigh en esta situación, y ella la encantadora Bridget Fonda.

Y la verdad es que sí que era encantadora.

Esther llegaba tarde aquel día, tenía que quedarse más tiempo en el trabajo porque un compañero estaba enfermo. Me llamó por teléfono cuando iba hacia el apartamento y quedamos en vernos en una librería de Clark, donde pronto descubrí que trabajaba. Era un trabajo a tiempo parcial mientras terminaba su máster en Terapia Ocupacional, según me contó. Además era cantante y actuaba de vez en cuando en uno de los bares de la zona.

—Me ayuda a pagar las facturas —me dijo, aunque con el tiempo llegaría a saber que era más que eso. Esther deseaba convertirse en la próxima Joni Mitchell.

—¿Qué es un terapeuta ocupacional? —le pregunté mientras me guiaba entre montañas de libros hasta un lugar más tranquilo en la parte de atrás, y allí nos sentamos en unos pufs naranjas destinados para los niños. Se disculpó por haber tenido que cambiar el plan original. Era sábado; la tienda estaba llena de cosmopolitas ojeando las estanterías y eligiendo libros. Parecían listos, todos y cada uno de ellos, igual que Esther, aunque de un modo guay y contemporáneo. Tenía una mirada ingenua y era educada, pero se adivinaba en ella un demonio interior, ya fuera por el pendiente plateado que llevaba en la nariz o por el pelo degradado. Me gustó eso en ella desde el principio. Vestida con una chaqueta de punto y unos pantalones anchos, Esther molaba.

—Ayudamos a la gente a aprender a cuidarse sola. La gente con dificultades, retrasos, lesiones. La gente mayor. Es como rehabilitación, autoayuda y psiquiatría, todo en uno.

Tenía los dientes blancos y perfectos. Sus ojos eran heterocromáticos, uno marrón y el otro azul, algo que no había visto nunca. Aquel día llevaba gafas, aunque después descubrí que eran solo por aparentar, un complemento de su papel de librera. Decía que con ellas parecía lista, pero Esther no necesitaba gafas de mentira para parecer lista; ya lo era.

El día que nos conocimos me preguntó por mi trabajo y si podría permitirme pagar la mitad del alquiler. Ese era su único requisito: que pagara mi parte.

—Sí puedo —le prometí, y como prueba le mostré mi última nómina. Podía permitirme pagar la mitad al mes. La mitad por un dormitorio para mí en un apartamento de la zona norte de Chicago. Me llevó hasta allí, estaba al final de la calle de la librería, pero antes terminó de leerles un cuento a los niños que nos arrebataron los pufs naranjas. La escuché mientras leía en voz alta, adoptando la voz de un oso, de una vaca y de un pato, con esa voz tan tranquila y dulce. Era meticulosa en los detalles: se aseguraba de que los pequeños estuvieran atentos y callados, pasaba las páginas del libro muy despacio para que todos pudieran verlo. Hasta yo me quedé sentada en el suelo, escuchando el cuento. Era cautivadora.

En el apartamento, Esther me mostró el espacio que podría ser mi habitación si yo elegía ese.

No me contó qué le ocurrió a la persona que había vivido en esa habitación antes, la habitación que pronto ocuparía yo, aunque en las semanas sucesivas encontré vestigios de la existencia de esa persona en el armario del dormitorio: un nombre indescifrable grabado en la pared con un lápiz, un fragmento de fotografía abandonado en el suelo de la habitación vacía, en el que solo se alcanzaba a ver un retazo de la melena de Esther.

Me deshice del trozo de fotografía al instalarme, pero no pude hacer nada para arreglar la pared del armario. Sabía que el pelo de la fotografía era de Esther porque, al igual que los ojos heterocromáticos, tenía un pelo que no había visto nunca antes. Iba cambiando de color desde las puntas hasta lo alto para crear un efecto degradado; castaño oscuro en la coronilla y rubio en las puntas. El hecho de que la foto estuviese rasgada también significaba algo. Todo había desaparecido, salvo Esther.

No tiré la foto a la basura, sino que se la entregué a ella diciendo «Creo que es tuya», mientras desempaquetaba mis cosas y me instalaba. Eso fue hace casi un año. Ella me la quitó y la tiró, cosa que en su momento no significó nada para mí.

Pero ahora no puedo evitar preguntarme si tuvo algún significado. Aunque no sé cuál.

ALEX

Espero horas a que regrese la chica, intentando mirar a través de las cortinas de la consulta del doctor Giles, pero no aparece. Me planteo colarme en ese hueco que hay entre la casa de Ingrid y la del doctor Giles, ponerme de puntillas e intentar ver el interior. Pienso en regresar a casa de Ingrid con la excusa de que se me ha olvidado algo, o que necesito algo, para intentar ver el interior desde la ventana de su cocina. Me imagino que Perla está ahí, en casa del doctor Giles, haciendo lo que hace la gente en la consulta de un loquero: está sentada en un sofá, contándole su vida a un hombre que se divierte escuchando los problemas de los demás. Pero después pasa el tiempo, treinta minutos, una hora, dos horas, hasta que me digo a mí mismo que ha pasado demasiado tiempo para que siga ahí, charlando con el doctor Giles. No hay cita psiquiátrica que dure dos horas. ¿O sí? Yo no lo sé.

Al final me rindo. Me digo a mí mismo que no está ahí. Pero, claro, no estoy seguro. No es más que una suposición.

A mitad de la tarde me voy a casa. Desando mis pasos de esa mañana, recorro las calles del pueblo, paso frente a las tiendas, que ya están cerrando, cambiando los carteles de *Abierto* por los de *Cerrado*. Estoy cansado, me duelen los pies. La cabeza me da vueltas con la imagen de esa chica del ventanal, que ha desaparecido sin más después de pasarse ahí un buen rato.

Las calles están pavimentadas con baldosas de granito rectangulares. Quedan dos restaurantes abiertos, pero las *boutiques* –la empalagosa que tiene cosas de bebé en el escaparate y la que solo vende regalos y una escasa selección de tarjetas de felicitación bastante horteras– cerrarán pronto. Las calles están vacías y el cielo gris amenaza con lluvia. A un lado de la carretera hay un enorme cuervo negro alimentándose del cadáver de un conejo: animal atropellado. Todos se desesperan un poco en esta época del año. Una ardilla corretea por el cable telefónico, rezando para que el cuervo no se dé cuenta. Al final de la calle hay un grupo de chicos preadolescentes con pantalones cortos y camisetas que regresan a casa, como si no les afectara el frío. El sonido de sus risas atraviesa el aire de otoño. Uno de ellos da una calada a un cigarrillo; no tendrá más de doce o trece años.

Yo me pongo la capucha, meto las manos en los bolsillos del pantalón y camino deprisa, con la cabeza agachada; atravieso el pueblo, rebaso el tiovivo y me dirijo hacia la playa.

El pueblo parece abandonado y yo me siento triste.

Pienso en mis amigos Nick, Adam y Percy, que se han marchado a la universidad y estarán pasándolo genial. Mientras tanto, yo ando pensando en una chica a la que ni siquiera conozco y a la que quizá no vuelva a ver, y que además es posible que esté tarada.

El oleaje del lago golpea la orilla, igual que esta mañana. Con la luz del día, puedo ver las olas, la espuma imbatible que arremete contra la arena como si fuera la caballería. La arena es de un marrón oscuro. El lago posee cierto aroma, no es desagradable pero huele a humedad y a frío. La arena se me pega a las deportivas mientras recorro la hierba de la playa, que brota de debajo de la arena. La hierba a estas alturas es marrón y quebradiza. Ya no es verde. Pronto desaparecerá, será arrancada de sus raíces por el frío, el viento y la nieve. Recorro la arena con la mirada en busca de crinoideos fósiles –los pequeños tubitos que encuentro entre la arena y la grava– como hago siempre. Para mí es una fijación, una debilidad, una costumbre. Crinoideos fósiles, lirios marinos, gusanos plumíferos. Para mí es todo lo mismo: los fósiles de criaturas prehistóricas que habitaron en otra época el lago Míchigan. Levanto de la arena un crinoideo y lo admiro en la palma de la mano. Para mí es mucho más bonito que la pizarra o el basalto; mucho más significativo que el granito y la escoria, aunque en realidad no hay mucho que ver. La gente fabrica joyas con esto, pero yo los almaceno en una bolsa de plástico. De momento me lo guardo en el bolsillo, sujetándolo bien, con cuidado de que no se me caiga.

Hay una pareja en el muelle, un hombre y una mujer, no demasiado cerca del borde, pero lo suficiente para poder admirarlo sin que el viento los tire al agua. Van agarrados de la mano, apoyándose el uno al otro frente al vendaval, mientras contemplan las impresionantes vistas del lago y el cielo apocalíptico. Después se dan la vuelta y se marchan, llegan hasta un coche estacionado en el aparcamiento y se sacuden la arena de los zapatos.

Pero yo no me voy. Yo me quedo contemplándolo todo.

Cuando se marchan, cuando el coche negro se aleja y desaparece, la veo sentada sola en el columpio del parque, arrastrando los pies por la arena de debajo. Tiene la cadena agarrada con ambas manos, aunque no se impulsa con las piernas, permite que el viento lo haga por ella. Es un balanceo controlado, por decir algo, deliberado y perezoso, como hace uno cuando está pensando en otra cosa y no en el columpio en sí.

Perla.

Lleva el abrigo y la boina puestos. Se ha quitado los guantes y me parece que debe de tener las manos heladas. Lleva la bufanda al cuello, aunque el viento agita los extremos de manera errática. Ha empezado a llover, no es más que una llovizna ligera, algo a lo que parece ajena, como si fuera impermeable. La lluvia parece darle igual, pero a mí se me mete en los ojos y me empapa por dentro. No soporto la lluvia. Podría marcharme a casa. Debería marcharme a casa. Debería correr, pero no lo hago. En su lugar, me acerco a una zona cubierta, un espacio con mesas de pícnic y, lo más importante, un tejado. Me siento encima de una mesa, a unos quince metros de donde está sentada Perla.

Ella no me ve.

Pero yo a ella sí.

QUINN

Cuando llego al final de la nota, me surge una pregunta: ¿quién diablos es «cariño»? Tengo que preguntárselo a Esther. Tengo que hacerlo. La última frase se me repite una y otra vez en los oídos. *¿Me viste? ¿Estabas intentando enfadarme?*

Quiero preguntarle a Esther a quién se refiere.

Salgo al salón para ver si ha vuelto ya a casa, mientras yo estaba en su dormitorio. Casi espero verla sentada en el sofá, con las piernas cruzadas. Me imagino a mí misma hablando con ella sobre la nota, poniéndosela delante de las narices. «¿Quién es cariño?», le pregunto. Me veo a mí misma agitando la nota frente a su cara mientras le exijo saber la verdad. «¿Quién es él?».

Releo en mi mente otra frase: *O quizá fue cosa de ella: dejar las luces encendidas para que yo pudiera verlo. Al fin y al cabo era su victoria.*

En mi imaginación, zarandeo a Esther por los hombros y le pregunto una y otra vez: «¿Quién es ella? ¿Quién es ella, Esther?», mientras ella va frunciendo el ceño y comienza a llorar.

Pero no. Yo no le haría eso a Esther. No querría verla llorar.

Pero aun así quiero saberlo. ¿Quién es ella?

Pero claro, da igual, porque cuando llego al salón ella no está allí. Claro que no está. Estoy yo sola en una habitación vacía. La tele está apagada y, salvo por el siseo del radiador, la estancia está en silencio. Todo me recuerda a Esther, todos los muebles sueltos que ella tenía antes de mudarme yo: el sofá rosa, la mesita de café, una butaca negra y blanca, cojines verdes, amarillos y azules. Y luego, por supuesto, la alfombra que compramos juntas en un mercadillo de Summerdale; mi única contribución a la decoración, además de mí misma, claro. Debimos de recorrer tres manzanas con esa alfombra, Esther delante y yo detrás, riéndonos durante todo el camino por lo mucho que pesaba y porque era de un color verde bilis. Me fijo en las paredes del apartamento, de un blanco cegador, que la señora Budny nos prohíbe pintar. La señora Budny, una polaca de ochenta y nueve años que vive en el piso de abajo y que además es mi casera. En su lugar tenemos las paredes cubiertas de percheros, candelabros y una pizarra donde Esther y yo nos dejamos mensajitos, misivas y cualquier otra forma de comunicación.

Compra leche.

¿Te has comido mi queso?

Cuando la vida te da limones, haz limonada.

He salido. Volveré pronto.

Me doy cuenta entonces de que parece abandonado. El apartamento parece abandonado cuando Esther no está en casa.

Saco mi móvil para llamar a Ben, un compañero de trabajo y amigo. Ben es, más o menos, la única persona con la que hablo en el trabajo a no ser, claro, que me paguen para hablar con ellos. Con los abogados que me solicitan para llevar documentos y hacer fotocopias solo hablo porque tengo que hablar con ellos. Es una obligación. Forma parte del trabajo.

Pero con Ben hablo porque quiero. Porque me cae bien. Porque es simpático.

Además es muy guapo, ayudante de veintitrés años como yo, aunque él sí que tiene planes de estudiar Derecho. Pero tiene novia. Compañera de la universidad, otra que quiere ser abogada. En cuanto termine la formación previa en la Universidad de Illinois en Chicago, ambos solicitarán plaza en la facultad de Derecho de

Washington, D. C. Muy romántico. Su novia se llama Priya, un nombre que hasta suena bonito.

No he visto a Priya en persona, pero sí las múltiples fotografías que Ben almacena en su pequeño cubículo en la oficina: fotos de Priya sola, fotos de Priya con él, fotos de Priya con el perro de Ben, un chihuahua con un solo ojo que se llama Chance (y, si eso no demuestra el gran corazón que tiene Ben, entonces no sé qué puede lograrlo).

Encuentro el número de Ben en el historial de llamadas y pulso su nombre. Después escucho los cinco tonos de la llamada hasta que salta el buzón de voz. Escucho el mensaje de Ben, el sonido sencillo y robótico de su voz, que al mismo tiempo resulta encantador cuando dice: «Soy Ben. Deja un mensaje». Podría escuchar ese mensaje una y otra vez toda la noche. Pero no lo hago. En su lugar, cuando oigo la señal, le dejo un mensaje impreciso:

—Hola —le digo—. Soy Quinn. Tengo que hablar contigo. Llámame, ¿vale? —No le digo nada de Esther. Esa no es la clase de mensaje que se deja en un contestador. A mí me han dejado de ese modo, así que debería saberlo. Le contaré los detalles cuando me devuelva la llamada, pero entonces me imagino a Ben y a Priya juntos y me pregunto cuándo me devolverá la llamada, o si este asunto seguirá teniendo importancia cuando lo haga. Creo que Esther volverá a casa pronto, aunque ya no estoy tan segura.

Me quedo sentada en el sofá y observo como la oscuridad va devorando el apartamento. Es de noche. La única luz proviene de una farola o dos que hay frente a la ventana del apartamento; hay pocas y están muy separadas entre sí. Nuestro pequeño barrio residencial de Chicago se ubica demasiado lejos del centro como para que le alcancen las luces de la Torre Willis o el hotel de Donald Trump. Según avanza la oscuridad, empieza a invadirme una sensación de inquietud. ¿Dónde está Esther? Ya había hecho cosas raras antes, no es por eso, pero jamás me ha dejado sola un día entero sin decir dónde iba o cuándo volvería. Jamás ha salido por la escalera de incendios y ha desaparecido en mitad de la noche. Me quedo mirando el reloj de la pared y me doy cuenta de que han pasado doce horas desde que el despertador de Esther me despertó esta mañana. Y ella sigue sin aparecer.

Empiezo a preocuparme. ¿Y si le ha ocurrido algo, algo malo?

Y me planteo hacer una segunda llamada. No a Ben, claro, sino a la policía. ¿Debería llamar a la policía? Me debato entre hacerlo y no hacerlo, como si estuviera deshojando una margarita, hasta decidir que sí, debo llamar a la policía. Y así lo hago. Marco el 311, el número para las no emergencias de la ciudad, en vez del 911. No se trata de una emergencia, o al menos eso creo. Rezo para que no sea una emergencia. Una mujer responde al teléfono y yo me la imagino; la típica teleoperadora sentada frente a una pantalla de ordenador con unos auriculares en la cabeza.

En respuesta a la pregunta de la operadora, explico la naturaleza de mi llamada.

—Mi compañera de piso ha desaparecido —le digo. Después le doy los detalles de la desaparición de Esther; la ventana, la pantalla, la salida de incendios.

Ella escucha con atención, pero, cuando termino, sus palabras suenan desconfiadas.

—¿Ha llamado a los hospitales de la zona? —pregunta.

—No —admito, y de pronto me siento estúpida—. No lo he hecho.

No se me había ocurrido ni por un segundo que Esther pudiera estar herida.

—Es un buen lugar por donde empezar. —Deduzco por sus palabras que llamar a la policía no es un buen lugar por donde empezar—. ¿Se ha puesto en contacto con la familia de su compañera de piso? ¿O con otros amigos? —me pregunta, a lo cual yo niego con la cabeza sin decir nada. No lo he hecho. Bueno, he llamado a Ben, eso es un paso en la dirección correcta, pero ni siquiera se me ha ocurrido llamar a la familia de Esther, aunque tampoco sé cuál es su número, ni sabría cómo encontrarlo. Ni siquiera sé cómo se llaman sus padres, más allá de señor y señora Vaughan, o eso imagino. Y supongo que habrá miles de personas en el mundo que se apelliden Vaughan. Además, Esther no está unida a su familia. No le gusta hablar de ellos, pero deduzco que su padre está fuera del cuadro; su madre y ella están distanciadas. ¿Cómo lo sé? Porque, mientras que a mí mi madre me envía un montón de paquetes con comida y se presenta en nuestra puerta sin avisar, la madre de Esther ni siquiera llama para saludar. Una vez le pregunté por su familia: dijo que no quería hablar de ello. No volví a preguntarle. En una ocasión recibió una tarjeta, pero la dejó en la mesa de la cocina durante cuatro días, sin abrir, antes de tirarla a la basura.

—¿Alguna razón para pensar que haya habido algo turbio? —pregunta la operadora, y yo le digo que no—. ¿La persona desaparecida sufre alguna enfermedad que pueda poner en peligro su vida? —Yo vuelvo a decir que no. Su voz suena distante y cortante, como si le diese igual. Y es probable que sea así, pero una pensaría que una operadora de un servicio de emergencias o de no emergencias mostraría un mínimo de compasión. Casi me dan ganas de inventarme algo, de decirle a esa mujer que Esther es diabética y que se ha dejado la insulina en casa, o que tiene asma y no lleva el inhalador. Quizá entonces esa mujer se preocuparía. Quizá debería decirle que la pantalla de malla de su ventana estaba rajada y que habían roto el cristal. Que había sangre, mucha, la suficiente para que Esther se hubiese desangrado. Quizá entonces me pasarían con el 911 y de pronto la desaparición de Esther sería considerada una emergencia.

O quizá la operadora esté tratando de decirme algo: esto no es una emergencia, Esther está bien. Entonces me dice:

—Casi el setenta por ciento de las personas desaparecidas se marcha por su propio pie y regresa entre cuarenta y ocho y setenta y dos horas después de forma voluntaria. Puede venir a la comisaría y denunciar la desaparición, pero la policía no puede hacer gran cosa cuando los que desaparecen son adultos. Sin pruebas de que haya ocurrido algo turbio, no podemos llegar a la conclusión de que se ha cometido un acto criminal. La gente tiene derecho a desaparecer si lo desea. Pero, si presenta una denuncia, su compañera de piso entrará en una base de datos de personas desaparecidas y nuestros investigadores se pondrán con ello. ¿Su compañera de piso bebe o consume drogas? —me pregunta entonces, y yo niego con la cabeza y digo que no. Bueno, Esther sí que bebe, un margarita por aquí, un daiquiri por allá, pero no es alcohólica ni nada de eso.

Entonces la operadora me pregunta por el estado mental de Esther. Que si padece depresión. Y yo me imagino la sonrisa magnánima de Esther y pienso que no puede ser. Es imposible.

—No —respondo sin dudar—, claro que no.

—¿Han tenido una pelea recientemente? —me pregunta, y me doy cuenta de que está tratando de insinuar que yo he hecho algo para herir a Esther. ¿Que si hemos tenido una pelea? Claro que no. Pero ¿acaso Esther estaba disgustada porque anoche salí sin ella, aunque ella me dijo que lo hiciera? No sé. Me repito a mí misma que ella fue la que me dijo que saliera. «Sería una aguafiestas, Quinn. Vete sin mí. Te divertirás más». Eso fue lo que me dijo. ¿Cómo iba a estar enfadada?

—No hemos discutido —le digo, y la operadora me deja con dos opciones: puedo ir a denunciar la desaparición o puedo esperar a ver qué sucede.

Me siento estúpida por haber llamado, así que decido esperar. Lo último que necesito es mirar a un agente a los ojos y sentirme como una estúpida en persona. Ya tengo bastante experiencia en ese terreno. Llamaré a los hospitales, intentaré localizar a la familia de Esther. Esperaré a que Ben me llame y, con suerte, Esther volverá a casa voluntariamente, como ha dicho la operadora, dentro de cuarenta y ocho o setenta y dos horas. Dos o tres días. No sé si podré esperar tanto tiempo a que vuelva a casa.

Cuelgo el teléfono y rezo para que Ben me llame. «Por favor, Ben, por favor», ruego para mis adentros. «Por favor, llámame». Pero Ben no me llama. Busco *online* los números de los hospitales más cercanos, comenzando por el metodista; después llamo y voy preguntando a las recepcionistas, una por una, si Esther está ahí. Digo su nombre y la describo; el pelo degradado, los ojos heterocromáticos, la sonrisa generosa..., sabiendo que Esther tiene el tipo de cara que, cuando ves una vez, ya no puedes olvidar. Pero no está ingresada en el hospital metodista, ni en el Weiss, ni en ninguna de las urgencias de la zona. Voy perdiendo la esperanza con cada respuesta apática. «Aquí no hay ninguna Esther Vaughan».

Me siento perdida y sola cuando oigo el sonido del teléfono. No es mi teléfono, sino un teléfono. El teléfono de Esther, que reconozco por la melodía: un éxito pop de los años ochenta que ya nadie escucha.

La melodía de Esther. El teléfono de Esther.

Esther no está aquí, ¿por qué su teléfono sí?

Me pongo en pie para ir a buscarlo.

ALEX

Me pregunto si sabrá que hay alguien observándola.

Veo como se retuerce las manos y se rasca la cabeza. La veo cruzar las piernas hacia un lado, después hacia el otro, en el columpio, intentando ponerse cómoda. Después descruza las piernas y golpea la arena con los pies. Mira hacia la izquierda y hacia la derecha y entonces levanta la cabeza hacia el cielo y abre la boca para atrapar las gotas de lluvia que caen.

No sé cuánto tiempo me quedo mirando. El suficiente para que se me entumezcan las manos por el frío y la lluvia.

Pasado un rato, la chica se pone en pie. Sus pies, envueltos en esas botas marrones de piel, se hunden en la arena a medida que avanza hacia la playa. Cada vez se acerca más al agua. Le resulta difícil avanzar por la arena debido a la densidad de la misma y a la fuerza del viento, que zarandea su pequeño cuerpo de un lado a otro. Lleva los brazos estirados hacia los lados como si estuviera caminando por la cuerda floja. Un pie delante del otro. Paso a paso.

Y, un metro antes de llegar al agua, se detiene.

Y yo me quedo mirando.

Y esto es lo que sucede. Empieza con las botas, que se quita haciendo equilibrios. Primero un pie y después el otro. Las deja a un lado sobre la arena. Luego vienen los calcetines, y yo me pregunto si se habrá vuelto loca al pensar que va a mojarse los pies en el agua gélida del lago Míchigan en noviembre. No estará a más de cuatro grados. Con esa temperatura podría sufrir hipotermia.

Mete los calcetines en el hueco de una de las botas para que no salgan volando. La observo y espero a que camine hasta la orilla y meta los pies en el agua, pero no lo hace. Pasa un momento —o varios momentos, quizá, no lo sé, porque he perdido la noción del tiempo— y entonces empieza a desabrocharse los botones del abrigo desde arriba hacia abajo. Y se desprende de él. Lo deja en la arena junto a las botas y los calcetines. Cuando empieza a quitarse los vaqueros, pienso para mis adentros que esto no puede estar pasando. Miro a mi alrededor para ver si hay alguien más mirando, cualquiera que me diga que esto es real y no producto de mi imaginación. ¿De verdad está ocurriendo? No puede ser. No puede ser real.

Me he puesto de pie y me he acercado algo así como un metro, oculto tras las columnas de madera que sujetan el tejado de la zona de pícnic. Rodeo las columnas con las manos y entorno los ojos para poder ver como Perla se desabrocha los vaqueros, después se sienta sobre la arena mojada y se los baja hasta quitárselos y dejarlos también junto al abrigo y las botas. La lluvia cae con más fuerza y se deja llevar por las ráfagas de viento. Se cuela por los orificios de la techumbre y me empapa por los cuatro costados. Entonces la chica se levanta y mete las manos en los bolsillos de su sudadera azul; no lleva nada más encima. Solo la sudadera y unas bragas. Y la boina y la bufanda.

Pero luego se quita también la sudadera.

Y es entonces cuando se mete en el agua. Solo con la ropa interior, la bufanda y la boina. Entra sin dudar, ajena al frío como si fuera un pingüino emperador. No se detiene cuando sumerge los pies. Ni las rodillas. Sigue avanzando. Creo que caminaría hasta Chicago si pudiera, arrastrando las manos por la superficie del agua mientras las olas rompen contra ella y la empapan.

Sin darme cuenta, he salido de la zona de pícnic y yo también estoy en la arena. ¿Cómo he llegado hasta aquí? No lo sé. El sentido común me dice que debería pedir ayuda. ¿Llamar a la policía? ¿Al doctor Giles? ¿Cuánto tiempo tardará en sufrir hipotermia? ¿Quince minutos? ¿Treinta? No lo sé. Pero no puedo llamar a nadie porque estoy paralizado, sin palabras, con los pies pegados al suelo, incapaz de sacar el teléfono móvil del bolsillo. Porque no puedo dejar de mirar a Perla, nadando en el agua, el tiempo necesario para pedir ayuda. Veo como sus brazos relajados salen del agua, uno detrás del otro, antes de volver a sumergirse. El movimiento suave y rítmico de sus pies al golpear el agua no salpica en absoluto. Avanza sin parar, sin girar la cabeza para tomar aliento, como un pez con branquias y aletas.

Si yo tuviera algo mejor que hacer con mi tiempo, probablemente no estaría aquí viéndola nadar. Pero no tengo nada mejor que hacer, así que me quedo aquí y la observo.

Y entonces, mientras la observo, la chica se pone en pie y comienza a salir del agua. Mientras que cualquier ser humano normal saldría corriendo del agua muerto de frío y buscaría algo con lo que secarse, ella no. Ella camina despacio. No tiene prisa. Se toma su tiempo, completamente empapada. La arena se le pega a los pies y a los tobillos, arena gorda que cambia de color ante mis ojos y se oscurece.

Debería apartar la mirada.

Pero no puedo.

Yo no tengo la culpa. ¿Qué chico de dieciocho años apartaría la mirada? Yo no, eso desde luego. Nadie que yo conozca.

De todas formas a mí me parece que quiere que la miren.

Y ahí se queda, de pie en la arena mojada, con el agua congelándole la piel bajo el viento frío del otoño. Ni siquiera hace amago de secarse o de vestirse. Está de espaldas al lago y se fija en lo que hay al otro lado: el parque y el tiovivo, la hierba de la playa y una hilera de árboles.

Y yo.

Entonces se gira hacia mí y me saluda con la mano.

Y yo le demuestro al mundo entero que soy un cobarde, porque me doy la vuelta y me alejo fingiendo no haberla visto.

QUINN

Me levanto y sigo el sonido del teléfono hacia la cocina, esperando encontrarme el móvil de Esther en la encimera, junto a los botes de harina, azúcar y galletas. Pero no. Yo no respondería a su teléfono, ni siquiera prestaría atención a la llamada, pero ahora estoy preocupada. Quizá Esther sí que esté en apuros; quizá necesite mi ayuda. Quizá sea ella, que llama a su teléfono para pedir ayuda. Está perdida y no tiene suficiente dinero para un taxi. Algo así.

Pero entonces podría llamarme a mi teléfono. Claro que podría. Eso tendría mucho más sentido. Pero aun así..., quizá...

Enciendo la luz del extractor y sigo buscando, siguiendo la procedencia del ruido como Hansel y Gretel seguían migas de pan por el bosque. Suena lejano, resulta difícil oírlo, como si tuviera algodón en los oídos. Abro y cierro los cajones, el frigorífico, los armarios, aunque me parece absurdo hacer tal cosa. Buscar un teléfono dentro de un frigorífico. Pero lo hago de todos modos.

Sigo buscando. El teléfono suena una, dos, tres veces. Estoy casi segura de que va a saltar el buzón de voz y que todo esto no habrá servido de nada, pero al fin lo encuentro metido en el bolsillo de una sudadera roja con capucha que cuelga de una percha en nuestro pequeño ropero.

Saco el teléfono y, con el movimiento, tiro la sudadera de la percha y la veo caer al suelo mientras respondo. En la pantalla el número figura como *Desconocido*.

—¿Diga? —pregunto.

—¿Esther Vaughan? —pregunta una voz al otro lado de la línea.

Y entonces pronuncio unas palabras de las que me arrepentiré segundos después de haberlas dicho.

—No, no soy yo —respondo, y entonces deseo haberle dicho lo contrario. Pero, claro, ¿por qué iba a hacerlo si todavía no ha despertado mi interés? Hace falta algo más que una llamada desde un número desconocido para llamar mi atención. Recibo llamadas así a todas horas, principalmente de cobradores de deudas para cobrar facturas. O viejas tarjetas de crédito con saldos lastimosos en las que hace años que no ingreso dinero. Préstamos estudiantiles.

—¿Está ahí? —pregunta la voz. Es una voz de hombre, algo áspera, que no se anda por las ramas y va directa al grano.

—No —respondo—. ¿Puedo dejarle algún mensaje? —pregunto mientras busco en la semioscuridad la pizarra y un rotulador. Atravieso la estancia hasta la pizarra, que cuelga oblicuamente de la pared, dispuesta a anotar un nombre y un número de teléfono bajo el arcano mensaje de: *He salido. Volveré pronto*. Unas frases que en este momento adquieren otro significado.

He salido. Volveré pronto.

Fue Esther quien escribió eso. Sé que fue ella. No es mi letra, es la suya. La fusión de la letra cursiva con la mayúscula. Una caligrafía femenina y masculina al mismo tiempo.

Pero me pregunto cuándo y por qué dejaría ese mensaje.

¿Sería la semana pasada, cuando regresó a la librería para recuperar las gafas, que se había dejado olvidadas? ¿O hace un par de días, cuando salió corriendo a la sucursal de la biblioteca pública de Chicago que hay en Broadway para devolver un libro antes de que cerrara y no entregarlo con retraso? Esther siempre devuelve los libros a tiempo.

Y me pregunto entonces, mientras espero a que el hombre al otro lado de la línea decida dejar un mensaje o no, si Esther escribiría ese mensaje anoche antes de abrir la ventana de su dormitorio y salir por la escalera de incendios. Eso es. No hay razón para preocuparse. Esther me ha dejado un mensaje: volverá pronto a casa. Lo dice ahí mismo, en la pizarra.

He salido. Volveré pronto.

Pero entonces, para mi desgracia, el hombre al teléfono responde secamente:

—Es un asunto confidencial. —Parece fastidiado—. Teníamos una cita esta tarde, pero no se ha presentado.

Según parece, el hecho de que Esther tenga un comportamiento negligente no es tan confidencial como su identidad o el motivo de su llamada. Se oyen voces de fondo que yo intento descifrar: coches, las olas del mar, una batidora. No estoy segura. Todo se mezcla hasta convertirse en una sola cosa: ruido. Estruendo. Barullo.

—Puedo decirle que ha llamado —sugiero, para ver si me da un nombre. Una razón para haber llamado.

—Volveré a llamar —responde en su lugar antes de colgar. Y yo me quedo ahí de pie, en la cocina, con los pies descalzos y fríos sobre el suelo de baldosas blancas y negras, viendo como la pantalla del móvil se apaga en mi mano. Pulso el botón de inicio y paso el dedo por la pantalla. El dispositivo me pide la contraseña de Esther. ¿Una contraseña? ¡Maldita sea! Se me empieza a acelerar el corazón.

Comienzo a pulsar dígitos al azar hasta que se bloquea el teléfono y tengo que esperar un minuto, sesenta largos segundos, hasta poder intentarlo otra vez. Y otra. Y otra.

No soy ningún premio Nobel, me lo han dicho muchas veces. Así que no debería sorprenderme lo más mínimo no tener ni idea de cómo acceder a su teléfono sin su clave ni su huella. Y sin embargo me sorprende.

Me consuelo con el simple hecho de que el desconocido ha prometido volver a llamar. Esa voz malhumorada y áspera del otro lado de la línea dijo que volvería a llamar.

Me digo a mí misma que la próxima vez lo haré mejor.

ALEX

Es una noche más en mi casa. Yo estoy cocinando. Mi padre está viendo la tele con los pies apoyados en la mesita del café y una botella de cerveza en la mano. Está bebido, pero no borracho. Todavía distingue su mano derecha de la izquierda, lo cual algunos días es todo un logro. Estaba despierto cuando llegué a casa de trabajar por la tarde. Otro logro. Y parece que también se ha duchado. Se ha quitado la camisa de rayas y ya no apesta a colonia barata ni le huele el aliento, como cuando me marché por la mañana. Ahora solo apesta a alcohol.

Echan un partido de fútbol americano por la tele. Los Leones de Detroit. Mi padre grita a la tele.

Hay *nuggets* de pollo en el horno y una lata de judías verdes calentándose al fuego. Mi padre entra en la cocina a buscar otra cerveza y me pregunta si quiero una yo también. Lo miro y digo:

—Tengo dieciocho años. —Aunque no sé si eso significa algo para él. En la puerta de la nevera hay un dibujo del espacio exterior que hice hace como doce años: el sol, la luna, las estrellas, Neptuno y Júpiter. Pintado con ceras de colores. Desgastado por los bordes, además le falta una esquina, porque se habrá caído del imán un millón de veces. Los colores están difuminados. Todo últimamente parece estar empezando a difuminarse.

Comparte imán con una postal de mi madre. Yo la tiré a la basura cuando llegó al correo, pero él la encontró allí, mezclada con los restos de carne de la comida, y volvió a sacarla. Esta es de San Antonio. *El Álamo*, según dice.

—No deberías ser tan duro con ella —me dijo cuando encontró la postal en la basura. Y luego agregó lo que siempre decía cuando hablaba de mi madre—. Lo hizo lo mejor que pudo.

—Si tú lo dices —respondí yo antes de salir de la cocina. Me pregunto si será posible odiar a alguien y al mismo tiempo sentir pena por esa persona. Yo siento pena por ella, claro. No tenía madera de madre.

Pero también la odio.

Mi padre es un bebedor patético y, cuanto más bebe, más piensa en mi madre. Piensa en cómo nos abandonó hace años, sin ni siquiera despedirse. Piensa en el hecho de que todavía tiene la foto de boda enmarcada y colgada en el dormitorio, que aún lleva la alianza, aunque ella se fuera hace trece años. Cuando yo tenía cinco. Era un niño pequeño con Legos y juguetes de Star Wars. Fue entonces cuando se marchó.

Si de mí dependiera, me habría deshecho del anillo hace tiempo. No es que le guarde rencor ni nada de eso, porque no es así. Es que pienso que habría tirado el anillo. O lo habría empeñado, como empeñó él mi anillo de graduación del instituto para comprar alcohol. En su lugar, es un tema de conversación candente durante las muchas citas desastrosas que tiene mi padre con las mujeres solteras del pueblo: una fuente que se está secando deprisa y que pronto se habrá evaporado. Cabe la posibilidad de que ya haya salido con todas. Excepto quizá con Ingrid, la agorafóbica, por razones que no hace falta explicar. Mi padre se pasa sus citas en la taberna del pueblo, emborrachándose y contando que mi madre nos abandonó cuando yo tenía cinco años. Se supone que ha de despertar compasión, pero en su lugar le hace parecer un pelele. Acaba llorando y espantando a las mujeres una a una, como si fueran latas viejas alineadas sobre una barandilla para practicar tiro.

No tiene ni idea de por qué sigue solo.

Es patético, en serio. Pero sigue siendo mi padre y siento lástima por él.

Pongo los *nuggets* y las judías verdes en una fuente descascarillada y lo llamo a cenar. Entra con la cerveza en la mano y se sienta a la cabeza de la mesa, en la única silla desde la que puede seguir viendo la tele.

—¡Agarra el jodido balón! —grita y golpea la mesa con la palma de una mano sudada, lo que hace que el tenedor salga volando y caiga al suelo. Se agacha para recogerlo, se golpea la cabeza con el pico de la mesa de madera y maldice. Luego empieza a reírse cuando se le hincha la frente.

Una noche cualquiera en nuestra casa.

Esta noche no hablamos de cosas insustanciales. En su lugar, yo me comporto de manera intachable sentado a la mesa, utilizo un cuchillo para untar la mantequilla y un tenedor para comer las judías en vez de usar las manos. Veo a mi padre arrastrar medio panecillo por el bote de la margarina y pienso: «No me extraña que siga soltero». Tenía mucho más que ofrecerle a mi madre cuando era joven, tenía trabajo y estaba sobrio. Sobra decir que ninguna de esas tres cosas sucede ya. Pero la razón por la que mi madre se fue no tiene nada que ver con eso. ¿La razón? La maternidad. Yo.

Intento no obsesionarme con eso.

—No son patatas fritas —le digo al verle agarrar las judías una a una con la mano y llevárselas a la boca, masticando con la boca abierta—. Utiliza el tenedor. —Me ignora y grita hacia la tele y le salen escupitajos de la boca. Escupitajos verdes como las judías.

Se pone en pie y grita:

—¡Salida en falso! —Señala con el dedo a los árbitros de la tele, como si pudieran oírlo—. ¿Es que estás ciego, gilipollas? Ha sido una salida en falso.

Y entonces vuelve a sentarse.

Yo lo miro ahí sentado, cenando. Advierto que le tiemblan las manos. Mi padre sufre de temblores, se dé cuenta o no. Yo sí me doy cuenta. Le tiemblan las manos cuando intenta usarlas para algo: para comerse los *nuggets*, para abrir otra botella de cerveza. Me recuerdan a las manos de mi abuelo, aunque a él le temblaban porque era viejo. Hay veces en que a mi padre le tiemblan tanto que tengo que abrirle yo la cerveza. ¿La incongruencia del asunto? Que cuanto más bebe, menos le tiemblan, como si fuera una especie de reacción paradójica. Las manos se relajan cuando él está completamente pedo. A mí me parece que debería ser al revés, pero aun así, el temblor de las manos es un buen indicador para saber cuánto ha bebido. No sirve de nada preguntárselo directamente; o está demasiado borracho como para acordarse, o, de lo contrario, me miente. Esta noche no ha bebido lo suficiente.

Se levanta de nuevo para reprender al entrenador, que ha optado por la táctica equivocada. Y vuelve a sentarse. Y vuelve a levantarse cuando le quitan el balón de las manos al corredor y se produce una interceptación; esta vez al levantarse consigue tirar la silla al suelo. Ve impotente como los Gigantes avanzan por el campo con el balón. A mí ni siquiera me hace falta girar la cabeza para ver la tele. Me va narrando todo lo que ocurre antes de lanzar la otra mitad de su panecillo contra la pantalla. Entonces va a por otra cerveza mientras maldice a todos los jugadores de los Leones.

Así que no es de extrañar que, cuando dice «Invasores», no le preste demasiada atención. Está hablando de la tele. Se referirá a los jugadores del otro equipo.

—¿Me has oído? —pregunta, y entonces me doy cuenta de que está hablándome a mí. Tiene la camisa mojada; en algún momento se ha echado la cerveza encima. Tiene un trozo de judía verde pegado a la barbilla. Cuánta clase.

Me doy cuenta de que no me está mirando a mí, así que giro la silla, sigo la dirección de su mirada y contemplo el otro lado de la calle.

Y ahí está de nuevo. Esa luz: encendida, apagada.

Como una contracción muscular involuntaria. Un tic. Un calambre.

Encendida, apagada.

—Hay okupas viviendo ahí otra vez —dice mi padre, refiriéndose a la casa amarilla abandonada que hay al otro lado de la calle. Esa que tiene una historia detrás, el tipo de historia de la que nadie habla, pero que todos conocen. No es la primera vez que hay okupas viviendo allí. Por ese sitio ha pasado todo tipo de gente. Se sabe que algún vagabundo ha estado alojado en ella sin pagar nada durante un buen tiempo. Normalmente se marchan solos, sin que haya que llamar a la policía, pero en cualquier caso resulta inquietante saber que hay un vagabundo viviendo en una casa vacía que se encuentra justo frente a la tuya.

En el jardín hay un columpio de neumático que pende de un viejo roble, olvidado junto con la casa. Las cortinas cuelgan de las ventanas sin moverse. Antes eran blancas, pero ahora han amarilleado y están rajadas de forma extraña, como si alguien las hubiese cortado con tijeras. Aunque lo más probable es que sean los ratones, que se comen la tela. El hormigón se amontona en torno a la casa como si fueran migas de galleta, cayéndose a pedazos sobre el jardín. Hay carteles clavados a los que nadie presta atención: *No pasar*, y también uno de *No apto para vivir*. Son carteles negros con letras naranjas. No pasan desapercibidos. Y aun así la gente los ignora y entra.

Un vagabundo viviendo ahí o quizá... No. Niego con la cabeza. No es eso. Ya lo he dicho. No creo en los fantasmas.

Pero eso es solo cosa mía. El resto de la gente del pueblo sí que cree.

Cualquier pueblo pequeño de Estados Unidos tiene su propia casa encantada.

Y resulta que la nuestra está justo delante de mi casa.

Nunca conocí a la familia que vivió antes en esa casa. Todo el mundo habla de ella como «esa casa». Lleva años vacía, desde antes de que yo naciera. Supongo que nunca me importó lo suficiente como para preguntar quién vivía allí. En mi cabeza, hace mucho que se fueron y dejaron atrás los recuerdos de una familia feliz y un hogar descuidado. La única habitante de la casa de la que la gente habla es la difunta Genevieve, aunque solo dicen «ella», y a veces incluso «eso», para referirse a ella. Hay gente que dice haberla visto, a su fantasma, vagando por la casa, con su alma atrapada allí para toda la eternidad.

Pero yo sé que no debo creer en esas cosas. No son más que chorradas. Los fantasmas no existen.

—Malditos invasores —insiste mi padre antes de levantarse de la mesa y tambalearse hasta el frigorífico para sacar otra cerveza. Deja el tapón en la encimera y regresa a la sala de estar para seguir viendo el partido. Me deja su plato sucio para que lo limpie yo y su servilleta tirada en el suelo para que la recoja.

QUINN

No tardo mucho en volver a enfrentarme a otra prueba.

Estoy de pie en la cocina y empieza a sonarme el teléfono en la mano. El teléfono de Esther. Doy un respingo. Esta vez no es un número oculto, sino un número local. La chica que llama tiene una voz alegre y simpática, quizá ronde mi edad, aunque es difícil saberlo a través del teléfono porque no puedo verle la cara. Me pregunta si soy Esther y esta vez respondo que sí.

Es divertido hacerme pasar por ella. La tengo en muy alta estima. Si hay una persona en el mundo que me gustaría ser, esa es Esther. Es guapa, inteligente y amable. Además es valiente y muy buena compañera de piso.

Pero todos esos pensamientos se diluyen cuando la chica al otro lado de la línea dice:

—Llamaba por el anuncio del *Reader*.

—¿Qué anuncio? —pregunto, olvidando por un segundo que se supone que soy Esther. Supongo que estará intentando vender algunas cosas, quizá para despejar un poco el almacén. ¿Quién necesita una lámpara de lava? Están pasadísimas de moda.

Pero entonces la mujer declara:

—El anuncio de se busca compañera de piso. —Y yo me quedo con la boca abierta. Y sin palabras—. ¿Ya has encontrado a alguien? —pregunta ella, y tardo un rato en recuperar el habla.

Se me pasan mil ideas por la cabeza, pero sobre todo hay una pregunta que se repite: ¿por qué? ¿Por qué ha puesto Esther un anuncio en el *Reader*? ¿Por qué busca nueva compañera de piso? ¿Por qué quiere deshacerse de mí? Me siento herida. Ha herido mis sentimientos, como si me hubiese apuñalado por la espalda con la daga de Romeo. Sé que soy un poco guarra y que solo pago el cuarenta y cinco por ciento del alquiler, frente al cincuenta por ciento acordado, sé que no siempre tengo dinero para pagar los gastos, que me dejo las luces encendidas o me olvido de cerrar el grifo. «Pero aun así, Esther», digo para mis adentros, preguntándome de pronto quién es peor compañera de piso: ella o yo. «¿Cómo has podido hacerme esto?». ¿Dónde pensaba que iba a ir si me echaba de aquí? ¿Pensaba que iba a volver a las afueras a vivir con mis padres y con Madison la Cerebrito? Ni hablar. Esther podría haberme señalado mis deficiencias; podríamos haberlo hablado. Podría haberme advertido antes de decidir echarme. El corazón me da un vuelco. Pensé que era mi amiga, pero quizá me equivocaba. Quizá no era más que una compañera de piso.

—No pasa nada si ya tienes a alguien. No es para tanto —dice la desconocida, pero yo me aclaro la garganta y me trago el sentimiento de traición.

—No. No he encontrado a nadie. Me alegra mucho que me llames —respondo. Y entonces quedo en verme con la mujer que está a punto de ser mi sustituta, la mujer que ocupará mi lugar a la mesa de la cocina, en el sofá rosa, la que pronto vivirá en mi habitación y se hará amiga de mi amiga mientras a mí me tira como si fuera un resto de comida.

Me imagino a mí misma sola en la gran ciudad, sin Esther. No podría permitirme el alquiler en un apartamento para mi sola ni aunque mi vida dependiera de ello. Este piso cuesta mil cien dólares, que para ser Chicago es poquísimo. Esther lleva años en este apartamento. Es mucho más barato que los demás apartamentos del barrio por una razón: el alquiler controlado. Si yo fuese hoy a ver a la señora Budny y le dijese que quiero mi propio apartamento, idéntico al que comparto con Esther, me cobraría mil seiscientos pavos al mes, y yo no tengo ese dinero ni de lejos.

Quedo en verme con mi sustituta al día siguiente después del trabajo, en una pequeña cafetería de Clark. Nos despedimos y yo abro el *Reader* digital. Y claro, allí está el anuncio. *Mujer busca compañera de piso para compartir apartamento de 2 dormitorios en Andersonville. Buena ubicación. Preguntar por Esther.* Y ahí deja su número de teléfono junto a una fotografía de nuestro edificio, con las hojas otoñales cayendo de los árboles, como si hubiera sacado la fotografía ayer o antes de ayer.

«¿Por qué, Esther?», pregunto para mis adentros. «¿Por qué?».

LUNES

ALEX

Me levanto temprano, mucho antes de que salga el sol, y me enfrento al aire frío de la mañana para ir a hacerle la compra a Ingrid, como prometí. Hace mucho frío hoy y me cuesta respirar. Me quema los pulmones, me congela las manos y las orejas cuando cierro la puerta y dejo a mi padre durmiendo en casa. En la mano llevo las facturas para echar al correo de fuera. He utilizado la nómina de la semana pasada para pagarlas; la factura del gas venía con un aviso de que pronto nos quedaríamos sin calefacción. Llegó la semana pasada y eso me obligó a regañar ayer a mi padre y a decirle que más le valía buscarse un trabajo.

Me alegra ver que se lo ha tomado a pecho.

Mientras camino hacia el buzón, miro hacia la casa abandonada del otro lado de la calle en busca de algún okupa o cualquier otra forma de vida. Es una imagen horrible, una de las pocas cicatrices de nuestra calle, por lo demás bastante tolerable. Hay casas vacías, propiedades embargadas, casas a medio construir con la obra parada, con planchas de contrachapado y herramientas de construcción pudriéndose entre las malas hierbas. Es el signo de nuestro tiempo, la crisis inmobiliaria de nuestra generación que figurará en los libros de texto de las generaciones futuras. Me fastidia un poco saber que estas viviendas abandonadas y desoladas están haciendo historia en este mismo instante.

Casi todos los habitantes del barrio son obreros, muchos de los cuales van cada día hasta Portage, Indiana, o Hobart a trabajar, para ganarse un sueldo y pagar las facturas. Trabajan generalmente en fábricas, si no trabajan en alguna tienda del pueblo. Aquí nos cuesta más ganar dinero, y aun así estamos mejor que esos apartamentos cochambrosos de Emery Road, esas viviendas subvencionadas, pagadas en parte por el Gobierno de Estados Unidos.

Pero, al margen de cuántas casas abandonadas haya en el barrio o en el pueblo, esta es la casa de la que todo el mundo habla: la casa de construcción tradicional de color amarillo con revestimientos de aluminio y el tejado hundido situada enfrente de la mía.

Pero esa casa no siempre fue una mancha en el mapa. Aunque para mí siempre ha sido un horror, se lo he oído decir a otros vecinos, que de vez en cuando salen al jardín, se cruzan de brazos y fruncen el ceño al ver en qué se ha convertido con el paso de los años. Me dicen que no siempre fue así. Dicen que es una auténtica pena. Hubo una época en la que la casa estaba habitada y era bonita. Los vecinos quieren que la derriben, pero el banco dueño de la propiedad no quiere pagar por eso. Eso cuesta dinero. Así que la dejan ahí. La casa es ahora una vergüenza, aunque ha sido así desde que yo era pequeño. Como el resto del mundo, a mí me gustaría que la demolieran y acabaran con su sufrimiento.

Y luego, por supuesto, están las historias que circulan sobre el fantasma de Genevieve.

Se sabe que algunos niños (valientes o estúpidos) se han asomado a las ventanas y han visto su espectro a través de los cristales. Pero no son solo los niños. Los adultos también aseguran haberla visto; una pequeña aparición vestida de blanco que va de una habitación a otra, perdida y sola, llamando a su mamá.

En secundaria es un rito de iniciación: te desafían a pasar la noche en la casa encantada. Yo mismo lo hice cuando tenía doce años. Más o menos. Aguantamos un par de horas a lo sumo. Parte de la dificultad consistía en poder salir de casa sin que tus padres se dieran cuenta, aunque mi padre estaba tan borracho que no sabía si yo estaba en casa o dónde. Pero los demás chicos tuvieron que mentir a sus padres, decir que iban a dormir en otra parte o salir por la ventana de su habitación cuando ya deberían estar dormidos.

Era una especie de iniciación, pasar de ser un marginado para convertirte en alguien popular, y para eso había que pasar la noche con un fantasma.

Así que lo hicimos. O al menos lo intentamos. Un grupo de amigos y yo preparamos mochilas con linternas, navajas, prismáticos y comida, y nos desafiamos los unos a los otros para pasar la noche ahí, en esa casa amarilla con un fantasma. ¿Por qué? No lo sé. Pero lo hicimos.

Llevábamos además una cámara desechable para sacar fotos y poder enseñarlas en clase al día siguiente, como prueba de que lo habíamos hecho. Pasamos la noche con un fantasma y sobrevivimos. Alguno llevaba gafas de visión nocturna, otro una videocámara. Otro cargaba con algo que aseguraba que era una cámara térmica (no lo era). Nos colamos por una ventana rota, en la que me raspé la espinilla con el cristal, y montamos el campamento en lo que otrora fuera el salón de una familia feliz, con sacos de dormir, almohadas y todo eso. Sacamos fotos; junto a la chimenea cubierta de telarañas, sentados en un viejo sofá lleno de bichos, atravesando el umbral de su habitación. Su habitación.

La habitación de Genevieve.

Según las historias que he oído a lo largo de los años, Genevieve era una niña perversa. En los cinco años anteriores a su muerte, la pillaron en más de una ocasión volcando nidos de pájaros o arrancándoles las patas a los insectos. Es la clase de cosas que la gente recuerda de Genevieve, la pequeña Genevieve subiéndose a un árbol para lanzar contra el suelo a las crías de petirrojo. Después se bajaba del árbol y las pisoteaba mientras la madre petirrojo presenciaba la escena, indefensa, incapaz de hacer nada para salvar a sus polluelos. Los niños de por entonces, adultos ya, hace tiempo que se fueron, pero sus padres siguen aquí y recuerdan que sus hijos no querían jugar con Genevieve. Genevieve era cruel. Era mala. Les tiraba del pelo, les insultaba. Les hacía llorar y fingir dolor de tripa para no tener que ir al colegio, porque allí Genevieve les daba puñetazos y patadas. Tenía un temperamento muy fuerte, o eso he oído, pero no como la típica niña de cinco años llorona y malcriada, sino como una niña de cinco años a la que habría que ponerle una camisa de fuerza como poco y darle medicación.

No es de extrañar que la mitad del pueblo esté convencida de que ha vuelto como fantasma para atormentarlos incluso después de muerta.

Los chicos y yo conseguimos pasar solo unas horas en la casa antes de darnos cuenta de que no estábamos solos, así que huimos. Sin embargo, no tenía nada que ver con un fantasma. Fueron las ratas las que nos echaron. Las malditas ratas del tejado. No llegamos ni a las once de la noche cuando empezaron a salir en busca de comida.

Incluso ahora, tantos años después, se dice que se oyen ruidos por la noche. Una niña cantando nanas, una niña llorando.

Pero yo estoy bastante seguro de que es el viento.

Aunque otros no están tan seguros. Algunas personas supersticiosas evitan pasar por delante, o se cruzan de acera. Otras aguantan la respiración mientras pasan, como cuando pasas por un cementerio y aguantas la respiración para no inhalar el espíritu de los muertos. Se meten el pulgar en el puño, pero no sé por qué. Solo sé que lo hacen. Las supersticiones sobre la muerte son la norma en esta zona.

Si tu sombra no tiene cabeza, eso es que vas a morir.

Ver un búho durante el día significa que la muerte se acerca.

Un pájaro que se estrella contra una ventana también significa que la muerte anda cerca.

La muerte viene de tres en tres.

Y hay que sacar los cuerpos de una casa con los pies por delante. Siempre.

Yo no me lo trago. Soy demasiado escéptico para eso.

Lo gracioso es que Genevieve ni siquiera murió en esa casa. Ahí fue donde vivió, pero no donde murió. ¿Cómo va estar entonces allí su espíritu?

Aunque quizá esté siendo demasiado pragmático.

QUINN

La noche llega y se va, pero Esther no vuelve a casa. Al día siguiente me cuesta un mundo salir por la puerta para ir a trabajar, porque lo que más deseo es quedarme en casa y esperar a que Esther regrese. La operadora del 311 me dijo entre cuarenta y ocho y setenta y dos horas, y Esther solo lleva fuera veinticuatro. También me dijo que el setenta por ciento de la gente desaparecida se marcha por voluntad propia. Además sé que Esther está buscando nueva compañera de piso, alguien que me sustituya, así que uno los puntos en mi cabeza y llego a la conclusión de que la desaparición de Esther tiene algo que ver conmigo y con mi laxitud. Soy una pésima compañera de piso, ya lo pillo. Pero, aun así, sea o no sea culpa mía, no hace que me sienta mejor. El hecho de que Esther me quiera fuera es como una patada en el estómago.

Pero no puedo quedarme en casa los próximos dos días esperando a que aparezca por arte de magia. Tengo que trabajar y albergo la esperanza de que, cuando vuelva, si es que vuelve, podamos solucionar esto.

El lunes por la mañana voy montada en el 22 de camino al centro con una falda muy corta por alguna absurda razón. En todas y cada una de las paradas, las puertas del autobús se abren y el viento gélido de noviembre se apresura a lanzarse sobre mis piernas desnudas. Llevo medias, no soy tan tonta, pero eso no sirve para protegerme del viento despiadado de la Ciudad del Viento. Llevo unos zapatos de tacón en el bolso y unas deportivas puestas: mi imagen de mujer trabajadora.

¡Si mi madre me viera ahora, estaría orgullosísima!

Llevo puestos los auriculares, con la tableta en el regazo, escuchando música, sobre todo para poder ahogar la letanía de toses, estornudos y resoplidos que me rodea. Para poder fingir que no están aquí, aunque la voz suave de Sam Smith rogándome que me quede no es una mala manera de empezar el día.

Algún imbécil ha dejado una ventanilla un poco abierta, así que la temperatura en el autobús no pasará de los dieciséis grados. Me cierro con fuerza el abrigo y le digo al sintecho que va sentado detrás de mí que por favor deje de tocarme el pelo. No es la primera vez que va en el autobús conmigo. Es un vagabundo, el tipo de hombre que se gasta hasta el último centavo que tiene en montar en autobús. No porque tenga que ir a algún sitio, sino porque precisamente no tiene adónde ir. Lo hace para no pasar frío. Monta hasta donde se lo permite el conductor y entonces se baja. Pide más dinero y, cuando consigue otros dos dólares, paga un billete y vuelve a subirse. Siento un poco de pena por él.

Pero, si vuelve a tocarme, me cambio de asiento.

Veo el centro de la ciudad ante mí, los edificios cada vez más altos según salimos de Andersonville y atravesamos la zona norte, Wrigleyville, Lake View y Lincoln Park.

Y entonces lo recuerdo, mientras el 22 recorre Clark Street; se me pone la piel de gallina mientras el vagabundo me acaricia el pelo. Estoy enfadada. Esther está intentando reemplazarme.

Es como golpearte el dedo pequeño del pie o expulsar una piedra del riñón. Duele. Mejor aún, es como pillarte los dedos en la puerta de un coche. Quiero llorar y gritar. Siento un enorme vacío en el pecho, una certeza que soy incapaz de asimilar. Vuelvo a oír a la chica hablando anoche por teléfono, por el teléfono de Esther;

con esa voz alegre y confiada al declarar alegremente: «Llamaba por el anuncio del *Reader*. El anuncio de se busca compañera de piso».

Poco sabe ella que en menos de un año Esther podría darle la patada como a mí.

Me bajo del autobús y corro hacia el edificio de mi oficina, un rascacielos situado en Wabash. Es un edificio alto y negro de cincuenta plantas de oficinas. Antes tenía unas vistas extraordinarias, pero han quedado bloqueadas por la última monstruosidad en rascacielos: noventa y ocho pisos de acero y cristal que surgieron en mitad de la ciudad casi de la noche a la mañana, justo enfrente de mi lugar de trabajo. Los abogados para los que trabajo, esos que tienen vistas panorámicas y despachos tan grandes como la casa de mis padres, están bastante cabreados al respecto, pues ya no tienen vistas al lago Míchigan porque un empresario se las ha robado con su nuevo edificio.

Problemas del primer mundo.

Tomo el ascensor hasta el piso cuarenta y tres, sonrío a la recepcionista y ella me sonríe. Estoy bastante segura de que no sabe cómo me llamo, pero al menos ya no me pide la identificación cuando me ve. Llevo trescientos sesenta días en este trabajo. Eso son muchos lunes. No me gusta nada el empleo: un puesto como ayudante de proyectos está por debajo incluso de los conserjes, los hombres y las mujeres que friegan el suelo y limpian los urinarios.

La razón por la que quería el trabajo era que pagaban. No mucho, pero pagaban. Y no había mucho que pudiera hacer con un título de humanidades de una universidad de mierda. Pero esto sí que podía hacerlo.

Lo primero que hago al llegar al trabajo es intentar encontrar a Ben. Ben, que no me devolvió la llamada anoche porque estaba demasiado ocupado haciendo cosas con su novia Priya. Pero no me permitiré ir por ahí; no puedo. No quiero pensar en Ben y en Priya ahora mismo. Ben y Priya y mis celos insaciables. En su lugar, me centro en la tarea que tengo entre manos. Debo encontrar a Ben. Tengo que hablar con él de Esther.

Así que me meto por las escaleras y comienzo a subir hacia su piso. Nuestra empresa, un bufete de abogados nacional con más de cuatrocientos abogados, ocupa once plantas de oficinas dentro del edificio negro. Cada planta es básicamente igual a la anterior, con los asistentes legales y los ayudantes de proyecto apiñados en pequeños cubículos en el interior de cada planta, obligados a vivir entre pilas de documentos y máquinas fotocopiadoras. Aquí no existe la luz natural, sino unos tubos fluorescentes que no favorecen a mi tono de piel ni a mi color de pelo. La iluminación me otorga un color amarillento y enfermo, así que cualquiera pensaría que sufro ictericia, provocada por alguna enfermedad del hígado. Algo con mucha clase.

Yo trabajo en la planta cuarenta y tres; Ben, en la cuarenta y siete. Comienzo a subir los escalones uno a uno, intentando ignorar el aspecto siniestro de las escaleras de la oficina. No las utilizo con mucha frecuencia, pero a veces una chica no quiere verse encerrada en un pequeño ascensor con tres o cinco o incluso un abogado de primera categoría, y hoy es uno de esos días.

Cuando llego al cubículo de Ben en la planta cuarenta y siete, está vacío. Tiene el ordenador encendido y junto a su silla de escritorio hay una bolsa de cuero y unas deportivas negras. Sé que está aquí, en alguna parte del edificio, pero no en su cubículo. Pregunto si alguien le ha visto, intentando disimular mi ansiedad con una amplia sonrisa.

—Estaba aquí —responde una asistente rubia que pasa por ahí con una caja, repiqueteando los tacones de aguja contra el suelo de madera—, pero ahora no está. —Obviamente.

Encuentro un trozo de papel y garabateo una nota con la mejor letra posible, aunque me tiemblan las manos por mil motivos, o quizá mil y uno. *Tenemos que hablar cuanto antes*, escribo y le dejo la nota sobre el teclado antes de regresar fastidiada a mi cubículo.

Esta mañana me encargan la importantísima tarea de etiquetar documentos utilizando el sistema de Bates. Suena muy importante, de verdad. Incluso tiene un nombre, «etiquetado de Bates», al igual que el surco que va desde el labio superior hasta el comienzo de la nariz se llama «filtro», hecho que descubrí cuando navegaba por internet con la excusa de documentarme sobre uno de nuestros clientes más importantes. O cuando tienes el segundo dedo del pie más grande que el primero, eso se llama «dedo de Morton». Cosas importantes que merecen tener un nombre. Como el etiquetado de Bates. Cuestiones de vida o muerte.

Pero no. Lo que hago es colocar cientos de miles de pegatinas numeradas en una ingente cantidad de documentos antes de tener que fotocopiarlos tres o cinco o diez veces. Hay cajas y cajas de documentos, pero lo peor es que ni siquiera contienen detalles escandalosos como los de los abogados matrimoniales, sino documentos financieros. Porque yo trabajo con abogados transaccionales, hombres aburridos que se divierten mirando documentos financieros y hablando de dinero durante todo el día, mientras que a mí me pagan poco más del salario mínimo.

Cuando me entrego a la tarea de etiquetar los documentos, mis movimientos se vuelven apresurados y repetitivos. Tengo la cabeza muy lejos de los documentos que hay ante mí. Estoy en el trabajo, pero no puedo concentrarme en ello. Solo puedo pensar en Esther. ¿Dónde está Esther? No puedo centrarme en nada más, ni en las pilas de documentos, ni en la montaña de correspondencia, y me limito a marcar con *post-it* rojo el nombre de nuestro cliente una y otra vez, hasta que comienzo a ver borroso. Repaso nuestra última conversación. ¿Se me escaparía algún detalle importante en el tono de su voz o en su sonrisa cansada? Estaba enferma, no se sentía bien. «Sería una aguafiestas, Quinn. Vete sin mí. Te divertirás más».

Pero ahora no puedo evitar preguntarme si sería una especie de prueba. ¿Estaría Esther poniéndome a prueba? Quizá quería ver qué clase de compañera de piso era yo realmente y si antepondría sus necesidades a las mías.

Si es así, desde luego no pasé la prueba. Salí sin ella, me divertí. Ni siquiera se me ocurrió pasarme por su habitación al regresar para ver cómo se encontraba. No se me pasó por la cabeza. No me ofrecí a llevarle una manta o a calentarle un cuenco de sopa. Otra compañera, una compañera mejor, habría preparado sopa. Otra compañera habría dicho «Ni hablar, Esther», ante su insistencia en que me fuera. «Me divertiré más contigo».

Pero no fue eso lo que dije. Dije que vale y me marché apresuradamente. No me lo pensé dos veces.

—Maldita sea —digo en voz alta al cortarme el dedo índice con el filo del papel. La sangre comienza a brotar y gotea sobre una declaración de liquidez—. Maldita sea, maldita sea —repito, sabiendo que mi frustración se debe más a Esther que a una insignificante pérdida de sangre. Me duele el dedo, pero me duele más el corazón.

Esther está intentando reemplazarme.

Me planteo por un instante un mundo sin Esther y me pongo muy triste.

—¿Un mal día? —pregunta entonces una voz. Yo aparto la mirada de mi dedo ensangrentado y veo a Ben en la puerta con los brazos en jarras (esa es otra cosa que descubrí mirando por internet. Significa apoyar las manos en las caderas), contemplando las gotas de sangre—. Deja que te ayude.

Lleva unos pantalones chinos de algodón fino color gris topo y un polo azul pavo real. Va vestido de manera impecable y está guapísimo, aunque lo más probable es que haya venido a trabajar en bici, como acostumbra; un híbrido que deja encadenado al soporte para bicis que hay frente al edificio. Tiene complexión de corredor, delgado, pero musculoso, siempre con ropa ajustada que permite ver todos y cada uno de los músculos de su abdomen y sus glúteos. O al menos eso me imagino yo.

No es ningún secreto que me gusta Ben. Creo que lo sabe todo el mundo menos él.

Saca un pañuelo de una caja y lo presiona con fuerza contra mi mano. Tiene las manos calientes y sus movimientos son decididos. Me sujeta la mano pocos centímetros por encima de mi corazón. Sonríe y tira de mi brazo.

—Eso ayuda a parar la hemorragia —me dice y, por primera vez, yo también sonrío, dado que ambos sabemos que nadie se desangra por cortarse con un folio. Lo único que sucede es que deja manchas de sangre en los absurdos documentos financieros, nada que no se arregle con un poco de *Tipp-Ex*.

—Siento no haber podido llamarte anoche —me dice—. ¿Qué pasa? —pregunta mostrándome mi nota. *Tenemos que hablar cuanto antes.*

Me dan ganas de contárselo todo en ese mismo momento: lo de Esther, la escalera de incendios, la carta dirigida a un «cariño». Tengo mucho que contarle, pero no lo hago. Al menos no todavía. No quiero hablar aquí. Los cotilleos en este lugar corren como la pólvora y lo último que deseo es que la chismosa asistente del final del pasillo les cuente a todos que soy una pésima compañera de piso y que Esther me ha dado la patada.

Ben, Esther y yo somos como los tres chiflados, los tres mosqueteros. Fui yo quien los presentó. Conocía a Ben del trabajo; ambos empezamos a trabajar en el bufete el mismo día y juntos tuvimos que soportar ocho horas de formularios de recursos humanos, de vídeos de formación y de orientación. Yo me moría del aburrimiento cuando, dos horas después, Ben se volvió hacia mí en su silla giratoria, sentados ambos a la mesa de una elegante sala de reuniones, y parodió a la mujer de recursos humanos por su evidente abuso de inyecciones de bótox. Tenía la cara congelada, no podía sonreír.

Yo me reí con tanta fuerza que estoy segura de que eché el café por la nariz.

Hemos sido amigos desde entonces, comemos juntos casi todos los días, nos tomamos un sinfín de pausas para el café y compartimos rumores sobre los abogados del bufete.

Y llegó el día en que me fui a vivir con Esther, unas dos semanas antes de que mi dúo con Ben se convirtiera en un trío. Esther sugirió que diéramos una fiesta para celebrar mi llegada. Decoró la casa y preparó muchísimos canapés. Claro que sí; es Esther. Es lo típico que hace Esther. Invitó a personas que conocía: gente de la librería, de clase, del edificio y del barrio; Cole, el fisioterapeuta del primer piso; Noah y Patty, del final de la calle.

Y yo invité a Ben.

La gente vino y se fue, pero al final de la noche quedamos solo Esther, Ben y yo, charlando de nada hasta que amaneció y Priya lo llamó para que se fuera a casa e interrumpió nuestra diversión. Ben se fue a regañadientes y al fin de semana siguiente, cuando Priya estaba ocupada estudiando para un examen, regresó.

—Te gusta, ¿verdad? —me preguntó Esther cuando Ben se hubo marchado.

—¿Tanto se nota? —le pregunté yo—. Aunque da lo mismo. Tiene novia —agregué mientras contemplábamos la pantalla apagada del televisor sentadas en el sofá.

—Bueno —respondió Esther con ese tono generoso tan propio de ella—. Él se lo pierde. Lo sabes, ¿verdad, Quinn? —Y yo dije que sí, aunque en realidad no lo sabía—. Peor para él —insistió ella, y me hizo repetirlo hasta que, con el tiempo, empecé a creérmelo.

Al fin de semana siguiente, Ben regresó y pasó el rato con Esther y conmigo.

Si hay alguien en el mundo que puede ayudarme a encontrar a Esther, ese es Ben.

Así que, cuando me pregunta «¿Qué pasa?», yo me aprieto el pañuelo contra el dedo para bloquear la hemorragia casi inexistente y pregunto en su lugar:

—¿Quieres ir a comer?

Y, pese a que ni siquiera son las once, Ben no parece extrañado.

—Vamos —me dice. Yo me levanto de la silla y nos marchamos juntos.

Vamos al Subway, como siempre, y como siempre pido lo mismo: sándwich de *roast beef* con pan de trigo, mientras que él se decanta por la ensalada de pollo. Y es entonces, al sentarnos a la mesa junto al ventanal, cuando se lo cuento.

—Esther no vino a casa anoche —le explico, y añado casi en un susurro—: Tampoco vino a casa el sábado por la noche.

Hay obras en Wabash, así que hay mucho ruido: martillos hidráulicos, radiales, lijadoras y cosas por el estilo. Yo intento bloquear el ruido, tanto el de fuera como el de dentro. Las obras de fuera. Y los clientes de dentro del local, que hacen cola, impacientes, hambrientos, mientras hablan por teléfono. El supuesto artista de los bocadillos que hace la misma pregunta una y otra vez como un disco rayado: «¿Pan blanco o de trigo? ¿Pan blanco o de trigo?». Yo finjo por un instante que estamos Ben y yo solos, que no nos rodea el olor a sándwiches vegetales, queso y pan recién hecho, que estamos en un lugar romántico, como la Trattoria N.º 10 de Dearborn, o en lo alto de la Bolsa de Chicago (un lugar al que probablemente nunca vaya), cenando costillas de cordero o carne de venado, contemplando la ciudad desde la planta cuarenta. Los camareros nos llaman «señor» y «señora» y nos sirven champán, seguido de un sorbete para compartir con dos cucharillas; cubertería que probablemente yo no podría ni permitirme. Eso sí que sería romántico. Me imagino el roce de la rodilla de Ben bajo la mesa del restaurante, una mano que viaja sobre el mantel blanco hasta posarse sobre la mía cuando le confieso con tristeza: «Tampoco vino a casa el sábado por la noche».

Ben levanta el tenedor para llevárselo a la boca, pero vuelve a dejarlo e ignora su ensalada.

—¿Qué quieres decir con que Esther no vino a casa? —pregunta. Veo la preocupación en su ceño fruncido. Se mete la mano en el bolsillo, saca el móvil y comienza a buscar entre sus contactos el número de Esther.

—Puede que esté enfadada conmigo —le digo yo.

—¿Por qué iba a estar enfadada contigo? —me pregunta, y yo le digo que no lo sé, pero la verdad es que sí, y no es por una única cosa, sino por una serie de cosas que ilustran el hecho de que soy una mala compañera de piso.

—No lo sé —respondo—. Supongo que la he decepcionado. —Pero Esther me ha decepcionado a mí también, y ahora estoy triste y enfadada al mismo tiempo. Veo que Ben intenta llamarla al móvil, pero le pongo una mano en el brazo y le digo que no sirve de nada.

—Se ha dejado el teléfono en casa —le explico.

Y, como Ben es un tipo listo, lógico y metódico (cosas que yo no soy y por eso sería un perfecto yin para mi yang), deja a un lado sus sentimientos y se centra en el problema.

—Llama a la librería —me dice—. A ver si ha ido a trabajar hoy. ¿Y sus padres?

—Solo está su madre —respondo, o al menos creo que solo está su madre. Esther nunca ha mencionado a un padre, a un hermano, a una hermana, a un perro o a un conejillo de Indias, aunque luego está la fotografía de esa familia que encontré en el almacén, la que Esther prácticamente me arrancó de los dedos el pasado diciembre cuando la saqué de la caja. «¿Quiénes son estos?», le pregunté. Y ella respondió «Nadie», antes de volver a cerrar la caja.

—¿Has intentado llamar a su madre? —me pregunta entonces Ben, y yo niego con la cabeza.

—No sé cómo se llama ni tengo su número —admito, aunque le digo que he llamado a la policía. Un paso en la dirección correcta, supongo, aunque es más bien un paso hacia delante y dos hacia atrás. Parece que no avanzo en absoluto.

—Revisa el teléfono de Esther —me sugiere, pero yo me encojo de hombros.

—No puedo acceder. No tengo la contraseña.

A no ser que la familia de Esther nos llame directamente, eso es un callejón sin salida. Pero él, que no está dispuesto a admitir la derrota, me dice:

—Veré qué puedo encontrar. —Me guiña un ojo—. Tengo contactos —añade, aunque dudo que los tenga. Lo más probable es que sepa moverse por internet y tenga una cuenta en LexisNexis. Esa es la única ventaja de trabajar para un bufete de abogados: acceso a una base de datos que te permite buscar registros públicos y comprobar referencias.

Me siento frustrada, y eso es decir poco, porque parece que no hago nada bien. No soy propensa al llanto, pero por un instante pienso que eso es lo que me apetecería hacer. Me gustaría esconder la cara en la servilleta del Subway y llorar hasta quedarme seca. Pero entonces Ben estira el brazo por encima de la mesa y me acaricia la mano. Yo intento no darle más importancia de la que tiene, no es más que un gesto de amistad, pero resulta difícil no romper a llorar cuando me dice:

—Dudo que Esther esté enfadada contigo. Sois buenas amigas.

—Y yo me digo a mí misma que eso era lo que pensaba, que Esther y yo éramos buenas amigas. Pero ahora ya no estoy tan segura—. Tú llama a la librería y yo localizaré a la madre de Esther. La encontraremos —promete—. Ya verás. —Y entonces me doy cuenta de que me gusta el sonido de su voz, el tono decidido y resolutivo, dispuesto a solucionar la situación. Y sonrío porque ahora ya no estoy sola buscando a Esther Vaughan. Y no podría estar más encantada con mi compañero de investigación.

ALEX

Estoy de pie frente a la casa de Ingrid Daube y me fijo en su jardín cubierto de hojas secas. Tomo nota: la próxima vez traeré un rastrillo y quitaré las hojas. Es lo mínimo que puedo hacer.

Ella no puede hacerlo porque eso implicaría salir a la calle, y eso no va a ocurrir. Pronto empezará a nevar y no quiero que se le muera el césped.

Llevo dos bolsas de papel, una en cada brazo. En el bolsillo tengo el cambio, un dólar y setenta y tres centavos. Levanto una pierna y pulso el timbre con la rodilla, a la espera de que Ingrid abra la puerta.

Fuera hace sol. No hace calor, ni mucho menos, pero hace sol. Es un día despejado. Las gaviotas graznan como locas esta mañana, posadas en los tejados de los edificios o en los toldos.

Cuando Ingrid abre la puerta, tiene un aspecto desaliñado. Está despeinada y lleva todavía el camisón y la bata. No va maquillada y veo las arrugas y los pliegues de su piel. Solo pienso en una cosa: Ingrid parece vieja.

—Buenos días —me dice.

—Buenos días —respondo yo. Pero hoy suena tensa y me hace pasar deprisa antes de cerrar la puerta contra el viento. Lo hace apresuradamente, intentando mantener alejado el aire de fuera. A veces se comporta así. A veces el miedo al mundo exterior empieza y termina en el umbral de la puerta y, siempre y cuando ella esté dentro, todo va bien. Pero hay otras veces en las que teme al propio aire: los gérmenes, el polen, la polución, el humo, el aliento o cualquier otro horror del que pueda ser portador. Hoy parece ser uno de esos días. Me arrastra del brazo y mira hacia la calle para asegurarse de que no me han seguido, de que el viento no está acechando a mis espaldas, preparado para atacar. Cierra la puerta de golpe y echa el cerrojo y la cadena.

Después respira aliviada y sonríe.

Ingrid tiene días buenos y días malos, pero no es asunto mío distinguir unos de otros, así que finjo no darme cuenta. No sé mucho de agorafobia, pero sí sé que a veces el cartero le lleva el correo hasta la puerta, cuando hay tanta correspondencia en el buzón que ya no cabe nada más. Un niño del vecindario le lleva los cubos de basura hasta la acera. Yo, o cualquier otro idiota, le hago los recados. Por lo que sé, todo empezó con un ataque de pánico en el mercado del pueblo. Era un sábado de verano de hace unos años y todo estaba lleno. El mercado estaba abarrotado de gente, y corre el rumor de que esa fue la causa de su ataque de pánico. La multitud. Además hacía calor, mucho calor, y costaba trabajo respirar. Había unas colas interminables, gente a la que ella no había visto nunca. Turistas. Algunos testigos la vieron llevarse la mano al cuello, intentar tomar aire; otros la oyeron gritar, «Apártate» y «Déjame en paz». Así que eso hicieron, y en su lugar llamaron al 911 para pedir ayuda. «¡No me toques!», gritaba Ingrid.

El miedo a que vuelva a repetirse el ataque es lo que la mantiene en su casa. El miedo a perder el control, la idea de morir en el mercado con todo el mundo mirando y señalando. Ella nunca me lo ha dicho, pero me lo imagino. Porque es el último lugar del mundo en el que yo querría morir, el mercado local, rodeado de turistas y de olor a pescado.

Ingrid me quita una bolsa y yo la sigo hasta la cocina, donde veo una baraja de cartas extendida sobre la mesa. Está haciendo solitarios. Qué triste. Tiene una libreta de papel junto a las cartas en la que apunta las veces que gana. Va tres a uno.

En la mesa también están todos los materiales y adornos de Ingrid. Los lazos, los alambres y los cordeles. Cuentas y cierres. Cajas de joyas vacías. Un montón de papel de colores. Una lista escrita a mano de pedidos que tiene que atender. Encerrada en casa y sorprendentemente resuelta, Ingrid fabrica sus propias joyas y dirige una tienda *online*. Le envían los materiales a casa y luego ella envía los paquetes por mensajero, pequeñas cajitas de joyas con collares o pendientes. Ingrid se gana la vida sin tener que poner un pie fuera de casa. Una vez intentó enseñarme a hacer joyas, un collar para nadie en particular, porque tampoco tenía a nadie a quien regalárselo. Pero aun así, mis manos torpes fueron incapaces de doblar el alambre y de meter las cuentas. Ingrid me sonrió con dulzura –esto fue hace años– y confesó que era un pésimo aprendiz. Después de aquello me limité a hacerle los recados y llevarle la comida. Aun así me hizo un collar, nada femenino: un colgante con un diente de tiburón y algunas cuentas blancas y negras. «Te protegerá y te dará fuerza», me dijo cuando me lo puso en las manos. Lo dijo como si yo necesitara esas cosas. Se supone que eso es lo que representa el diente de tiburón: fuerza y protección. Se convirtió en mi talismán, en mi amuleto de la suerte.

Lo llevo siempre puesto, aunque hasta ahora no haya funcionado.

Hoy le damos a la lengua. Hablamos de la derrota de los Leones frente a los Gigantes la noche anterior y me cuenta que esta tarde preparará galletas. Hablamos del tiempo, hablamos de las gaviotas.

—Nunca las había oído hacer tanto ruido —dice Ingrid.

—Yo tampoco —respondo, aunque no es verdad. Las gaviotas siempre hacen mucho ruido. Me pregunto si debería contarle lo de los okupas de la casa amarilla frente a la mía, pero decido no hacerlo, porque no es la clase de cosa que querrá oír. La ayudo a vaciar las bolsas y coloco los productos sobre la mesa para que pueda guardarlos. Ella me da otros veinte dólares por las molestias. Yo intento negarme, pero me los pone en la mano y acepto.

Todas las semanas lo mismo.

Mientras Ingrid vacía las bolsas, tararea una canción. No la reconozco, pero es una canción triste y deprimente. Me entristece, y a Ingrid también. Parece triste y cansada. Sus movimientos son lentos y camina encorvada.

—¿Puedo ayudarla? —le pregunto mientras doblo las bolsas vacías.

—Ya casi he acabado —responde ella mientras guarda una caja de palomitas para microondas en la despensa—. ¿Has comido, Alex? —pregunta, y se ofrece a prepararme un sándwich. Yo miento y digo que ya he comido. Lo último que quiero es ser una molestia o un caso para la beneficencia, cosa que ya soy. Es difícil saber quién de los dos lleva una vida más triste: ella o yo.

Y entonces, por alguna razón, cuando ya hemos vaciado las bolsas y sé que puedo despedirme y marcharme, agarro las cartas y comienzo a barajarlas.

—¿Alguna vez ha jugado al *gin rummy*? —le pregunto y, frente a mí, Ingrid se relaja y sonríe. Claro que ha jugado al *gin rummy*. Lo sé porque he jugado con ella algún día.

Nos sentamos a la mesa y yo reparto.

Le dejo ganar la primera partida porque me parece lo justo.

En la segunda pongo más empeño, pero gana también. Es una fullera y se descarta con manos veloces. Me mira por encima de su abanico de cartas, intentando adivinar cuál es mi jugada. Una reina de tréboles, una jota de diamantes. Un as.

También se le da bien entrometerse, aunque lo hace con tanto tacto que resulta difícil enfadarse.

—¿Trabajas a jornada completa para la señora Priddy? —pregunta mientras yo barajo por tercera vez.

—Sí, señora —respondo. Ella se pasa las manos por el pelo y se aprieta la bata para asegurarse de que está bien cerrada. Se recuesta en su silla y aun así sigo viendo las señales del estrés, las arrugas en su rostro, los ojos cansados. Se levanta y se acerca a la cafetera mientras me pregunta si me apetece un café. Yo le digo que no y ella se sirve una taza, añade leche y azúcar, y yo vuelvo a pensar en Perla, en su cuerpo emergiendo de las aguas del lago Míchigan. No he podido quitarme su imagen de la cabeza desde ayer.

—El resto de muchachos se ha ido a la universidad —me dice, como si yo no estuviera al tanto de eso, del hecho de que todos los chicos con los que me crie ya no están aquí—. ¿Tú no querías? —pregunta mientras yo reparto las cartas. Diez para ella, diez para mí.

—No podía permitírmelo —respondo, aunque eso no es cierto. Bueno, sí lo es. Mi padre y yo no podíamos permitírnoslo, pero no hacía falta. Me ofrecieron una beca completa que yo rechacé. La matrícula y el alojamiento incluidos. Dije gracias, pero no, gracias. Soy un chico listo, soy consciente de ello. Aunque no presumo de ello, no hago ostentación de mi inteligencia, soy más bien discreto. Conozco palabras altisonantes, pero eso no significa que vaya a utilizarlas. Aunque a veces lo hago. Suelen resultar útiles.

—¿Qué tal tu padre? —me pregunta Ingrid.

—Sigue siendo un borracho —respondo.

Mi padre hace años que no logra aguantar con un trabajo. Al parecer no puedes presentarte en tu puesto de trabajo totalmente borracho y esperar que te paguen. Cuando el banco estuvo a punto de desahuciarnos hace años, empecé a trabajar para Priddy a media jornada porque ella ignoró el hecho de que tenía doce años. Lavaba los platos en la parte de atrás para que nadie me viera y ella me pagaba en negro para que Hacienda no se enterase. Era otra de esas cosas que todo el mundo sabía, pero de la que nadie hablaba.

Y entonces cambio de tema porque ya no quiero hablar de mi padre, ni de la universidad, ni del hecho de que el mundo ha seguido avanzando y yo me he quedado estancado.

—Dicen que va a ser un invierno frío —digo al oír el viento que rodea las esquinas de la casa como un piloto de carreras, ululando y silbando.

—¿Acaso no lo son todos? —pregunta ella.

—Sí —respondo.

—¿Alguna vez tienes noticias de tu madre? —me pregunta Ingrid como si no quisiera dejar el tema, la conversación sobre mi padre y sobre mi madre.

—No —respondo. Aunque a veces sí que tengo noticias. A veces recibo postales de lugares que nunca visitaré: el monte Rushmore, las cataratas del Niágara, El Álamo. Lo gracioso es que nunca escribe nada. No se molesta ni en firmar.

—No es fácil ser madre —murmura ella sin mirarme. Ingrid es madre, aunque sus hijos ya no están, su marido tampoco, debido a un brote de gripe particularmente virulento que se produjo años atrás. Pero Ingrid es mucho mejor madre de lo que mi madre fue jamás, aunque sus hijos ya no estén. Debe de haberlo sido. Tiene aspecto de madre, con esos ojos amables y su sonrisa cariñosa. Tiene unos brazos flácidos con los que seguro que da unos abrazos geniales. Aunque yo no lo sé.

Pienso en sus palabras: «No es fácil ser madre». No respondo a eso, al menos en un principio, pero al final digo:

—Debe de serlo. —Porque lo último que deseo es decir algo que exonere a mi madre por abandonarme. No hay excusa para eso, para desaparecer en mitad de la noche y subirse a un tren sin despedirse siquiera. Mi padre guarda una fotografía de ella. En la imagen tendría unos veintiún años. Llevaban muy poco tiempo juntos cuando se tomó. Uno o dos meses, es difícil de saber. En la foto ella no sonríe, pero eso no es decir mucho. No recuerdo ver a mi madre sonreír jamás. Tiene la cara estrecha, los pómulos pronunciados y la nariz fina. Sus ojos son solemnes y rozan la reprobación, quizá incluso la crueldad. Lleva el pelo negro cortado por encima de los hombros, un rasgo de su generación. Son los primeros noventa. Lleva un vestido, lo cual es extraño porque no recuerdo haber visto a mi madre con un vestido en su vida, y sin embargo en esa foto lleva un vestido gris pálido y lavanda. La prenda tiene volantes y varias capas, pero a la vez es sencilla, como si intentara ser algo que no es. Igual que mi madre.

—Todos cometemos errores —me dice Ingrid, pero yo no digo nada.

Y, casi sin darme cuenta, estamos hablando de nuevo sobre el temido invierno. El frío, el viento, la nieve.

Tras la cuarta partida de cartas, Ingrid me dice que me vaya.

—No hace falta que te quedes a hacerme compañía —me dice mientras recoge las cartas—. Seguro que tienes mejores cosas que hacer. —Aunque yo no estoy tan seguro, pero me voy de todos modos.

Apuesto a que ella sí que tiene cosas mejores que hacer que pasar el rato conmigo.

Me despido y salgo por la puerta. Desde el porche oigo el sonido del pestillo al otro lado. Bajo los escalones y llego a la mitad de la calle justo cuando un sedán aparca frente a mí. De dentro sale una mujer joven con un cigarrillo entre los labios. Yo bordeo el vehículo y es entonces cuando percibo la sombra de una figura solitaria que camina por la carretera. Lleva un abrigo de cuadros blancos y negros y una boina negra en la cabeza. Lleva el bolso colgado a modo de bandolera y las manos metidas en los bolsillos de los pantalones. Las puntas de su pelo se agitan con el viento.

Perla.

Desaparece al llegar a lo alto de la colina de la calle principal; es engullida por las casas grandes y los árboles enormes que inundan esa parte del pueblo. Engullida y digerida. Y sin darme cuenta me quedo allí de pie, pegado al asfalto en mitad de la calle, contemplando su ausencia.

Entonces oigo el chirrido de una puerta de malla metálica y veo al doctor Giles frente a su casa, observando también la escena.

No estoy solo. El doctor Giles y yo observamos a la chica, la vemos desaparecer al otro lado de la colina y perderse en la niebla de la mañana.

QUINN

Llamo a la librería de camino a casa y me disculpo por la mala cobertura que hay en el autobús. Intento sonar sincera. De verdad. Pongo la voz más amable que puedo; una mezcla de amabilidad, sinceridad y preocupación.

La mujer que responde al teléfono es una señora llamada Anne, que es estirada, seca y está obsesionada con las normas; atributos todos ellos que deduje la única vez que la vi en persona, cuando fui a la librería para hacer compañía a Esther durante los treinta minutos que duraba su pausa para comer. Al entrar en la tienda aquel día y anunciar el motivo de mi visita, Anne se apresuró a señalar que llegaba pronto, que, aunque eran las 12.24 y la tienda estaba vacía, la pausa para comer de Esther no comenzaba hasta las doce y media. Y después se puso a vigilar como un halcón mientras Esther organizaba los libros, con la portada y el lomo hacia fuera, sobre la estantería de madera, hasta que dieron las doce y media y nos dio permiso para marcharnos. Y en ese preciso instante decidí que no me caía bien Anne.

Así que es una verdadera pena que, de todos los libreros que hay en la tienda, sea Anne la que responde a mi llamada. Le digo quién soy, trato de sonar relajada y no le hago partícipe de mi problema: que han pasado treinta y seis horas o más y sigo sin saber dónde está Esther.

Al otro lado de la línea solo oigo silencio. Al principio me imagino a la mujer vieja y cadavérica escudriñando la librería con la mirada en busca de Esther y surge en mi interior un hilo de esperanza con la posibilidad de que esté realmente allí, en la tienda, trabajando, colocando los libros con la portada y el lomo hacia fuera. Al menos esa es mi esperanza durante los diez o veinte segundos de silencio. Pero entonces el silencio se prolonga tanto que supongo que la conexión se ha cortado por culpa de la mala cobertura. Me aparto el teléfono de la oreja, miro la pantalla y veo los segundos de la llamada, que van en aumento. Cincuenta y tres, cincuenta y cuatro...

Anne está ahí. En alguna parte.

—¿Hola? —digo—. ¿Anne? —Creo que lo digo más de una vez. Pero es difícil oír. A mi alrededor hay ruido, el motor diésel del autobús, la gente que habla, los cláxones de fuera. Es hora punta y hay mucho tráfico. Qué sorpresa.

—Esther debía entrar a trabajar a las tres —me dice Anne—. ¿Sabes tú dónde está? —me pregunta con brusquedad, sin la amabilidad y la sinceridad de mi petición, como si yo estuviera gastándole una broma.

No me molesto en mirar el reloj, porque sé perfectamente que son más de las cinco. El autobús va lleno de gente. Los cuerpos se apretujan contra el mío y yo me agarro para no caerme. Huele mal. A la gente le huelen las axilas y el aliento, resultado de una larga jornada laboral. Un brazo me empuja y deja una marca de sudor sobre mi piel.

Como es lógico, el hecho de que Esther no haya ido a trabajar me resulta extraño. Esther siempre va a trabajar, incluso en los días en los que se levanta a regañadientes de la cama quejándose por tener que ir. Y aun así va. Trabaja duro; se desvive por complacer a los demás. Se esfuerza por causar una buena impresión a su jefe y a sus compañeros, incluida Anne, aunque yo le digo que es una pérdida de tiempo. Jamás complacerá a Anne. Pero aun así, no es propio de Esther no ir a trabajar y, por muy enfadada que esté yo por su búsqueda de compañera de piso, porque su traición aún me duele, no quiero que se meta en un lío o que pierda su trabajo, así que decido cubrirle las espaldas.

—Está enferma —le digo a Anne. Es lo mejor que se me ocurre sin previo aviso. Esther haría lo mismo por mí, eso lo sé—. Bronquitis —añado—. Quizá neumonía. —Y le describo en detalle las toses. Le hablo de las flemas, de un verde amarillento, y le cuento que en las últimas veinticuatro horas Esther no ha podido levantarse de la cama. Le digo que tiene fiebre y escalofríos—. Iba a intentar ir a trabajar hoy —le aseguro, imitando la naturaleza responsable y meticulosa de Esther; iba a intentar ir a trabajar pese a la fiebre y los escalofríos—. Debe de encontrarse realmente mal para no ir.

Pero, a pesar de todo esto, Anne dice que debería haber llamado para avisar y agrega:

—El sábado parecía que estaba bien. —Como si quisiera insinuar que Esther no está enferma en absoluto.

—Fue de repente —le miento—. Le ha dejado hecha polvo.

—¿No me digas? —es lo que dice, pero lo que quiere decir es «Y una mierda».

Si la cafetería tiene un nombre, yo no sé cuál es. Para mí es la que está en la esquina de Clark y Berwyn. Así la llamo yo. Es el lugar al que nos gusta ir a Esther y a mí. Para nosotras no necesita nombre. «Nos vemos en la cafetería», decimos, y, como por arte de magia, ambas aparecemos allí. Esa es mi definición de «mejor amiga». Siempre sabes lo que está pensando la otra.

Salvo en esta ocasión, porque no tengo ni idea de lo que está pensando Esther.

La veo a través del ventanal de la cafetería antes de entrar. Me fijo en su melena pelirroja, en su piel clara. Ya ha oscurecido, hay menos luz fuera que dentro, de modo que puedo ver perfectamente el interior, de diseño industrial, con su aspecto inacabado, sus mesas de acero y todo tipo de objetos reciclados que cuelgan de las paredes. Está sentada en un taburete a una de las barras de madera que hay pegadas al ventanal, arrancando trocitos de la funda de papel de su vaso de café, mirando hacia la calle, esperándome, y yo pienso que se ha equivocado. No es ahí donde nos sentamos Esther y yo; nosotras elegimos una de las mesas de acero más íntimas que hay en la parte de atrás, junto a la chimenea de ladrillo y las paredes de ladrillo visto. Y esperamos a que la otra haya llegado y entonces pedimos juntas, siempre lo mismo, algún brebaje con cafeína que decidimos mientras hacemos cola. Pero esta chica ha ido a la barra ella sola y ha pedido su café sin esperar a ver qué tomaría yo. Y encima se ha sentado en el sitio equivocado.

Esta chica no es buena compañera para Esther. En absoluto. Esa es mi decisión.

Entro y atravieso la estancia con la mirada fija en el suelo de hormigón. No miro a la chica, todavía no, no hasta que esté más cerca. Resulta difícil mirar a los ojos a la persona que planea quedarse con tu vida, consciente o inconscientemente. No es culpa suya, lo entiendo, y sin embargo eso no hace que me caiga mejor. Quizá incluso la odie.

Así que me concentro en mis pies, en las punteras de mis botas de cuero mientras camino.

Ella aparta sus ojos brillantes del ventanal, me mira y entonces me dedica una sonrisa, una sonrisa agradable, pero también reservada.

—¿Eres Esther? —pregunta ofreciéndome su mano diminuta. Y yo le digo que sí. Soy Esther, aunque claro, en realidad no lo soy. Soy Quinn, pero eso ahora no viene a cuento. Soy Esther.

Ella me dice que se llama Megan y después, como si no tuviese claro su propio nombre o no hubiera decidido quién es, dice:

—Meg. —Su apretón de manos es letárgico por decir algo. Remilgado. Ni siquiera sé si nos hemos tocado.

No me molesto en pedir café, porque sé que esto va a ser rápido. Ni siquiera estoy segura de por qué he accedido a quedar con ella, pero por alguna razón deseaba verla con mis propios ojos. Me parece joven e ingenua, la clase de chica que probablemente no sepa ni cómo parar un taxi. La clase de chica que era yo antes. Me siento en un taburete junto a ella y digo:

—Estás interesada en el apartamento. —Y ella me asegura que sí. Acaba de graduarse, o lo hará en diciembre, y busca un nuevo lugar para vivir. Ahora mismo vive con su madre en Portage Park, pero busca algo más cercano al distrito financiero, con una población más joven. Empezará un trabajo en el centro después de graduarse y necesita un apartamento que esté cerca de los medios de transporte.

—Tardaría siglos en llegar al trabajo desde Portage Park —me dice con un dramático golpe de melena.

Lo que más me fastidia es lo mucho que se parece a mí, o a mí hace meses, cuando vi el otro anuncio de Esther en el *Reader*, su primer anuncio. Mi golpe de suerte, eso fue lo que pensé, aunque ahora ya no estoy tan segura. Ahora me siento como un producto fabricado en serie y no una persona única. Se me rompe un poco el corazón con cada palabra de Meg, cuando me dice que trabajará de diseñadora gráfica, que adora el medio ambiente y piensa ir en bici a trabajar en verano. Me dice que lo más difícil de mudarse será dejar a su gato en casa de su madre. Le encanta cocinar y es una obsesiva del orden. Se me rompe el corazón no porque esas cosas me resulten interesantes, sino porque creo que a Esther le caería bien Meg. Creo que a Esther le caería realmente bien.

Pero la pregunta es: ¿le caería mejor que yo?

—¿Buscas nueva compañera de piso? —pregunta Meg, y yo asiento mientras miro por el ventanal el mar de gente que viene y va, viajeros que se bajan del 22 al volver de trabajar.

—Mi compañera —le digo con tristeza— está a punto de mudarse. —Y le cuento que a veces no tiene dinero para pagar su

105

parte del alquiler. Y que a veces no me paga los gastos, o que se come mi comida sin preguntar. Y es cierto; hago todas y cada una de esas cosas. Pero eso no me convierte en una mala compañera de piso, ¿o sí?

Me pregunto qué haré si Esther me obliga a marcharme.

Me pregunto dónde se habrá metido y por qué no vuelve a casa para poder hablar las cosas.

¿Por qué no quiere hablar conmigo?

Meg me hace preguntas sobre el apartamento, preguntas lógicas sobre el pago del alquiler, sobre la fianza y sobre si hay lavandería en el edificio. Preguntas que a mí no se me ocurrió hacer. Pero, cuando me pregunta si puede ver el apartamento, le digo que no. Todavía no.

—Primero tengo que hablar con otras candidatas —miento, aunque me pregunto cuántas llamadas más recibirá Esther en el curso de las próximas horas. ¿Una, diez, veinte llamadas? ¿Veinte chicas que quieren echarme de mi casa, quedarse con mi cama, con mi dormitorio, con mi mejor amiga?

—Estaremos en contacto —le digo, pero, mientras me alejo apresuradamente y salgo de la cafetería, murmuro en voz baja—: Pero no creo que encajes, Meg.

Aunque, claro está, podría haber sido Jane Addams, la madre Teresa u Oprah Winfrey y aun así no me habría parecido lo suficientemente buena para Esther, sin importar que Esther esté buscando compañera de piso porque soy yo la que no es suficientemente buena para ella.

Menuda ironía.

ALEX

Deambulo por las calles en busca de Perla.

Es un camino que me lleva a través de los barrios del pueblo, desde las casas señoriales de la gente apestosamente rica hasta las viviendas provinciales más humildes como la mía, que es poco más que una choza. Me alejo de las orillas del lago Míchigan, donde la comunidad costera se vuelve bucólica. Atravieso los colegios; una escuela de primaria, una escuela de secundaria y un instituto, los tres en fila, tres edificios de ladrillo que necesitan traer en autobús a estudiantes de los pueblos circundantes para llenar las aulas. La bandera estadounidense ondea al viento frente a cada uno de ellos, agitándose errática como las alas de un murciélago. El ruido es ensordecedor; no hay un único murciélago, sino una colonia entera. Hay niños fuera, en el patio, apiñados para no pasar frío, clases de gimnasia uniformadas que corren en la arcaica pista de atletismo del instituto. Pasa un camión de bomberos con las luces y las sirenas encendidas; es del Departamento de Bomberos Voluntarios del pueblo. Me echo a un lado de la carretera y lo veo pasar, buscando rastros de humo a lo lejos, mientras el vehículo se aleja levantando grava a su paso. Espero que mi padre no haya incendiado nuestra casa. Por suerte los bomberos se dirigen en la dirección contraria.

Sigo caminando, rebaso la vieja iglesia protestante, el cementerio viejo, el cementerio nuevo, la cafetería. Dejo atrás los cables de la luz y oigo el zumbido de la electricidad; recorro las granjas, los tallos de maíz sin mazorcas ya, esperando a ser cortados; veo las granjas de ganado, con vacas gordas y vacas flacas. Estamos en Míchigan, el Medio Oeste, nuestro pueblo se encuentra en la linde del Cinturón del Maíz del país; no hay que caminar mucho para encontrarse con una granja. Camino en círculos, no tengo nada mejor que hacer con mi día. Trabajar hoy sería una bendición, un golpe de suerte. Pero hoy no trabajo.

Al final acabo junto al viejo tiovivo de la playa, cerrado en esta época del año. Me pregunto si, tal vez, Perla estará allí. Pero no está, o al menos yo no la veo. Pero aun así salto el muro de separación y me siento en el carro de la serpiente marina, una especie de criatura mitológica de color azul, parte dragón y parte serpiente. El asiento está duro, frío y muy decorado, con un diseño victoriano. Y, aunque hay silencio y todo está tranquilo, en mi cabeza oigo las melodías de Rodgers y Hammerstein. Eso y el ruido de una lata de aluminio que rueda por el asfalto del aparcamiento empujada por el viento y formando un gran escándalo. Cuesta creer que una lata, que habrá caído del atestado cubo de basura ayudada por el viento de noviembre, pueda hacer tanto ruido. Pero lo hace, se mueve de un lado a otro por el aparcamiento como si fuera un barco en mitad de una tormenta.

Hay una chica que vive en la periferia de mis sueños: una mezcla entre Leigh Forney, la chica que me robó el corazón a los doce años, y un conjunto de chicas de las que creo haber estado enamorado, desde las estrellas de Hollywood como Selena Gomez hasta la mujer del tiempo de las noticias de Kalamazoo. Ella también forma parte del sueño; es una chica de rostro ovalado, piel clara y ojos muy juntos color avellana, que flanquean una nariz chata. Tiene el pelo castaño claro, como el caramelo, y muy suave; en mis sueños siempre ondea al viento, siempre en movimiento. Su sonrisa es amplia y etérea. Despreocupada. No reside en las fases más profundas del sueño, en el sueño REM, donde existen mis peores pesadillas, los sueños recurrentes en los que mi padre bebe hasta morir o incendia la casa con nosotros dentro. Al contrario, ella vive en el lugar del sueño ligero, donde la línea entre el sueño y la vigilia se desdibuja. Vive conmigo en los momentos previos a quedarme dormido por la noche, y en esos momentos en los que me despierto y emerjo del sueño; es una figura etérea que me acaricia la mejilla, que me lleva de la mano y me susurra, «Vamos», aunque siempre, cuando me despierto del todo, decide marcharse, se desvanece ante mis ojos. Cuando estoy plenamente despierto resulta imposible convocar su pelo, sus ojos o su sonrisa alegre, aunque, si cierro los ojos, sé que ella estará allí, llamándome, retándome a marcharme. «Vamos».

Cuando tenía doce años, besé a Leigh Forney por primera vez. Por primera y última vez, aquí mismo, en esta serpiente marina. Era una noche de verano y el tiovivo estaba, al igual que ahora, cerrado. El parque estaba vacío. Yo había llevado hasta allí mi telescopio, y nos sentamos en la arena de la playa, agarrados de la mano para contemplar las estrellas. Yo señalaba la Nebulosa de Orión, las Pléyades, y ella fingía interés. O quizá le interesaba de verdad. No lo sé. Leigh era una amiga de la infancia con la que jugaba a dar patadas a una lata cuando tenía cinco años. Vivía al final de la calle, en una casa estilo años cincuenta igual a la mía. Yo había cargado con el telescopio desde mi casa —me ardían los brazos al llegar— con la promesa de que tenía algo que enseñarle, algo guay. Algo que pensé que le gustaría. No sé por qué no miramos por el telescopio desde mi casa. Pensé que así sería más especial. Y sí que es verdad que Leigh lo disfrutó, durante un minuto o dos, y entonces dijo:

—Seguro que llego antes que tú al tiovivo. —Y sin más echamos a correr por la arena, saltamos el muro naranja y nos colamos en el tiovivo. Yo me olvidé del telescopio y de las estrellas. Caímos riéndonos sobre el carro de la serpiente. Yo le había dejado ganar como tantas otras veces en las que echábamos carreras desde su casa a la mía o al revés.

Y fue entonces cuando me besó; fue un beso rígido y forzado de una niña de doce años. Para mí no ha cambiado mucho desde entonces. Es difícil mejorar en algo si nunca lo practicas. Pero estoy seguro de que Leigh ha aprendido alguna cosa en estos años.

Después nos quedamos sentados en silencio, sabiendo que nunca volveríamos a ser amigos; algo había cambiado con aquel beso. Si es que podía llamarse beso, allí sentados, con los labios pegados durante un par de segundos como mucho.

Para cuando regresamos a la playa a recoger mi telescopio, había alguien más allí: unos chicos del equipo de baloncesto de la escuela de secundaria, que miraban por el visor a una pareja que se lo estaba montando a lo lejos. Yo miré por encima del hombro y me pregunté qué otras cosas habrían visto. Empezaron a meterse conmigo cuando intenté recuperar el telescopio: me llamaron perdedor y friki. Marica. Tuve que humillarme para recuperar mi telescopio. Le dijeron a Leigh que podría tener a alguien mejor que yo y, por alguna razón, ella los creyó, porque recuerdo volver a casa aquella noche, triste y solo, con el telescopio en la mano, mientras Leigh se iba con esos chicos.

Ya entonces supe cuál era mi papel en la jerarquía social.

Seis años más tarde apenas han cambiado las cosas.

Leigh ya no está, esos chicos ya no están, pero yo sigo aquí, sentado solo en el tiovivo, persiguiendo a una chica inalcanzable, como la mayoría de mis sueños.

QUINN

Esther es una gran compañera de piso. La mayor parte del tiempo. Casi nunca la he visto enfadada, salvo el día que recoloqué los productos de su balda. Entonces sí que se enfadó, se enfadó de verdad; quiero decir que casi se le va la cabeza.

No es que yo recolocara sus productos *per se*. Estaba buscando algo, necesitaba eneldo para preparar un condimento para mis palomitas de microondas. Un poco de sal, un poco de azúcar, un poco de ajo, un poco de eneldo y ¡*presto*! Era una de mis muchas obsesiones. Esther estaba en la facultad, en una de sus clases nocturnas de Terapia Ocupacional, y yo estaba en casa, preparándome para ver un programa en la tele.

Esther y yo tenemos cada una un armario en la cocina. Están los de los cuencos y platos, que compartimos, y los de la comida, que no compartimos. El mío está lleno hasta los topes de comida basura y el de Esther tiene ingredientes de excepción: tallarines de kelp, albahaca, eneldo, harina de cacahuete, *garam masala,* sea lo que sea eso. Y copos de maíz.

Yo preparé las palomitas. Podía haberme conformado con un poco de sal, ya lo sé, pero, sabiendo que Esther tenía los ingredientes necesarios para mi condimento especial, rebusqué entre sus especias y tallarines hasta dar con el eneldo.

No me pareció que hubiese desordenado nada, pero a Esther sí se lo pareció. Yo estaba en el sofá con mis deliciosas palomitas cuando ella regresó de clase. El volumen de la tele estaba bajo para no molestar a la señora Budny, la vieja señora Budny, a quien a veces me imaginaba en mitad de su salón, con la cabeza envuelta en un pañuelo y su piel blanquecina, agitando una mopa con sus manos temblorosas de señora mayor, golpeando el techo para mandarnos callar a Esther y a mí.

Pero aquel día no. Aquel día el volumen de la tele estaba tan bajo que casi no lo oía ni yo. Esther llegó a casa de buen humor, un buen humor que se esfumó enseguida cuando abrió su armario para sacar los copos de maíz.

—Quinn —me dijo entonces con una voz parecida a la de Hannibal Lecter, se plantó ante mí en el salón y apagó la tele. «Hola, Clarice».

—¡Eh! —grité yo—. Que la estaba viendo —le dije cuando lanzó el mando a distancia sobre el sillón.

—¿Puedes venir un momento? —me preguntó, y abandonó la habitación sin esperar mi respuesta. Así que dejé a un lado las palomitas y la seguí hasta la cocina, donde encontré su armario abierto. A mí no me parecía que hubiese descolocado nada. Apenas se notaba que lo hubiera tocado. El eneldo estaba donde debía estar, entre el comino y el hinojo. En orden alfabético—. ¿Has tocado mi comida? —preguntó con un extraño temblor en la voz que yo nunca le había oído.

—Solo he usado un poco de eneldo —respondí—. Lo siento, Esther —añadí al ver lo mucho que se disgustaba de pronto. No era propio de ella ponerse así, de modo que me quedé desconcertada—. Te compraré más —le prometí cuando se le puso la cara roja, tan roja como un campo de amapolas, hasta el punto de que pensé que iba a empezar a salirle humo de las orejas. Estaba furiosa.

Se acercó al armario abierto y dijo:

—El eneldo va aquí. —Levantó el bote de eneldo y volvió a dejarlo en el mismo lugar donde lo había dejado yo—. Y la harina de cacahuete va aquí —añadió, e hizo justo lo mismo con el paquete de la harina, de modo que, al dejarlo caer sobre la repisa, la harina se esparció por todas partes.

Yo no había tocado la harina. Pensé en decírselo, decirle a Esther que no había tocado la harina para nada, pero vi que no estaba de humor para mantener una discusión racional sobre la harina de cacahuete.

—Mira lo que has hecho —exclamó entonces—. ¡Mira lo que has hecho, Quinn! Qué desastre has montado. —Se refería a las manchas de harina que había sobre las encimeras. Entonces salió de la cocina y me dejó a mí sola para que limpiara el desastre que ella había formado en respuesta a mi supuesto desastre.

Vivir para ver, me dije a mí misma, y al día siguiente me compré el maldito eneldo.

Vuelvo a casa de la cafetería y recorro el pasillo hacia mi apartamento. La moqueta está gastada y deshilachada, es de un color henna que enmascara la suciedad y el barro que podamos llevar en las suelas de los zapatos. Las paredes están rayadas. Una de las bombillas del pasillo se ha fundido y hace que esté medio en penumbra. Es deprimente. No es que esté sucio o sea peligroso, como pueden ser muchos pasillos de edificios urbanos, simplemente deprime. Está muy viejo. Es como un pañuelo al que no le queda ninguna parte que pueda utilizarse. Hay que pintarlo y enmoquetarlo de nuevo, dedicarle un poco de tiempo y dinero.

Aunque, si no fuera por la sencillez del pasillo, no apreciaría lo acogedor que es nuestro apartamento. Pequeño, pero cálido y con encanto.

Cuando meto la llave en la cerradura y giro el pomo de la puerta, una parte de mí espera encontrarse a Esther al otro lado, preparando la cena con su sudadera favorita y unos vaqueros. Los olores que me reciben son deliciosos. Está puesta la tele —el canal de cocina— o el equipo de música, donde suena un folk acústico mientras Esther canta por encima, con una ligadura y un registro de voz mucho más impresionantes que los de la persona que canta por los altavoces.

Si el radiador no se ha puesto en marcha aún, Esther me recibe en la puerta con mi forro polar y unas zapatillas de estar por casa. Porque así es Esther. Santa Esther. La clase de compañera de piso que me recibe en la puerta, que me prepara la cena, que me trae café y bollos todos los días de la semana si yo se lo pido.

Pero Esther no está allí y yo me siento decepcionada.

Así que, sin ella, tengo que ir a buscar yo el forro polar. Y las zapatillas. Y encender el equipo de música.

Asalto el congelador en busca de algo de comer y me conformo con una *pizza* congelada de carne. No soy famosa por mis hábitos alimentarios saludables, sino como alguien que disfruta con las cosas grasientas y los helados. Es un acto de rebeldía, claro, una manera de enfrentarme a mi madre por los años y años de pollo al horno, estofados y las mismas verduras congeladas (tibias): guisantes, maíz, judías verdes. Siempre me obligaba a sentarme a la mesa hasta que había terminado de comer. Sin importar que tuviera ocho años o dieciocho.

Lo primero que hice al irme a vivir con Esther fue comprar en el súper todo aquello que mi madre jamás quiso que comiera. Declaré mi independencia, me hice con el control. Ocupé un armario de la cocina y una balda del congelador, me aprovisioné de patatas fritas, galletas Oreo y *pizzas* congeladas suficientes para alimentar a un equipo de fútbol.

Hasta que, claro está, Esther me hizo ver lo equivocada que estaba.

Esther es una buena cocinera, la mejor que hay, de esas que pueden hacer que hasta la coliflor o los espárragos sepan bien, incluso mejor que bien. Le quedan deliciosos. Busca recetas *online*, sigue blogs de cocina. Pero ¿yo? Yo no cocino. Y Esther no está aquí para hacerlo por mí, así que saco una hoja de papel de horno y la unto con espray antiadherente.

Mientras se cocina la *pizza*, entro en el dormitorio de Esther. Está oscuro cuando entro, así que enciendo la lámpara que hay al borde de su escritorio. La habitación cobra vida, y ahí está otra vez, ese pez —un molly dálmata— que me ruega que le dé comida. Lo veo en sus ojos negros: «Dame de comer». Le echo unas pocas escamas y empiezo a abrir los cajones de la cómoda y del escritorio. La de ayer fue una búsqueda sencilla, una misión de reconocimiento, pero la de hoy va en serio. Una inspección a conciencia. Es más una cuestión de recopilar información que una excursión para ir de pesca (sin coñas).

Mientras saco papeles al azar de los cajones, me doy cuenta de que el pez y yo tenemos algo en común: Esther nos ha abandonado a los dos. Nos ha dejado solos a nuestra suerte.

Lo que encuentro son garabatos, menús de restaurantes, un trabajo sobre la respuesta adaptativa, otro sobre la dispraxia. Apuntes sobre kinestesia con palabras como *coordinación mano-ojo* y *conciencia corporal* escritas al margen con la letra de Esther. Una tarjeta de felicitación de su tía abuela Lucille. Las letras de un himno de la iglesia. *Post-its* que le recuerdan que tiene que recoger la ropa del tinte y comprar leche. Un número de teléfono arbitrario. Una caja de lentillas, lentillas de colores. Entonces freno en seco.

Me detengo e inspecciono la caja. Son azules, de un azul brillante, como dice el paquete. Me imagino el rostro angelical de Esther, con un ojo marrón y el otro azul, un rasgo físico que le hace ser especial. Única.

¿Significa esto que...? No, no puede ser.

¿El ojo azul de Esther es de mentira?

Me digo a mí misma que no puede ser.

Aunque quizá...

Pero también encuentro otras cosas. Cosas que me dejan igual de confusa. Folletos sobre el duelo, el proceso del duelo, las siete etapas del duelo. Intento convencerme a mí misma de que esto tiene algo que ver con sus estudios de Terapia Ocupacional; si Esther estuviese triste, yo lo sabría. No puede ser real. Pero esa idea dura poco. De las pilas de papeles cae una tarjeta sobre mi regazo, una tarjeta con un monograma impreso por delante y un nombre, una dirección y un teléfono en el dorso. Es la tarjeta de un médico. *Psicólogo licenciado*. Levanto la tarjeta y me quedo mirándola durante tres minutos, como para asegurarme de que no pone «podólogo», «neumólogo», «neurólogo» o cualquier otro médico que acabe en *logo*. Pero no. Pone «psicólogo». Esther estaba triste. Esther está triste. Está sufriendo y yo no tenía ni idea.

Pero ¿por qué estará triste?

¿Y qué otras cosas habrá estado ocultándome?

Hay más. Otro papel que encuentro en la pila de documentos. Un formulario oficial del estado de Illinois. Del juzgado del condado de Cook. Es una petición de cambio de nombre.

Está cumplimentado. Firmado, fechado y sellado. Esther ya no es Esther, sino ¿Jane? Me resulta ridículo imaginarme a Esther siendo algo tan banal como Jane. Algo demasiado vulgar para Esther, que no es nada vulgar. Si tuviera que cambiarse el nombre, elegiría algo como Portia, Cordelia o Astrid. Eso le pegaría más que Jane.

Pero no. Ahora Esther es Jane. Jane Girard.

De pronto me viene un recuerdo del pasado: Esther y yo sentadas en el sofá del apartamento, viendo la tele. Fue hace tres o cuatro meses. Ella había pasado el día fuera y apenas hablaba de ello; no me contaba dónde había estado. Y, como no quería hablar, yo me inventé los detalles y me imaginé a un hombre casado sin escrúpulos y con hijos que se reunía con ella en ese hotel tan turbio que hay en Ridge, ese que sigue ofreciendo baños *en suite* y televisión en color, como si eso fuese lo último en lujos hoteleros. No era propio de Esther hacer algo así, pero resultaba divertido inventármelo.

No quería contarme dónde había estado y respondía a mis palabras con monosílabos.

Entonces dijo dos cosas extrañas que todavía recuerdo. Primero dijo:

—¿Alguna vez has intentado mejorar algo y has acabado empeorándolo? —Pero, cuando le pedí que se explicara, no quiso. Así que le dije que sí.

—Es la historia de mi vida —fue lo que le dije.

Y también preguntó otra cosa, así, sin previo aviso, sentada junto a mí en el sofá, triste y meditabunda.

—Si pudieras cambiarte el nombre, ¿qué nombre elegirías?

Yo elegí Belle. Y entonces me puse a contarle que me encantaba el nombre de Belle y que no soportaba el de Quinn. ¿Qué clase de nombre es Quinn? Un nombre de chico, eso es lo que es. O quizá un apellido, no sé. En cualquier caso, no es nombre para una chica. Eso fue lo que le dije.

Nunca supe lo que habría elegido Esther, no me lo dijo, pero ahora sí lo sé. Jane. Esther eligió el nombre de Jane.

Esther se ha cambiado el nombre. De manera legal. Se ha plantado ante un juez y ha pedido que le cambiaran el nombre, y yo no lo sabía. ¿Cómo podía no saberlo?

También encuentro una trituradora de papel conectada a un enchufe de la pared. Levanto la tapa y contemplo los millones de tiras de papel. Está llena, no creo que pudiera triturar una sola hoja más. ¿Cuánto tiempo tardaría en ordenar los trozos de papel y volver a pegarlos? ¿Sería posible?

Regreso al escritorio y encuentro un marcapáginas, un cupón, un vale regalo y lo que parece ser una foto de carné, que en realidad son tres fotos metidas en un sobre de Walgreens. La cuarta ha desaparecido, queda el hueco recortado con unas tijeras. No veo el pasaporte por ninguna parte, solo las fotos, y no puedo evitar preguntarme a quién pertenecerán: ¿a Esther o a Jane?

Y también me pregunto dónde estará el pasaporte.

Busco por todas partes, pero no lo encuentro.

Si Esther se ha cambiado el nombre y ha obtenido un pasaporte para Jane, tendría que cambiarse también otras cosas, como el carné de conducir o la tarjeta de la Seguridad Social. ¿Estará dando vueltas por ahí con un carné de conducir a nombre de Jane Girard?

Pero entonces, cuando estoy a punto de perder la esperanza de encontrar algo más en los cajones, veo otra nota escrita a máquina. Acaba diciendo: *Con todo mi amor*, con la misma *E* y la misma *V*. *Con todo mi amor, EV*. Esther Vaughan. Doblada en tercios como la primera y enterrada al fondo del último cajón del escritorio.

Cariño, leo justo cuando el temporizador del horno comienza a pitar y yo huelo el queso quemado de la *pizza*, que amenaza con prender fuego al edificio.

Dejo la nota sobre el escritorio y salgo corriendo.

ALEX

No hay nada que no puedas encontrar en internet hoy en día, en especial sobre una figura pública como el doctor Giles. Gracias a páginas como *HealthGrades* y *ZocDoc.com*, puedo tener acceso a cualquier crítica sobre el loquero. Lo primero que descubro es que tiene un nombre más allá de «doctor». Joshua, así se llama. El doctor Joshua Giles.

Por alguna razón eso lo cambia todo cuando me lo imagino como un bebé indefenso, en brazos de su madre, que le dio el nombre. Joshua.

Tiene treinta y cuatro años.

Está casado.

Tiene dos hijos.

Graduado por la Universidad del Noroeste de Chicago, con unas calificaciones excelentes en cuanto a «tiempo de espera», «limpieza de la consulta» y «flexibilidad de horarios». Según lo que pone en *HealthGrades* y *ZocDoc.com*, a la gente le gusta.

Me paso la tarde en la biblioteca pública, leyendo críticas en un ordenador que he reservado. Al contrario que el resto del mundo, mi padre y yo no tenemos ordenador. Este ordenador, un HP de sobremesa bastante antiguo, se encuentra en una pequeña terminal de la biblioteca, también bastante antigua. La biblioteca del pueblo, una reliquia de los años veinte, es vieja, aunque ha duplicado su tamaño desde su inauguración en 1925, cuando contaba con sesenta y cinco metros cuadrados, pero pese a todo sigue siendo pequeña. Faltan colecciones o están desfasadas. Hay pocos libros. También hay videocasetes, películas disponibles todavía en VHS, que sobrepasan en número a los DVD.

En la terminal de los ordenadores (y me sorprende que tengamos ordenadores en vez de máquinas de escribir, procesadores de texto o ábacos romanos) no hay puertas ni paredes, así que no paro de mirar por encima del hombro para asegurarme de que nadie me observa, de que no hay ningún cotilla espiándome para saber qué busco en internet. Porque eso es lo que hace la gente aquí. Me recuerdo a mí mismo que debo borrar el historial de búsqueda antes de irme, para que ninguna bibliotecaria se pase por aquí luego y vea las excelentes críticas del doctor Joshua Giles que aparecen en la pantalla una detrás de otra. *Amable*, dicen las críticas. *Sabe escuchar. Alentador. Sensato. Es fácil hablar con él.*

¡¡¡¡Es el mejor!!!!, dice una crítica con un exceso de símbolos de exclamación que hace que ponga en duda la salud mental de esa persona.

En cuanto a la vida personal del doctor Giles, está casado con Molly Giles y tiene dos hijos, un niño de cuatro años y una niña de dos, según un artículo del periódico local. No mencionan sus nombres. Hay fotos del doctor Giles —fotos profesionales en las que aparece con una americana azul marino y un fondo gris, como cualquier otro médico del mundo—, pero ninguna del resto de la familia. Compró su casa hace año y medio por 650 000 dólares. Aparece todo ahí: su nombre, la fecha de la compra, la dirección, lo que paga de impuestos. Ya no existe la privacidad.

—¿Encuentras lo que buscas? —pregunta una bibliotecaria al pasar, yo doy un respingo y minimizo la pantalla. La bibliotecaria también es una reliquia de los años veinte con el pelo gris. Le digo que sí, que encuentro lo que busco, aunque no sea cierto. De hecho ni siquiera sé qué estoy buscando, pero sí sé que aquí no lo encuentro. Supongo que en el fondo albergaba la esperanza de hallar algo turbio o escandaloso. Pacientes que dijeran que es un bicho raro, un friki, un pervertido, algo así. Notificaciones de la Asociación Estadounidense de Psicología, violaciones del código de conducta o simplemente malas críticas. Se le olvidaban las sesiones, hacía esperar a sus pacientes, se quedaba dormido en su silla en mitad de una sesión.

Pero, en apariencia, a la gente le gusta. El historial de este hombre es intachable.

Me levanto de la silla y las patas de acero se enredan en los hilos sueltos de la moquetea. Me pongo el abrigo encima de la sudadera con capucha y me preparo para marcharme. Vuelvo a comprobar que he cerrado todos los motores de búsqueda y después borro el historial para asegurarme de que no quede nada. Ya está. Limpio.

Estoy a punto de marcharme cuando oigo una voz.

—¿Alex? —pregunta la voz—. ¿Alex Gallo? —Me doy la vuelta y la veo: la señora Hackett, mi profesora de ciencias del instituto, de pie frente a mí, con una novela en la mano y el abrigo de invierno colgado del brazo. Apenas ha cambiado en los seis meses que hace que terminé el instituto, y de pronto siento morriña. Echo de menos las clases, a mis amigos, deambular por los pasillos de vinilo llenos de taquillas rojas del instituto de ladrillo. La señora Hackett sigue teniendo el mismo pelo largo y oscuro, con la raya en medio, recogido en una coleta que le cuelga por un lado; tiene los mismos ojos oscuros, las mismas cejas gruesas y la misma sonrisa cálida. Su cuerpo antes era estrecho, pero ahora le ha crecido visiblemente la tripa, que rodea con las manos. Lleva una especie de túnica larga que le cuelga por debajo de la tripa y disimula la protuberancia. Un bebé. La señora Hackett va a tener un bebé, y dentro de poco. Por alguna razón eso me hace sonreír, aunque ella esté mirándome con los brazos cruzados y el ceño fruncido—. Les decía que no, que no podía ser —me dice—. Les decía que no lo creería hasta que no lo viera con mis propios ojos. Pero aquí estás —añade señalándome.

Yo me obligo a sonreír y respondo:

—En carne y hueso.

Su decepción se transforma en tristeza cuando pregunta:

—¿Por qué, Alex? ¿Por qué? ¿Por qué rechazaste esa beca?

Yo me encojo de hombros.

—Soy un tipo hogareño, supongo. No podía estar lejos de casa.

Es verdad, claro, y a la vez no lo es. Todo el mundo conoce el motivo, aunque nadie quiere decirlo en voz alta.

—¿Cómo está tu padre? —pregunta.

—Está bien —respondo, y ella suspira.

—Antes venías aquí a todas horas —dice entonces, refiriéndose a la biblioteca. Y es cierto. Solía venir a todas horas y rodearme de libros de astronomía. Los leía hasta que las bibliotecarias me decían que tenía que irme. Desde que era pequeño me ha fascinado el cielo, mucho antes incluso de saber leer. Mi padre me compró un telescopio, cuando todavía podía permitírselo, y yo apenas recuerdo aquella vida. Hace años que no lo utilizo, desde aquella noche en la playa con Leigh Forney. Es lo último que necesito ver: mis sueños desvaneciéndose por el espacio entre nubes de polvo interestelar y nebulosas.

Siempre pensé que me dedicaría a eso cuando fuera mayor, trabajaría como astrónomo o, si eso no salía bien, sería ingeniero aeroespacial. Diseñaría naves y aviones. Estudiaría el universo, encontraría vida en otra parte y confirmaría lo que yo ya sabía que era cierto: que no estamos solos. No pensé que trabajaría para Priddy a jornada completa limpiando mesas. Jamás me imaginé algo así. En casa hay una carta que lo demuestra, una beca para la universidad que yo rechacé dos días después de que mi padre tuviera que ser hospitalizado por intoxicación etílica. Estoy seguro de que todavía seguimos pagando esa visita, gracias a un plan de pago sin intereses que logré negociar con el personal del hospital.

Me quedo mirando al vacío, hacia las hileras de libros que se suceden en las estanterías, y la señora Hackett dice:

—Hace tiempo que no te veía por aquí.

—He estado ocupado —respondo.

—¿Estás trabajando?

—Estoy trabajando —le digo, y entonces señalo su enorme barriga—. ¿Niño o niña? —Cualquier cosa con tal de dejar de hablar de mí y de lo fracasado que soy, y ella confirma que la pelota que crece bajo su túnica es una niña. Me dice que se llamará Elodie. Elodie Marie Hackett.

Yo le digo que me gusta. Me pregunta si quiero tocarle la tripa, pero le digo que no.

Y entonces me voy, porque no puedo soportar su mirada de decepción.

Salgo de la biblioteca y regreso atravesando el pueblo, dispuesto a llegar hasta la playa para volver a casa por el mismo camino de siempre. Son casi las cinco; pronto oscurecerá. Mi padre tendrá hambre y estará preguntándose dónde estoy y por qué no estoy preparando la cena. Esta noche cenaremos espaguetis de bote y una lata de maíz. Soy todo un chef. Puede incluso que le añada unas salchichas.

Pero aquí es donde mi plan empieza a torcerse.

Voy atravesando la calle principal, paso frente a la casa de Ingrid y la cafetería para regresar a la playa. Estoy pensando en Perla, me pregunto si habrá vuelto a la playa para nadar de nuevo; albergo la esperanza de que esté allí y de que esta vez logre devolverle el saludo en vez de cagarme encima cuando me sonría, pero entonces oigo el sonido de una puerta de malla metálica al cerrarse, me giro y veo al doctor Joshua Giles saliendo de la casita azul.

Ya ha terminado su jornada.

Lleva puesto un abrigo y unos guantes y sujeta en la mano un maletín de cuero.

Sus pacientes ya se han ido, el día ha terminado y el doctor se dirige hacia su casa. El resto de la calle está tranquila. Casi todas las tiendas están ya cerradas, aunque pasan coches de vez en cuando y se detienen para girar en un cruce que no tiene semáforo, solo una señal amarilla. A una manzana de distancia hay una mujer que pasea a su perro, un pequeño terrier al que toma en brazos para cruzar la calle cuando pasa una furgoneta. El cielo ha comenzado a llenarse de estrellas, Sirio la primera, la estrella más brillante del cielo al anochecer. Me detengo en una esquina y me quedo mirando. A lo lejos el tren entra en el pueblo y el doctor Giles emprende el camino a casa.

Todo eso tiene sentido.

Lo que no tiene ningún sentido es que me ponga a seguirlo.

Cariño:

He olvidado muchas cosas. Pero hay muchas más que siempre recordaré: tu voz, tu sonrisa, tus ojos, tu olor. Lo que sentí la primera vez que tus manos tocaron las mías.

Yo no te busqué. Deberías haberte ido como te pedí que hicieras. Como te dije que hicieras. Irte. Pero no te fuiste, y entonces estabas ahí y ya no había nada que yo pudiese hacer.

Te quedaste hasta que fui yo la que tuvo que irse.

A veces me pregunto si acaso te acuerdas de mí.

¿Te acuerdas de mí?

Con todo mi amor,

EV

QUINN

Recuerdo algunas lecciones realmente valiosas que me enseñó mi madre. «No te hurgues los granos, se te quedarán cicatrices». Y «Límpiate los dientes con hilo dental. No querrás que se te caigan los dientes antes de cumplir los treinta y cinco». Eso era lo que decía, citando las caries y la gingivitis como causa de la pérdida dental. También estaba el asunto del mal aliento, y el hecho de que el mal aliento ahuyentara a posibles pretendientes, y yo no querría quedarme soltera para siempre, ¿verdad? Eso era lo que me preguntaba mi madre las noches en que se quedaba en la puerta del cuarto de baño de nuestra casa e insistía en que me pasara el hilo dental. Yo tenía unos doce años y ella ya me imaginaba como una vieja solterona viviendo sola con mil gatos.

Pero hubo una lección que sobresalió por encima de las demás. Una buena lección. Yo tenía quince años. Me había peleado con Carrie, mi mejor amiga, a la que conocía desde hacía once años, por algo tan absurdo como un chico. Yo tenía planeado pedirle a uno de los chicos del equipo de fútbol que me acompañase al baile del instituto, pero ella se lo pidió antes de que yo tuviera ocasión de hacerlo. «Quien se fue a Sevilla, perdió su silla», me había dicho Carrie, y en ese momento decidí que ya no éramos amigas. Lo que quería hacer era gritarle, humillarla en público, pelearnos como gatas salvajes en mitad de los pasillos del instituto, tirándonos del pelo y sacándonos los ojos con las uñas mientras los demás adolescentes observaban, jaleándonos y haciendo apuestas.

Pero mi madre me dijo sabiamente que aquello no serviría de nada. Tenía razón. Para empezar, Carrie era más grande que yo. Era alta, una atleta, además de jugadora de baloncesto y voleibol. Podría darme una paliza si tuviera la oportunidad, así que decidí no darle dicha oportunidad.

En su lugar, mi madre me sugirió que le escribiera notas a mi amiga, convertida en archienemiga, Carrie.

—Expresa tus sentimientos sobre el papel. Dile cómo te sientes —me dijo, y añadió—: No le envíes las cartas. No se las des. Quédatelas tú. Pero, cuando hayas plasmado tus sentimientos sobre el papel, podrás seguir adelante. Podrás pensar más allá de tus emociones. Lograrás cerrar el asunto.

Y tenía razón. Escribí las cartas, notas largas y cargadas de rabia escritas en el papel morado del cuaderno con mi bolígrafo favorito. Y en esas cartas le canté las cuarenta a Carrie. Me cebé con ella, la despellejé. La llamé de todo. Le dije que la odiaba. Le dije que ojalá se muriera.

Pero jamás le entregué esas cartas. Las escribí y las tiré. Y, al final, me sentí mejor. Logré cerrar el asunto. Y además hice nuevas amigas, aunque ninguna tan querida como lo fue Carrie en su momento.

Hasta el día en que conocí a Esther.

Sentada en el suelo de su dormitorio, comiéndome la *pizza*, con la *mozzarella* chorreándome por la barbilla, estoy segura de una cosa: esa fue la razón por la que Esther estaba escribiendo las cartas a esa persona desconocida. Ese era su propósito, plasmar sus emociones en papel, sentirse mejor, zanjar el asunto con aquel hombre mentiroso que le había roto el corazón.

Nadie debía ver esas cartas.

Tras registrar algunos cajones más, unas cajas de zapatos en su desordenado armario y debajo de su cama, me rindo. No voy a encontrar más respuestas aquí, salvo las lentillas, la información sobre la pérdida y el duelo, la foto del pasaporte y el formulario del cambio de nombre; cosas todas ellas que generan más preguntas de las que responden, a saber, ¿quién es realmente Esther?

Me siento frustrada, por decir algo. Empiezo a hacer conjeturas: Esther, también conocida como Jane, se ha largado del país con su pasaporte; o quizá Esther, también conocida como Jane, está sentada en alguna parte, tan consumida por el duelo que no puede volver a casa. No lo sé, pero me entristece pensar que Esther está triste y yo no lo sabía. Así que agarro la tarjeta de visita y marco el número que aparece grabado en la superficie, el del psicólogo. Suena cinco veces, pero no responde y salta el buzón de voz, donde dejo un mensaje expresando mi preocupación. Le digo que mi compañera de piso, Esther Vaughan, ha desaparecido y le explico que he encontrado su tarjeta entre sus cosas. Le pregunto si tal vez sabe dónde puede estar. De hecho se lo ruego, con la esperanza de que Esther le haya hablado de algunos lugares donde le guste esconderse, o si le ha contado que pensaba marcharse del país sin su teléfono. Quizá le contara a él las razones por las que decidió poner un anuncio en el periódico buscando otra compañera de piso, o por qué quiere sustituirme por Meg, de Portage Park. Quizá él lo sepa. Quizá Esther se sentó frente a ese psicólogo y le confesó lo mala compañera de piso que era yo. Que me comía su eneldo. Y quizá él la alentó, como haría cualquier buen psicólogo, a romper el contacto y hacerlo deprisa. A dejarme en la estacada. A estar preparada para marcharse sin previo aviso en caso de que mis defectos fueran más allá de lo tolerable. A no permitir que yo siguiese aprovechándome de ella.

Quizá me encuentro en esta situación por culpa del psicólogo.

O quizá la culpa sea mía.

Pero entonces me surge otra duda: ¿sabrá él quién es Esther en realidad? Quizá para él sea Jane. Así que también le cuento eso en el mensaje. Le digo que mi compañera de piso también responde al pseudónimo de Jane Girard; mientras hablo, echo un vistazo a la petición de cambio de nombre de Esther y me doy cuenta de lo descabellado que resulta esto, contarle a un desconocido que mi compañera de piso tiene una doble vida de la que yo no sé nada. Y encima lo hago mediante un mensaje en su contestador. Me pellizco y me digo «¡Despierta!».

Pero no me despierto. Resulta que ya estoy despierta.

Cuelgo el teléfono y me enfado pensando en la cantidad de preguntas que tengo, muchas, y en la cantidad de respuestas que he hallado: ninguna.

Pienso y pienso. ¿En qué otro lugar podría buscar pistas? Llamo a Ben para saber si ha logrado localizar a la familia de Esther, pero una vez más no me contesta al teléfono. Maldita Priya, que desvía su atención de la tarea que tiene entre manos. Le dejo un mensaje y, al hacerlo, me fijo en esa fotografía que hay pegada a la pared en la que aparecemos Esther y yo; Esther y yo haciéndonos un *selfie* frente al árbol de Navidad artificial. Al ver la foto comienzo a pensar en el almacén de donde sacamos el árbol, aquel día de invierno en que lo trajimos a casa bajo la nieve. ¿Qué otras cosas tendrá Esther allí escondidas además de un árbol de Navidad? No es que yo tenga la llave del almacén, pero aun así me pregunto si podría convencer a algún empleado para que me dejara entrar. Es improbable. Eso es algo que Esther podría hacer, pero yo no. Yo no soy de las que logran persuadir a alguien con mis ojos brillantes y mi sonrisa inocente, como haría Esther.

Esa noche, antes de irme a la cama, recopilo todas las pistas que he encontrado y me siento frente a la ventana del salón para repasarlas una a una. Releo las cartas que escribió, me familiarizo con el proceso del duelo, deslizo los dedos por el nombre grabado de la tarjeta del psicólogo. Ha anochecido y las luces de la ciudad refulgen como un millón de estrellas doradas. Hay pocos vecinos que hayan corrido las cortinas; ellos, igual que yo, están sentados en una habitación bien iluminada que cualquiera puede ver desde el exterior. Es algo inherente a la vida en la gran ciudad, o eso he descubierto, dejar las cortinas descorridas para que entren las abundantes luces de la urbe, pero también las miradas curiosas de los vecinos. Mi madre jamás habría tolerado eso en nuestra casa de las afueras. Las cortinas se corrían y las persianas se bajaban al menor indicio de oscuridad, en cuanto las estrellas y los planetas se hacían visibles al ojo humano y el sol comenzaba a ocultarse. Me quedo mirando por la ventana y admiro todo aquello: las luces de los edificios, las estrellas, los planetas, las luces parpadeantes de un avión que pasa, volando en silencio a treinta mil pies de altura. Me pregunto qué verán los pasajeros desde arriba. ¿Me verán a mí?

Y entonces vuelvo a mirar a la calle y observo una figura solitaria de pie entre las sombras de Farragut Avenue, mirando hacia arriba, mirándome a mí. Creo que es una mujer, con mechones de pelo que revolotean en torno a su cabeza como mariposas batiendo sus delicadas alas. Al menos eso es lo que creo que veo, aunque es de noche y no veo bien, pero aun así, la figura no me hace sentir asustada, sino más bien esperanzada. ¿Esther? La figura se halla lo suficientemente alejada de las farolas como para pasar inadvertida, ser invisible, esconderse. Pero hay alguien ahí.

«Por favor, que sea Esther», pienso para mis adentros. Ha vuelto a casa. O al menos en parte, aunque todavía no está convencida de querer entrar. Tengo que convencerla. Me levanto deprisa, sintiéndome observada, sabiendo que quien quiera que esté fuera puede verme con claridad, y por esa misma razón saludo con la mano. No tengo miedo.

Busco indicios de movimiento, con la esperanza de que esa figura solitaria me devuelva el saludo, un leve movimiento desde la calle, pero no. No sucede nada. Al menos al principio. Pero luego sí. Un saludo, si bien pequeño, pero aun así es un saludo. Estoy segura. O al menos eso creo.

¿Esther?

Dejo caer los objetos que tengo en la mano y salgo corriendo por la puerta, bajo los tres tramos de escaleras antes de que tenga la oportunidad de marcharse. Si se trata de Esther, tengo que convencerla para que se quede. Corro. «Quédate», pienso para mis adentros. «No te vayas». Resbalo en más de una ocasión mientras corro más rápido de lo que he corrido en toda mi vida. Estoy a punto de caerme, me agarro a la barandilla para sujetarme y me enderezo antes de que mi culo toque el suelo. Salgo corriendo a la calle desierta por la puerta del portal, bajo los escalones y me planto en mitad de la carretera sin mirar a derecha o izquierda.

—Esther —digo dos veces; la primera no es más que un susurro para evitar despertar a los vecinos, pero la segunda vez es un grito. Aun así no obtengo respuesta. Corro por la calle, hacia la esquina oscura donde hace treinta segundos he visto a la figura, o he creído ver a la figura, aunque ya no estoy segura, pero no hay nadie allí. Solo coches aparcados, una hilera de pisos y apartamentos bajos, una calle vacía. Miro a mi alrededor, pero no hay señales de vida. Nada. La calle está desierta. Lo que fuera que he visto, o lo que fuera que he creído ver, ya no está.

Esther no está aquí.

Me doy la vuelta en dirección a mi edificio de cuatro plantas, pero no me voy directa a casa. En su lugar, deambulo por las calles de Andersonville, paso frente a los lugares a los que nos gusta ir, buscando a Esther. Nuestros restaurantes favoritos, nuestra cafetería favorita, las *boutiques* y tiendas de regalos que pueblan Clark y Berwyn, me acerco al cristal y miro en su interior rodeándome los ojos con las manos para ver si Esther se encuentra allí, pero no está en ninguno de esos lugares.

Paso junto a un teatro que hay en Clark Street donde echan una obra satírica. Esther se muere por verla, pero yo le dije que no.

—Me gusta ver los espectáculos con sonido envolvente y palomitas —le dije en su momento, semanas atrás, cuando me preguntó si quería ir con ella al teatro—. Muchas palomitas —maticé antes de ponerme a divagar sobre lo patético que me resultaba el teatro.

Ahora en cambio desearía haberme callado y haber ido con ella.

Un grupo de urbanitas emerge en ese momento del teatro y yo me apresuro a buscar una foto de Esther en mi teléfono y se la muestro a un hombre.

—¿La ha visto? —le pregunto con manos temblorosas—. ¿Esta mujer estaba en el teatro?

El hombre niega y me devuelve el teléfono. No ha visto a Esther, y yo contemplo con tristeza como sus amigos pretenciosos y él se dan la vuelta y se alejan, felices y contentos, hablando de lo buena que ha sido la función.

Recorro las calles de la ciudad de un lado a otro, viendo cómo van vaciándose a medida que la velada se acerca a su fin, oyendo las pisadas que se diluyen tras las esquinas. Paso frente a la iglesia católica donde Esther canta en el coro, una inmensa estructura neogótica cuyas puertas, incluso a estas horas, permanecen sin cerrar con llave. Tiro del picaporte negro, entro y llamo a Esther sin hacer mucho ruido y sin mucha esperanza.

—Esther —siseo y camino con sigilo, sabiendo que este era el lugar en el que Esther debería estar, el lugar donde se suponía que debería estar cuando no estaba durmiendo en su cama.

Pero la iglesia está vacía y las únicas palabras que me responden son las mías, mi ruego desesperado cuyo eco rebota en las paredes forradas de madera. Esther no está aquí.

Con el tiempo me doy cuenta de que tendré que regresar al apartamento vacío yo sola, sin Esther, y que, cuando llegue, Esther no estará allí esperándome. Al menos esta noche, aunque me consuelo pensando que tal vez regrese mañana. Mañana habrán pasado cuarenta y ocho horas desde que se fue, como dijo la operadora del 311. Normalmente regresan a casa entre cuarenta y ocho y setenta y dos horas después. Entonces, será mañana. Mañana Esther volverá a casa.

Quizá.

Esa noche en casa no puedo dormir. Llevada por el insomnio, me meto en su dormitorio y enciendo una luz. Por alguna razón, mis pies me conducen hasta la trituradora de papel que hay en el suelo. Retiro la tapa, vacío el contenido en el suelo de madera y después me aparto para contemplar el desastre. Parte de las tiras son de papel blanco tradicional, pero otras son de colores; verdes, azules y amarillas. Algunas son más rígidas, como de cartulina, mientras que otras son más finas y endebles, como si fueran recibos. Pero lo que llama mi atención son las tiras de papel fotográfico mientras deslizo los dedos por la superficie satinada, preguntándome de quién será la foto, dando por hecho que se trata de una foto. Comienzo a separar los trozos de fotografía del resto, formando un montoncito en el suelo.

¿Cuánto tiempo tardaría en ordenar las tiras de papel y volver a pegarlas? ¿Sería posible? No lo sé, pero desde luego pienso intentarlo.

ALEX

Camina de forma extraña. Sus zancadas son cortas y carga el peso de su cuerpo más en los talones que en las plantas o los dedos de los pies. No es excesivamente evidente y aun así resulta inconfundible mientras sigo al doctor Giles a unos veinte pasos de distancia para que no me descubra. Es probable que yo también camine de forma extraña mientras avanzo con sigilo por la calle, escondiéndome detrás de los robles altos y gruesos cada vez que él respira. Llevo el móvil en la palma de la mano, escribiendo letras invisibles en la pantalla para poder disimular si se da la vuelta y me ve. Aunque tengo el teléfono en vibración para camuflar el sonido de cualquier llamada entrante.

El doctor Giles no tenía planeado volver andando a casa. Tenía planeado conducir en su coche, un sedán muy práctico aparcado en la entrada de la casita azul donde pasa consulta. Aunque mucha gente de por aquí camina o monta en bici, incluso cuando la temperatura baja hasta los siete grados, esa no es la razón por la que el doctor Giles ha vuelto andando a casa. ¿La razón? El pinchazo en el neumático de la rueda de su coche. Observé desde la calle cómo pasaba la mano por las rajas, contemplando con fastidio el neumático pinchado, probablemente consecuencia de algún clavo o alguna piedra. O quizá alguien se lo haya rajado. ¿Quién sabe?

Así que se dio la vuelta y se fue andando a casa, dejando allí su coche.

El doctor Joshua Giles es un hombre guapo. Mentiría si dijera que no lo pienso. No es que a mí me vayan esas cosas, pero la verdad es que lo es. Es un hombre guapo y además lo sabe. Esa es la peor parte. Eso es lo que me cabrea. Es alto, medirá un metro ochenta y cinco o quizá más. Tiene el pelo y los ojos oscuros, de esos que a las mujeres les encantan. Lleva gafas de pasta negra que ocultan sus ojos amables. Me pregunto si esos ojos serán algo natural o si será algo que te enseñan en la facultad de psicología. Cómo tener ojos amables. O una sonrisa compasiva. Un asentimiento de cabeza rítmico y comedido. Un apretón de manos firme. A mí me parece que no es más que un truco.

Viste bien. Mientras que yo llevo vaqueros rasgados y una sudadera con capucha de color gris con el dobladillo deshilachado y sin cordón, él viste unos elegantes pantalones de color verde aceituna, de esos que llevan los padres. No mi padre, pero sí los padres de los demás. Los padres que trabajan. No sé qué más llevará debajo del abrigo negro, pero, sea lo que sea, seguro que es elegante. Y luego está el maletín de cuero que cuelga de la palma de su mano mientras atraviesa el pueblo y se adentra en los barrios colindantes donde viven los burgueses, la gente rica, en casas históricas pero reformadas; casitas de estilo Tudor que mi padre y yo no podríamos permitirnos. Todo el mundo sabe que es ahí donde viven los ricos, protegidos tras sus verjas metálicas y sus espléndidos jardines. Está a menos de quinientos metros de Main Street, en dirección contraria a mi casa, da al lago Míchigan y se alza sobre un pequeño acantilado, desde el que se contempla también el centro del pueblo.

Ya ha oscurecido cuando llegamos. Los coches nos adelantan lentamente de regreso a casa desde el trabajo. Llevan los faros encendidos. En un momento dado suena un teléfono móvil –el suyo, no el mío– y yo me quedo petrificado como una ardilla, sin moverme.

Podría decirse que el viento me atraviesa más que rodearme. Se me cuela hasta las tripas y me deja helado.

—Hola —dice el doctor, inmóvil en la calle, al responder el teléfono. Su voz suena amable cuando le dice a la persona que llama que llegará a casa pronto. Que se ha liado en el trabajo y que llega tarde. No menciona la rueda pinchada. Suena extraño y vacío en la calle desierta, su voz rebota en el asfalto y en los árboles. La llamada no dura mucho y está salpicada de palabras como «cielo» y «cariño». Su esposa. Después se despiden y él cuelga el teléfono.

Camina deprisa y sus pisadas suenan firmes sobre el pavimento. Yo camino deprisa, aunque mis pisadas no suenan. Pisa un bache que hay en la calle. Yo también lo piso. En un momento dado se detiene y se da la vuelta, como si supiera que alguien le sigue, y yo me tiro al suelo detrás de un coche aparcado, me siento como un idiota, pero lo hago de todas formas, y espero, aguanto la respiración hasta que el loquero se rinde y sigue su camino.

Cuando el doctor Giles empuja una verja metálica chirriante y sube por el camino hacia la casa, yo me quedo al otro lado de la calle, agachado detrás de un coche, un Nissan negro destartalado que desde luego desentona en esta calle. No tengo ni idea de qué es lo que he venido a hacer o a ver aquí, no sé por qué lo he seguido hasta su casa. ¿Qué esperaba conseguir? No lo sé. Pero al menos ahora sé dónde vive, en una bucólica casita de piedra que en realidad debería estar en una pequeña aldea inglesa, y no aquí, en nuestro insignificante pueblo de Míchigan. Entra por la puerta y allí, en el ventanal, aparece ella, la esposa. Corre con pasos delicados hacia él, que la abraza y la besa con la familiaridad que con frecuencia comparten los maridos y las mujeres, con esa maestría para saber dónde van las manos y los labios, quién gira la cabeza hacia qué lado cuando se besan, o cuánto tiempo tienen hasta que aparezcan los mocosos. Y entonces, sin más, aparecen, dos retoños de pie junto a él, levantando los brazos para que los aúpe. Y el doctor lo hace; los toma en brazos, primero al mayor y después a la pequeña. Es una escena que yo no comprendo, de la que no tengo conocimientos ni experiencia. Me resulta tan extraña como un idioma extranjero, la imagen de una familia nuclear feliz: una madre, un padre, dos hijos y, sin duda, un perro. Tan alejada de mi familia como el negro del blanco. Polos opuestos.

Mi infancia fue muy diferente a esto. Mi madre y mi padre nunca peleaban; más bien fue el silencio lo que acabó con ellos. El hecho de que pudieran pasarse días compartiendo el mismo espacio, respirando el mismo oxígeno, sin dirigirse la palabra, dando vueltas en esferas aisladas y silenciosas, una para mi madre y otra para mi padre y para mí.

Pero, claro, al contrario que el doctor Giles y su esposa, yo no creo que mi padre y mi madre estuvieran enamorados. Bueno, al menos uno de ellos no lo estaba, mientras que el otro lo estaba perdidamente.

Su esposa es guapa, pero de esa manera emperifollada que a mí no me resulta muy atractiva. Incluso desde lejos me doy cuenta de que lleva demasiado maquillaje y demasiada laca. Casi me parece una diva, aunque no es más que una mujer que intenta estar guapa para su marido cuando este llega a casa del trabajo. Quizá eso no sea algo malo. Se inclina hacia el doctor, él le coloca las manos en la cintura y ella apoya las suyas en sus hombros, de modo que por un instante, a través de los enormes ventanales, a los ojos del mundo, me parece que podrían ponerse a bailar.

No oigo a los mocosos, pero los veo a través del cristal. Veo las sonrisas cuando se carcajean, viendo a sus padres abrazarse, y por alguna extraña razón eso me enfada. Son celos. Estoy celoso, eso es lo que pasa.

No tienen idea de que yo estoy observándolos. Si lo supieran, me pregunto si les importaría. No me lo parece. Pero aun así, ya he visto suficiente. No necesito ver más.

Me incorporo y me doy la vuelta para marcharme, pero en ese momento estoy seguro de haber oído algo; un gimoteo, un quejido, un lloriqueo. Un llanto. No lo sé. Un ruido que recorre la calle entre los árboles.

—¿Hola? —pregunto, pero no hay respuesta. Solo las hojas que se agitan en los árboles—. ¿Hay alguien ahí? —Me siento de nuevo como un gallina cuando el corazón se me acelera y empieza a darme vueltas la cabeza. Ha oscurecido, las luces de los porches apenas alcanzan la mitad de la calle, donde yo me encuentro. El viento sopla de nuevo y yo me estremezco con un potente escalofrío que me sacude de la cabeza a los pies como un terremoto.

¿Hay alguien ahí? ¿Hay algo ahí? No que yo vea. Lo único que veo son casas y árboles, casas y árboles. Pasa un coche y con los faros ilumina la escena. Miro hacia la luz con los ojos entornados, pero aun así no veo nada.

Y sin embargo vuelvo a oír ese ruido.

—¿Hola?

Nada.

Me digo a mí mismo que será una ardilla. O un mapache. Un pájaro que anida entre los árboles. La basura de la calle. Un halcón, un búho. Los últimos grillos que sobreviven al frío y cantan su melodía fúnebre.

Aun así, por muy racional que suene todo eso en mi cabeza, me invade la sensación de que no estoy solo.

Mientras me alejo, me doy cuenta de una cosa: hay alguien aquí conmigo, siguiendo mis pasos.

MARTES

QUINN

Me levanto temprano a la mañana siguiente y paso unos minutos ordenando las piezas de mi rompecabezas en el suelo de la habitación de Esther. Voy haciendo progresos, aunque no muchos: el azul de un cielo y nada más. El resto de la imagen yace en una pila revuelta de tiras de papel. Me ducho y me visto para ir a trabajar. Ben llama temprano para ver si he sabido algo de Esther y yo le digo que no. Él tampoco ha tenido suerte con su búsqueda.

Antes de marcharme, saco algo de dinero del sobre del alquiler que guardamos en el cajón de la cocina, un billete de veinte dólares y un par de billetes de uno. Ahora está vacío, el sobre, gracias a mi compra en Jimmy John's y ahora esto, así que piso el pedal del cubo de la basura para tirarlo.

Y es entonces cuando veo los recibos del cajero automático tirados en el cubo de la basura.

En circunstancias normales no llamarían mi atención, porque no soy de las que husmean en la basura, pero enseguida veo el emblema del banco de Esther y sé que no son míos. Son recibos de Esther. Meto la mano en el cubo y esquivo una mancha de kétchup en una servilleta sucia bajo la que están escondidos los recibos. Los saco, son tres, tres recibos de las tardes del jueves, del viernes y del sábado; en cada uno figura una retirada de efectivo de quinientos dólares. Es decir mil quinientos pavos. Mucha pasta, desde luego.

¿Para qué diablos necesita Esther mil quinientos dólares, retirados en el transcurso de tres días? No lo sé con certeza, pero me vienen a la cabeza daiquiris de fresa en Punta Cana. Me parece un lugar al que Jane Girard podría irse de vacaciones. Hasta yo me iría allí de vacaciones, aunque dudo que alguna vez en mi vida pueda ir a Punta Cana. Quinientos dólares es el límite de retirada de efectivo en casi todos los bancos, aunque yo no lo sé; ni siquiera tengo quinientos dólares a mi nombre. Todo lo que gano en el trabajo se lo doy directamente a Esther para cubrir el alquiler y los gastos, y solo me queda algo de dinero suelto para salir alguna noche o comprarme unos zapatos.

Me pregunto qué hará Esther paseándose por la ciudad con mil quinientos dólares en el bolso, pero ahora mismo no puedo pensar en eso. Ahora tengo otras cosas en la cabeza.

Estoy a punto de salir por la puerta cuando la abro y me encuentro allí con John, el hombre de mantenimiento del edificio, que tiene como ochenta años y viste un mono de trabajo azul. Aunque no es que se necesite llevar un mono para cambiar una bombilla o combatir una plaga de hormigas. Tiene la mano levantada como si estuviera a punto de llamar a la puerta. A sus pies hay una caja de herramientas y en la mano lleva objetos diversos, herramientas que yo no reconozco, herramientas que sí, un nuevo picaporte y un pestillo.

—¿Qué es eso? —pregunto, y me quedo mirando el pestillo mientras rasga el envoltorio de plástico y lo saca.

Aunque a la señora Budny no la soporto, John me cae bien. Es como un abuelo, como mi abuelo, que murió cuando yo tenía seis años, con su pelo blanco, sus gafas de montura metálica y su sonrisa de dentadura postiza.

—Habías pedido una nueva cerradura —me dice John.

—Yo no he pedido eso —respondo yo con brusquedad, aunque no era mi intención. John me cae demasiado bien como para responderle de mala manera.

La respuesta de John también es inmediata.

—Entonces debió de ser la otra —dice moviendo la mano izquierda alrededor de su cara—. La del pelo.

Enseguida sé lo que quiere decir. Se refiere al pelo de Esther, llamativo, inconfundible, único. El día en que mis padres cargaron mis veintinueve cajas de cartón en una furgoneta y me ayudaron a mudarme al apartamento que había alquilado en la ciudad, se quedaron consternados por el pelo de Esther. Les horrorizó. En la América de las afueras, la gente tiene el pelo rubio, castaño o pelirrojo, pero jamás una combinación de dos o tres de ellos. Pero Esther lo llevaba así, con esos colores que cambiaban como si fueran capas de pinturas, pasando del moca al rubio oscuro y después claro. Mi madre me llevó a un lado y me preguntó:

—¿Estás segura de querer hacer esto? Todavía no es demasiado tarde para cambiar de opinión. —Mientras hablaba, no dejaba de mirar a Esther.

Yo estaba segura. Quería hacerlo.

Pero ahora, claro está, me pregunto si debería haber sido un poco más juiciosa, haber estado un poco menos segura.

Vuelvo a preguntarle a John si está seguro de que Esther solicitó un cambio de cerradura y me dice que sí, que está seguro. Incluso me enseña los papeles que lo demuestran, una petición de la señora Budny solicitando un cambio de cerradura en el apartamento 304. La petición data de hace tres días. Hace tres días Esther llamó a la señora Budny y le pidió que nos cambiara la cerradura.

¿Por qué, Esther, por qué?

Aunque no me hace falta pensarlo durante demasiado tiempo. Adivino la respuesta antes de que John encienda su destornillador eléctrico y comience a retirar el antiguo pestillo de la puerta de acero. He sido una mala compañera de piso y Esther quiere que me vaya. Quiere sustituirme por Megan, o Meg, de Portage Park, o por alguien parecida a Meg. Alguien que pague el alquiler a tiempo, que ayude a cubrir los gastos, que no se deje las luces encendidas a todas horas, que no hable en sueños.

Antes de marcharme, acepto la nueva llave que John me ofrece. Estoy segura de que esto no formaba parte de los planes de Esther. Y después tomo un taxi hasta Lincoln Square y me dirijo hacia la comisaría de policía del distrito, un edificio de ladrillo que ocupa una manzana entera, rodeado de banderas y de coches patrulla aparcados; vehículos blancos con letras rojas y una raya azul en el lateral. «Servir y proteger», es lo que dice.

No sé si debería estar aquí, pero aquí estoy.

Me quedo fuera durante por lo menos diez minutos, preguntándome si de verdad quiero entrar en la comisaría. Esther ha desaparecido, sí, quizá. Pero quizá no. Podría esperar, concederle unos días para ver si vuelve a casa. De todos modos la operadora del 311 vino a decirme que el Departamento de Policía no podría hacer gran cosa al respecto, denunciara o no la desaparición. «La gente tiene derecho a desaparecer si lo desea», me había dicho. No es ilegal. Salvo introducir el nombre de Esther en una base de datos, no creo que pudieran hacer mucho más.

Pero ¿y si presentando una denuncia contribuyo a que Esther vuelva a casa? En ese caso, bien merece la pena intentarlo.

Por otra parte, ¿y si Esther no quiere que yo ponga una denuncia? ¿Y si prefiere que la deje en paz?

Así que me hallo en un dilema importante, pegada a la pared de ladrillos y preguntándome qué hacer: poner la denuncia o no ponerla.

Al final lo hago. Pongo la denuncia.

Hablo con un agente y le doy los datos que me pide, incluyendo una descripción física de Esther y los detalles de su supuesta desaparición. Omito muchas cosas que imagino que Esther no querría que se hicieran públicas, como el hecho de que ha estado yendo a un psicólogo. Le doy una foto, que encuentro en mi móvil, una imagen en la que salimos Esther y yo juntas en el Midsommarfest de nuestro barrio, un festival callejero de verano, escuchando música en directo y atiborrándonos a maíz mientras a nuestras espaldas la puesta de sol cubría los edificios de una pátina dorada. Le pedimos que nos hiciera la foto a un transeúnte, un tío que apenas podía dejar de babear mirando a Esther para sacar la foto. Ella tenía maíz entre los dientes, la barbilla y las manos manchadas de mantequilla, y aun así a él, como a mí, le parecía que estaba guapísima. Es guapísima. Magnética, la clase de persona que atrae a la gente con su melena llamativa y sus ojos de distintos colores, sean falsos o no. Pero más llamativa que su pelo, sus ojos y su piel perfecta es su increíble bondad, esa tendencia que tiene a hacer que la gente se sienta especial y no vulgar, vulgar como me siento yo.

Le paso la foto al agente y hasta él se queda mirándola y dice:

—Qué guapa. —Yo le digo que sí que lo es, y estoy segura de que ambos nos sonrojamos.

Archivarán la denuncia, alguien se pondrá en contacto conmigo. A la desaparición de Esther no se le da la misma importancia que, pongamos por caso, a la de una niña de cuatro años. No sé bien qué debo esperar: un equipo de búsqueda con chalecos naranjas y perros de rescate; helicópteros; voluntarios a caballo recorriendo las calles de Chicago, gritando su nombre al unísono. Supongo que eso es lo que pensé que ocurriría, pero no es así. En su lugar, el agente me dice que podría colgar carteles, preguntar por el barrio, plantearme contratar a un detective. También me dice, muy serio, que es probable que tengan que registrar nuestra vivienda. Yo le aseguro que ya la he registrado; Esther no está ahí. Él me mira como lo hace mi hermana pequeña, como si fuera Einstein y yo una soberana idiota, y vuelve a decirme que alguien se pondrá en contacto conmigo. Le digo que vale antes de irme a trabajar, sin saber si he avanzado en algo o si he empeorado las cosas.

ALEX

La mañana comienza como cualquier otro día: me despierto al amanecer, me tomo un refresco Mountain Dew y paso por delante de mi padre, que está durmiendo, para ir al trabajo. Intento encontrar sentido a las pisadas que me seguían de vuelta a casa la noche anterior, aunque no lo consigo. ¿Había alguien allí? De ser así, ¿quién sería? ¿O fue cosa de mi imaginación, que me jugó una mala pasada? No lo sé. Ya desde por la mañana voy prediciendo cómo será el día en la cafetería, y me repugna cada minuto, desde el momento en que Priddy me reprenderá por mi permanente retraso, hasta cuando me quitaré la chaqueta y me pondré a trabajar, lavando montones de platos que habrán dejado los cocineros en la pila, con el agua tan caliente que me abrasará las manos. Roja y Trenzas se quejarán de la escasez de las propinas. Habrá platos rotos. Comida derramada. Ocho horas sintiéndome como un perdedor.

Mi única esperanza mientras recorro las orillas revueltas del lago Míchigan de camino a saludar a Priddy es que Perla esté allí, sentada junto al ventanal de la cafetería, mirando hacia la consulta del doctor Giles. Eso es lo único que me ayuda a recorrer el repetitivo trayecto hasta el trabajo, a superar la idea de pasarme ocho horas de pie, deambulando por la cafetería, recogiendo con la mano los cubiertos usados de otras personas. Lavando sus platos.

Limpiando la comida derramada de las mesas y el suelo. Día tras día tras día, sabiendo que nunca terminará.

Sigo caminando junto al lago, paso por delante del tiovivo y me dirijo hacia el pueblo.

Hay una estación de tren en el pueblo, no muy lejos de la playa. A ochocientos o cuatrocientos metros, no sé. No sé calcularlo. Justo al otro lado del aparcamiento de la playa. Es pequeña, consta de una sala de espera y de una taquilla para los billetes, con algunos aparcabicis que a estas horas de la mañana permanecen vacíos. Ni siquiera tiene retrete. El tren pasa un par de veces al día en una de las dos direcciones: Grand Rapids –hacia el este– o Chicago –hacia el oeste–. Hoy va hacia el este, el Pere Marquette hacia Grand Rapids, Míchigan. Nunca he estado ahí.

La estación está tranquila cuando paso de camino al trabajo como todas las mañanas, solo hay un par de viajeros que suben a bordo del tren para realizar el viaje de dos horas y media. Hay otro que se baja, recién llegado de Chicago. Llevan bolsas de viaje y maletas en las manos. Otros no llevan equipaje, solo un bolso colgado al hombro o la cartera en el bolsillo de los vaqueros. Es un viaje corto en cualquier dirección y se puede hacer la ida y la vuelta en un mismo día.

Y parece que eso es lo que ha hecho Perla cuando la veo bajar del tren y poner el pie en el andén.

Otra vez.

Ha ido y ha vuelto, y parece que yo soy el único que lo sabe.

No entiendo por qué, pero no puedo evitar preguntármelo.

Espero toda la mañana en la cafetería a que aparezca.

Es un día tranquilo. El gentío de la mañana –«gentío» es una palabra que uso muy a la ligera– se compone en su mayoría de ancianos que no tienen que ir a clase o al trabajo. Transcurrido un tiempo desaparecen y son sustituidos por los conductores de autobuses escolares, que después de un tiempo desaparecen también.

Y es entonces cuando aparece Perla.

Es todo igual que el primer día. Se queda ahí de pie, esperando una mesa y, cuando llega su turno, pide una junto a la ventana, desde la que poder contemplar la consulta del doctor Giles y a los pocos transeúntes que recorren la calle de un lado a otro.

La observo mientras se quita la bufanda y el gorro y deja ambas cosas en una silla vacía a su izquierda. Se quita el abrigo y lo cuelga en el respaldo de su silla, y yo pienso: «No te detengas ahí», recordando el día en que se quedó en ropa interior en la orilla del lago. Pero, claro, se detiene. Pide un café cuando aparece Roja, se sienta en su silla y cruza las piernas a la altura de los tobillos; lleva las botas mojadas, como si se hubiera pasado el día caminando por el lago. También están manchadas de arena, arena húmeda, adherida a la piel.

Roja es una chica grande, con brazos blandos como masa de pan, blanca y protegida de la luz del sol con un paño de cocina, para que fermente la levadura. Todo en ella, desde su voz hasta su actitud, resulta vulgar y procaz. Y luego está su olor, algo así como a pies, pies sudados. Le rozan los muslos cuando camina.

Pero luego está Perla, que es la antítesis de todo lo que representa Roja, aunque esté loca de atar como la Liebre de Marzo. Es mayor que yo, pero eso en la actualidad no importa. Cinco o quizá diez años mayor. Lo suficiente para transmitir una elegancia y un aplomo de los que carecen casi todas las chicas de dieciocho años.

Pero no es tan mayor como para que resulte raro que me quede mirándola.

Cuando Roja vuelve a pasar, Perla pide la comida. Habla con calma, su voz es poco más que un susurro. Roja se inclina para preguntarle qué ha dicho. Desde mi ubicación, intento ignorar el resto de sonidos para poder oír la voz somnolienta de Perla por encima del caos de la cafetería; el ring de la caja registradora, la puerta que se abre y se cierra, la música que sale de un reproductor de CD. No es que ella sea tímida. No, no es eso. Es un acto de diplomacia, una sutileza, tacto. No gritar por encima del ruido, porque eso sería vulgar.

Roja desaparece para gritarle el pedido a uno de los cocineros; su voz suena áspera y ronca, como si fumara demasiado, cosa que, al igual que Trenzas, hace; las dos se pasan el día saliendo a fumar en sus pausas, sin embargo a mí Priddy me mira con cara de odio y me dice que me ponga a trabajar. Menuda ironía. Es sexismo, eso es lo que es. Me acosan. Debería demandar. Y aun así sigo limpiando mesas, metiendo los platos y cubiertos sucios en un barreño, donde chocan unos con otros.

El sol de noviembre entra por la ventana como suele hacerlo a esta hora del día, a mediodía, atravesando el meridiano en su punto más alto y colándose en nuestro local. Veo que las caras felices de los clientes comienzan a iluminarse, entornan los ojos y se llevan la mano a la frente, como si quisieran hacer un saludo militar, cegados por la luz.

Si no fuera por el sol, no me habría acercado al ventanal. Pero lo hago, atravieso el local para tirar del cordel de las cortinas venecianas y bajarlas para mantener a raya la luz del sol, aunque sin privar a Perla de sus vistas. Eso es lo último que deseo. Privarle de sus vistas. Sé lo mucho que le gusta mirar por la ventana, controlar desde allí la consulta del doctor Giles.

Lo primero que huelo es su champú, o su loción, quizá laca para el pelo, ¿qué sabré yo? Es una mezcla de pomelo y menta que se me cuela por la nariz. A decir verdad, también hace que me tiemblen las rodillas. No soy yo de los que se embelesan, pero en esta ocasión sí. Me tiemblan las manos, la cristalería amenaza con romperse dentro del barreño, así que lo deposito sobre una mesa antes de que eso pase. Me pregunto si podría ser ella la mujer, la figura etérea que vive en la periferia de mis sueños. La que se me acerca por las noches y me ruega «Vamos...».

—Yo te he visto antes —me dice cuando me acerco, sin dejar de mirarme, y sus palabras suenan dispersas y poco entusiastas.

¿Está hablando conmigo? Miro a mi alrededor para estar seguro. Soy el único que hay.

Vuelve a decirlo, con otras palabras.

—Te vi el otro día.

—Lo sé —respondo, y me tiembla la voz como la luz de una bombilla que está a punto de fundirse. Una vocecilla en mi interior me recuerda que soy un gallina. Un perdedor. Una nenaza. Las únicas mujeres guapas que he visto de cerca son las chicas desnudas de las revistas que guardo en mi armario para que mi padre no las vea. He salido con tres chicas en mi vida, y ninguna me duró más de dos semanas.

—Junto a la playa —aclara.

—Lo sé —repito—. Yo también te vi a ti.

Es lo mejor que se me ocurre.

Detrás de mí oigo a una madre que le dice a su hijo que se siente y coma. Me giro para ver. Cuando el niño se inclina sobre la mesa para tocarle la mano a su madre, ella la aparta rápidamente y dice:

—No me toques. —Lo dice de manera enfática, una proclama que me recuerda a mi propia madre. «No me toques, Alex». Pero las palabras de esta madre van acompañadas de una postdata—. Tienes las manos llenas de sirope —añade mientras le entrega al muchacho una servilleta.

Mi madre jamás me dijo por qué no quería que la tocara. Solo decía «No me toques».

—Podrías haber dicho «hola» —me dice entonces Perla, y me aleja de los recuerdos de mi madre. Me mira de arriba abajo, deteniéndose en mis deportivas negras, en mis pantalones plisados baratos, en la camisa del uniforme y en la pajarita. Y entonces pienso: «¿Qué puedo responder a algo así?». Lo lógico sería preguntarle qué hacía nadando en el lago gélido en mitad de noviembre. Por qué no llevaba un bañador y una toalla. ¿Acaso no sabe lo que es la hipotermia? ¿La congelación?

Pero eso sería patético.

—¿Tienes nombre? —le pregunto en su lugar, intentando hacerme el indiferente.

—Sí que tengo —me responde sin ni siquiera mirarme.

Y entonces espero a que me diga cómo se llama, aunque creo que sería mejor esperar sentado. Espero tanto que empiezo a hacerme ideas: Mallory, Jennifer, Amanda.

Pero entonces llega su comida; Roja me da un codazo para quitarme de en medio y poder pasar con el plato caliente. Y así, sin más, ella empieza a comer, contemplando a los viandantes a través del ventanal, ajena al sol en los ojos y a mí, que aguardo a que me diga su nombre.

Tiene un nombre.

Pero no me dice cuál es.

QUINN

En el trabajo me doy cuenta de que no puedo concentrarme en nada que no sea Esther. Ella no lo sabe, pero ocupa cada momento de mi tiempo. Suena mi teléfono y lo primero que pienso es «Esther». ¿Será ella? Pero no lo es. Oigo que me llaman por los altavoces y corro hacia el mostrador de recepción del bufete, convencida de que será Esther, que está en el mostrador, esperándome, pero en su lugar veo a un abogado que me da unos documentos que debo llevar a la oficina de un testigo pericial para que los analicen. Me pongo con mi tarea sin dejar de pensar en Esther, dolida y preocupada al mismo tiempo. A cada rato me viene a la cabeza el hecho de que Esther esté tratando de librarse de mí, una traición que se ve empañada por la inconfundible sensación de que algo pasa, de que le ha ocurrido algo.

En cuanto regreso al bufete tras realizar el recado, voy a buscar a Ben y descubro que él también está en un punto muerto con su investigación. Ha intentado varias veces localizar al señor o a la señora Vaughan, pero sin éxito. Está sentado en su cubículo cuando yo me acerco por detrás y le doy un susto. Se frota la cabeza y suspira, perdiendo la esperanza, al igual que yo. Ante él, en la pantalla del ordenador, se leen cinco palabras descorazonadoras: *no se han encontrado resultados*.

—¿No has sabido nada de Esther? —me pregunta.

Yo niego con la cabeza y digo:

—Nada.

No soy yo la única que no puede concentrarse en la aburrida rutina del trabajo. Ahora mismo me dan igual el etiquetado de Bates, las producciones de documentos y la fecha límite en la que debo entregarle a un abogado trastornado miles de documentos fotocopiados. Todo me resulta frívolo y vacío cuando Esther ha desaparecido.

Tampoco soy la única que se siente frustrada por este curioso giro en los acontecimientos. Ben también se siente como yo y allí, en su cubículo, nos lamentamos juntos de lo difícil que es concentrarse en el trabajo cuando eso es lo último en lo que pensamos. Hacemos un pacto para marcharnos y, a las dos y cuarto, ambos fingimos estar enfermos: comida en mal estado. Nos llevamos las manos a la tripa y decimos que hemos ingerido algo que estaba malo. «El *roast beef*», digo yo, y Ben echa la culpa a su ensalada de pollo. Amenazamos con vomitar y, casi de inmediato, nos envían a casa.

Así que nos vamos.

Compartimos un taxi, invito yo, ya que Ben se viene hasta mi apartamento en Andersonville para ayudarme a resolver el misterio. Se ofrece a pagar a medias –claro que sí, es mi caballero con armadura plateada (aunque aún no lo sepa)–, pero yo le digo que no. El taxista nos lleva dando tumbos por las calles de Chicago y Ben y yo nos deslizamos de un lado a otro sobre el asiento de cuero gastado. Se aleja del centro y toma Lake Shore Drive. Después sale en Foster. Yo contemplo el lago Míchigan a través de la mugrienta ventanilla del taxi, veo el agua azul, como el cielo, pero eso no significa que ni la una ni el otro sean cálidos. Hace un día despejado, de esos en los que se dice que puede verse hasta Míchigan desde lo alto de la torre Willis. Yo no sé lo que se ve, supongo que el otro lado del lago, bañando la orilla de algún pueblo olvidado. Fuera hace frío y un viento implacable. Y, aunque estoy bastante segura de que no tiene nada que ver con el clima, pienso que el apodo de Ciudad del Viento le va perfecto.

El taxista alcanza los noventa y cinco kilómetros por hora en Lake Shore Drive y, aunque ambos estamos muertos de miedo, Ben y yo nos reímos en el asiento trasero. Me siento mal por reírme. Casi. Esther podría estar en peligro. Pero es una risa con un toque de desesperación, agonía y angustia. No es una risa alegre.

Estoy preocupada por Esther, claro, y aun así hay una parte de mí que aún está enfadada porque quisiera reemplazarme. Muchas de las pistas apuntan a Esther: fue Esther la que escribió las cartas a «Cariño», fue Esther la que puso el anuncio en el *Reader*, fue ella la que se cambió el nombre, ella la que se tomó una foto para el pasaporte, la que pidió que cambiaran las cerraduras del apartamento. Ella. Esther, Esther. Siempre Esther.

¿Por qué entonces debería preocuparme por ella con todo lo que está haciendo?

Además, si no me río, igual me pongo furiosa.

Salimos del taxi en mi pequeña manzana residencial de Farragut Avenue, el viento me revuelve el pelo y me empuja en dirección contraria a la que quiero ir. Instintivamente le agarro el brazo a Ben y él me ayuda a recuperar el equilibrio antes de soltarme.

—¿Estás bien? —me pregunta.

—Sí. Estoy bien, hace mucho viento —respondo. Pero todavía noto su brazo sobre mi piel. ¿Qué será lo que ve en Priya? ¿Por qué no lo verá en mí?

Pero no puedo pensar ahora en eso.

Ben entra primero y yo lo sigo de cerca, subimos los escalones de cemento, atravesamos las puertas blancas de la entrada y accedemos al portal. Allí no hay nada más que dieciséis buzones y un felpudo sucio y gris lleno de porquería.

Bienvenido, dice el felpudo, aunque está colocado del revés, de modo que lo ves al salir.

No tengo ni idea de lo que planearemos hacer Ben y yo, o cómo intentaremos encontrar a Esther. Pero sí sé que me alegro mucho de tener a alguien a mi lado, alguien práctico como Ben, que pueda ayudarme a ordenar todas las ideas descabelladas que se amontonan en mi cabeza. Además me siento sola y necesito a alguien que me haga compañía, oír una voz que no sea la de mi cabeza. Pero, sobre todo, me alegro de que sea Ben.

Saco el correo del buzón y subimos por la escalera, con Ben a la cabeza y yo detrás. Mentiría si dijera que no me quedo mirándole el culo.

Llegamos a la puerta y saco las llaves, pero casi me había olvidado de que mi llave, la pequeña llave de cobre que tengo desde hace casi un año, ya no entra en la puerta, así que busco la nueva en los bolsillos, la que cogí de manos de John, el de mantenimiento. Cuando entramos en el apartamento, cierro la puerta de una patada, dejo el correo sobre la mesita y me alejo sin darle importancia, hasta que Ben levanta un catálogo.

—Tengo que saberlo —me dice—. ¿Cuál de las dos compra aquí? ¿Esther o tú? —Lo dice sonriendo, en broma, pero de pronto me siento molesta y confusa. Ya he visto antes ese catálogo. Aparece con frecuencia entre nuestro correo, de esas cosas que van directas al cubo del reciclaje, como el menú de comida para llevar del restaurante donde Esther y yo nos intoxicamos. ¿Por qué seguimos recibiendo ese catálogo? En la portada aparece una mujer de no más de veinte años ataviada con un conjunto siniestro, una especie de túnica que podría ser mona si no estuviera llena de calaveras y huesos. Lleva también botas de plataforma con pinchos que salen por los lados. En el cuello lleva una gargantilla de cuero negra, tan apretada que me sorprende que no se ahogue.

Le quito el catálogo a Ben y, por alguna razón, le doy la vuelta para ver por qué sigue apareciendo en nuestro buzón. ¿Pertenecerá a Esther? ¿Habrá sido vampiresa en otra vida? ¿Una gótica? ¿Iría vestida de negro haciéndose pasar por Cuervo o Tormenta o Drusilla? ¿Le fascinaría la muerte? ¿Sería una fetichista de lo sobrenatural? No lo sé. Tengo la impresión de que ya no sé quién es Esther.

Pero, en vez de ver el nombre de Esther en la etiqueta de la dirección, como imaginaba, allí leo: *Kelsey Bellamy o actual residente del 1621 W. Farragut Avenue.*

Ese es mi edificio, pero ¿quién es Kelsey Bellamy?

Nunca le pregunté a Esther por su antigua compañera de piso y ella jamás mencionó nada. Era como si no existiera, aunque yo sabía que sí, claro. Era la razón por la que la habitación estaba libre, por eso Esther necesitaba ocupar esa estancia y llenarla de vida otra vez.

Entonces recuerdo algo: el nombre grabado en la pared del armario de mi dormitorio, el fragmento de fotografía donde se apreciaba el pelo de Esther, la que encontré en el armario del dormitorio cuando me mudé.

Me aparto de la puerta y corro a mi habitación. Ben me sigue.

—¿Qué estás haciendo? —pregunta, y yo se lo enseño. Abro las puertas del armario y empiezo a sacar objetos al azar, a tirar al suelo las perchas llenas de vestidos, saco una maleta de ruedas que nunca he usado, regalo de graduación de mis padres por si alguna vez sentía la necesidad de irme. Ahora mismo siento esa necesidad. Pero de irme ¿dónde?—. ¿Qué estás buscando? —pregunta Ben mientras yo señalo con una mano temblorosa las seis letras grabadas en el gotelé con un cuchillo o algo por el estilo. Hace una hora esas letras no significaban nada, pero ahora sí.

Kelsey.

Todo es juego y diversión hasta que alguien se hace daño.

¿No es eso lo que dicen?

No podría estar más de acuerdo.

Estamos sentados en mi apartamento; Ben en el sofá rosa y yo en la butaca de cuadros blancos y negros porque me resulta lo correcto, lo menos descarado. Podría haberme sentado a su lado; él se había sentado primero y me había dejado hueco. Pero eso me parecía imprudente y descarado. ¿Y si al sentarme él se levantaba y buscaba otro asiento? Sería horrible.

No. De este modo yo estoy en el asiento del conductor, llevo las riendas, tengo el control. Y, en cualquier caso, la vista es mejor desde el otro lado de la mesita de café.

Lleva el pelo muy corto, lo que sin duda le obligará a ir a la peluquería casi todas las semanas. Ha adoptado una expresión seria, como hace cuando trabaja y realiza tareas importantísimas como el etiquetado de Bates, al igual que yo. Pero, en vez de etiquetas de Bates, escribe con los dedos en el teclado, luego se queda mirando la pantalla. Y vuelve a escribir, y vuelve a quedarse mirando, y así otra vez. Pone los pies sobre la mesa del café. Se ha quitado los zapatos del trabajo y veo que lleva calcetines negros, ejecutivos, hasta casi la rodilla. Se ha quitado la corbata y se ha desabrochado los dos últimos botones de su camisa *oxford*. No lleva camiseta interior y puedo apreciar su piel bronceada y suave.

Quiero acariciarla.

—Esto es muy raro —dice entonces con un tono siniestro, y levanta la cabeza para mirarme a los ojos, aunque yo ya estaba mirándolo a él.

Son casi las cinco de la tarde. Nuestros compañeros de trabajo no tardarán en irse a casa, huirán del rascacielos negro como las ratas que huyen de un barco que se hunde. A través de las ventanas del apartamento, la luz comienza a disminuir. Se acaba el día. Yo me levanto de la butaca para encender una luz, una lámpara de pie que ilumina la estancia con un tono amarillento.

—¿Qué es raro? —pregunto.

—Escucha esto.

Se aclara la garganta y lee en voz alta.

—Kelsey Bellamy, de veinticinco años, residente en Chicago, Illinois, murió el martes, 23 de septiembre, en el hospital metodista. Nació el 16 de febrero de 1989 y en 2012 se trasladó a Chicago desde Winchester, Massachusetts, su pueblo de origen. Trabajó como profesora sustituta en el sistema de educación pública de Chicago durante dos años antes de morir. Kelsey deja atrás a su prometido, Nicholas Keller; a sus padres, John y Shannon Bellamy; a sus hermanas, Morgan y Emily; a sus abuelos; e incontables tíos, tías, primos y amigos. La capilla ardiente se celebrará el viernes, 26 de septiembre, de 3.00 p. m. a 8.00 p. m. en el tanatorio Palmer de Winchester, Massachusetts. En vez de traer flores, pueden hacer donativos a la Asociación para la Investigación y Formación sobre Alergias Alimentarias.

Ben busca la fecha del obituario: el año pasado. Septiembre del año pasado, pocas semanas antes de que yo me fuera a vivir con Esther. ¡Semanas!

—No me lo puedo creer —murmuro, pensando para mis adentros «Qué triste», pero también «Joder»—. ¿Estás seguro de que es la misma? ¿Es la Kelsey Bellamy que vivía aquí? —Y entonces pienso «Dios mío, espero que no muriera aquí», y me imagino a Kelsey Bellamy muerta en el suelo de mi habitación. Sacudo la cabeza.

—Bueno, no puedo estar seguro —responde Ben—, pero es la única Kelsey Bellamy que he podido encontrar en todo Chicago. Y la edad parece concordar también. No me imagino a Esther viviendo con una mujer de sesenta años.

—No puedo creerme que Esther no me lo contara —le digo, pero lo cierto es que sí que puedo creérmelo. Hace dos o tres días habría dicho que era imposible, pero ya no estoy tan segura. Estoy empezando a descubrir muchas cosas que no sabía sobre la vida de Esther.

Esther, Jane o quien narices sea.

—¿Cómo murió? —pregunto.

—No lo dice —responde Ben—, pero imagino que... —Se queda callado—. Mira esto —Se corre para dejarme más hueco en el sofá. No tiene que pedírmelo dos veces, aunque me ofende un poco la gran cantidad de espacio que cree que necesito para poner mis posaderas. Está señalando la pantalla de su tableta cuando yo tiro un cojín al suelo y me siento a su lado. Y allí, en la pantalla, aparece una imagen de Kelsey Bellamy.

Es preciosa. Es lo primero que pienso al verla. Aunque no es la típica rubia de ojos azules. Es preciosa en el sentido gótico, con su melena negra y sus ojos oscuros; de ahí el catálogo gótico que le han enviado esta tarde. Su piel es muy blanca. Blanca como la leche, como si se la hubiera embadurnado de polvos de talco; o como si quizá fuera un fantasma y ya estuviese muerta. Viste como visten los góticos, supongo, pero con cierta feminidad; una falda negra de Lolita, una blusa con volantes, pintalabios negro.

Me cuesta imaginarme a Kelsey Bellamy como profesora sustituta.

—Esto es raro —murmuro—. Muy raro.

—A mí me lo vas a decir —responde Ben mientras prosigue su búsqueda para ver qué más puede encontrar. Allí sentados, pegados el uno al otro en el pequeño sofá, con nuestras rodillas casi tocándose, mirando el mismo cursor que da vueltas en la pantalla mientras la tableta piensa, y yo inhalando su colonia cítrica, nos topamos con la página de Facebook de Kelsey, donde amigos y familiares dejan emotivos comentarios sobre su adorada hija, nieta, sobrina y amiga; algunos aseguran que la compañera de piso de Kelsey fue la responsable de su muerte. «Un terrible accidente», dicen algunos, pero otros lo llaman «negligencia». Unos aseguran que debería ser juzgada por homicidio imprudente. Se refieren a Esther. «La compañera de piso», dicen. Dicen que fue Esther quien lo hizo; mi Esther. Que ella mató a Kelsey.

—No pensarás que... —comenta Ben, pero deja la frase a medias.

Pero sí, sí que lo pienso. Pienso justo lo mismo que está pensando él, aunque ninguno nos atrevamos a decirlo en voz alta.

Ni siquiera puedo describir lo que se me pasa por la cabeza.

Y luego está el estómago, que se me ha revuelto de golpe.

Lo único que pienso es que quizá vomite.

ALEX

Al final es la curiosidad la que me hace decidir entrar en esa casa abandonada que hay enfrente de la mía. Fuera ha oscurecido, es de noche y yo regreso a casa después de otro largo día de trabajo, con las piernas y los pies cansados. Al acercarme a la casa, veo el destello de luz, como nos pasó a mi padre y a mí la noche anterior.

Y eso es lo que llama mi atención.

Hay un estornino común posado sobre el tejado, cantando una canción con su cabeza azul iluminada por la luna. Está posado sobre el viejo tejado hundido de la casa, con sus ojos saltones negros mirándome, apuntándome con el pico. Me fijo en el conjunto: su cuerpo brillante, su lustrosa cabeza azul, su cola larga, sus garras marrones y retorcidas como las manos de una anciana.

La luna llena asciende por el cielo mientras las nubes perezosas flotan a su alrededor.

Primero entro en mi casa para buscar unas herramientas y entonces examino la otra casa desde lejos, intentando averiguar cuál será la mejor manera de entrar. Quiero saber quién está viviendo allí y descubrir si, como dice mi padre, se trata de un okupa. Me guardo en el bolsillo un bollo que he traído de la cafetería. Un *croissant* de chocolate. Es posible que quien sea que vive allí solo tenga hambre.

Cruzo la calle y me detengo en la acera cuarteada, veo los nombres a mis pies, nombres grabados en el cemento cuando todavía estaba fresco, prueba de que alguien vivió aquí en otra época. De que esta casa no siempre estuvo abandonada.

Es la hora azul, ese momento del día en el que el mundo entero adquiere un tono azul marino, y lo mismo sucede con la casa abandonada. Han tapiado algunas de las ventanas. No pienso pelearme con los tablones de madera con las manos desnudas. Están clavados al marco de la ventana con viejos clavos oxidados, así que es probable que muriera de tétanos si los tocara. No es algo que desee experimentar; los espasmos, la rigidez muscular, el riesgo de muerte... Así que en su lugar utilizo las herramientas que he traído de casa: unas tenazas de mi padre y unos guantes de trabajo.

Me pongo los guantes y utilizo las tenazas para sacar los clavos de una de las ventanas tapiadas —en la parte de atrás de la casa, donde es menos probable que me vean— y retirar los tablones de los revestimientos amarillos. Los tiro al suelo. Y luego me subo en un taburete que he traído también para colarme dentro, utilizando el extremo de las tenazas para retirar cualquier resto de cristal roto y evitar cortarme. Está oscureciendo y resulta difícil ver algo, y aun así, mientras trepo por la ventana, la luz de la luna ilumina la parte trasera de la casa y me doy cuenta de que ha sido un esfuerzo inútil, porque a menos de tres metros hay otra ventana sin tapiar y sin cristales. Okupas.

En el interior, el techo está prácticamente hundido, se han desprendido los trozos de pladur y queda al descubierto la estructura de la casa. Está todo oscuro, pero por suerte he traído también una linterna. Palpo la pared en busca del interruptor de la luz y me sorprende, o no me sorprende en absoluto, que la casa no tenga electricidad; probablemente la cortaran años atrás. Eso significa que los inquilinos ilegales que han estado acampando aquí tienen su propia linterna, la luz que mi padre y yo vimos salir por la ventana abierta. Encendida, apagada. Una linterna o un farol. Quizá una vela.

Dentro descubro que, cuando los dueños se marcharon, lo hicieron deprisa. No se llevaron gran cosa cuando se fueron. Pero aun así han quitado los electrodomésticos y faltan muebles, cosas que otras personas podrían vender para sacar algún beneficio. Lo que queda son chismes y objetos con valor sentimental, pero no económico. Un jarrón, un tablero de ajedrez, un reloj que no funciona, cuyas manecillas siempre marcarán las 8.14. Con el tiempo cortaron los suministros por falta de pago; el agua, cuando las cañerías se congelaron y reventaron. El banco intentó sacar la casa a subasta, pero nadie hizo una puja. No merecía la pena echarla abajo, así que la dejaron ahí. A los vecinos se les ocurrió prenderle fuego; en mi opinión no habría sido tan mala idea, pero nadie quería enfadar al fantasma de Genevieve, cosa que ni siquiera existe.

En el interior hay cosas escritas en las paredes. Grafitis. Una especie de enredadera se cuela por las grietas de las paredes hasta dentro de la vivienda. El jardín está hecho un asco, con matorrales que invaden la fachada de la casa. En el patio hay árboles tirados por todas partes, los tocones que quedan están ennegrecidos por la putrefacción. Dentro de la casa se encuentran los típicos objetos de la vida cotidiana: tazones de cereales en el armario, llenos de telarañas y excrementos de roedores. Hay restos de pladur tirados en el suelo en la parte donde el tejado ha cedido, y quedan al descubierto las tejas. Una claraboya improvisada. El aislante térmico se sale de las paredes como el relleno de un osito de peluche.

Lo que espero encontrar mientras camino de puntillas por la casa abandonada es un okupa, quizá incluso una pequeña familia de okupas, tumbados en mantas en el suelo. O quizá un puñado de adolescentes gamberros, fumando hierba donde creen que nadie se dará cuenta, o algún indigente de paso por el pueblo, en busca de un lugar más cálido y seco donde dormir.

Pero quizá no sea tan listo como todo el mundo piensa, porque no se me había pasado por la cabeza, ni una sola vez, la posibilidad de encontrarme con Perla en el salón abandonado, pero allí está. Veo su pelo degradado, que le cae ondulado por la espalda, la rojez que tiñe sus mejillas, como si le hubieran dado una bofetada. Observo como se lleva los dedos a las mejillas y sé que las tiene heladas. Incluso dentro, en una casa sin calefacción y con las ventanas rotas, se le han entumecido. Le brillan los ojos y le lloran por el aire frío de noviembre. Además moquea y expulsa nubes de vaho al respirar.

Y ahora, de pie en la oscuridad, a través de la ventana abierta, el estornino empieza a cantar de nuevo, una elegía siniestra, y la luna llena ilumina el cristal roto, y Perla se da la vuelta y me sonríe.

—Hola —me dice—. Me preguntaba si vendrías.

—¿Qué estás haciendo aquí? —le pregunto.

—Lo mismo que tú —responde ella con la voz tranquila como las aguas de un estanque. Tiene un tono poético y rítmico y, mientras habla, gira los pies hacia mí—. Cotilleando —añade mientras desliza el dedo índice por la superficie polvorienta de la repisa de la chimenea. Se queda mirándose el polvo del dedo antes de sacudírselo en los pantalones.

La habitación está a oscuras, no totalmente pero casi, y la luna trata de abrirse camino como puede. Brilla entre las nubes y la luz viene y va, igual que la luz de la linterna que Perla tiene en la mano y que enciende y apaga una y otra vez.

Pienso en mi padre, sentado en el salón de casa, viendo los fogonazos de luz desde la ventana. «Malditos okupas», me imagino que dice. «Hay puñeteros okupas viviendo ahí otra vez».

Pero no. No son okupas. Es Perla.

Ambas cosas se excluyen entre sí, al menos en mi opinión. Esta chica no puede ser una okupa porque, bueno, porque no. Se merece algo más que eso, más que suciedad, polvo y porquería. Se merece algo mejor.

Entro despacio en el salón, sin saber bien qué hacer o qué decir. Sé que estamos en el salón porque hay un sofá de cuadros y los restos de lo que fuera una chimenea, una incrustación de hierro forjado rodeado por una repisa de mármol cubierta de polvo, donde se ve dibujada la línea que acaba de trazar Perla con el dedo, como una carretera en un mapa.

En el suelo, junto a sus pies, yace una manta llena de agujeros, comida por las polillas, y un cojín plano, que seguro ha retirado del sofá para apoyar la cabeza. El tejido hace juego con el sofá, ese estampado de cuadros escoceses azules que no puedo creer que estuviera de moda alguna vez. Pero así fue. Una vez. Hace mucho tiempo. Se me rompe un poco el corazón al imaginarme a Perla apoyando su preciosa cabeza en un cojín raído, durmiendo en el suelo duro y frío. Frente a mí, veo que se rodea con los brazos y se estremece. No creo que haya más de diez grados de temperatura. Vuelvo a mirar hacia la chimenea y veo que está vacía, sin leña ni nada.

—¿Estás durmiendo aquí? —le pregunto, aunque la respuesta es evidente, y quiero hablarle de las ratas, de los bichos, de los carteles de fuera en los que dice *No pasar* y *No apto para vivir*, pero no lo hago. Supongo que ya sabe todas esas cosas. No responde a mi pregunta, se queda mirándome fijamente, tratando de leerme el pensamiento, igual que hago yo con ella. Así que le digo—: ¿Sabes que dicen que esta casa está embrujada? —Y me pregunto si debería decir algo más, hablarle de Genevieve, de la niña pequeña que murió en una bañera, contarle que su espíritu atormenta a todo aquel que entra en esta casa. Pero no lo hago. No me da tiempo a decir nada antes de que me sonría; es una sonrisa segura de sí misma.

—Yo no creo en los fantasmas —responde encogiéndose de hombros.

—Sí —digo yo devolviéndole la sonrisa—. Yo tampoco. —Me meto las manos en los bolsillos sin darme cuenta y palpo el *croissant* de chocolate. Pero mi sonrisa no es una sonrisa segura y las palabras me salen temblorosas y ahogadas, como si me hubiera tragado un algodón y apenas me saliese la voz. Me tiemblan igual que las manos. Saco el *croissant* del bolsillo, aplastado ya y con un aspecto algo patético, y se lo ofrezco a Perla. Ella niega y me dice:

—No.

A mis ojos parece una ingenua. Así la veo yo. Como la típica chica de al lado, o quizá la damisela en apuros. Algo por el estilo, o quizá eso es lo que a mí me gustaría que fuera. Parece cansada y muerta de frío, incluso puede que algo asustada. De cerca, me fijo en que tiene la ropa harapienta, pero no harapienta a la moda, sino como si llevara días de excursión por el campo, durmiendo en el suelo. Aun así saca al introvertido que hay en mí, al solitario antisocial que no sabe cómo dirigirse a las chicas. No tiene nada que ver con ella, sino con el hecho de que sea una chica, una mujer, y además muy guapa. Eso es lo que hace que me tiemblen las manos, que me cueste hablar, que me quede con la cabeza gacha en vez de mirarla a los ojos.

—¿Cómo te llamas? —me pregunta, y yo la miro un instante y digo que me llamo Alex.

Pero, cuando le pregunto cómo se llama, responde muy sabiamente:

—Mi madre me dijo que no debería hablar con desconocidos. —Y es la sonrisa de sus labios la que lo dice todo. No es tan tímida como le gustaría hacer ver. Advierto cierta picardía en ella, quizá incluso algo de mentira, pero no sé qué es. De hecho, diría que me gusta.

—Ya estás hablando conmigo —le digo, pero aun así no va a decirme cómo se llama, así que no insistiré. Podría haber un sinfín de razones para ello. Quizá sea una fugitiva y esté huyendo. O se haya metido en problemas con la policía, o quizá con algún tío. No es asunto mío. Pienso en ella y en el doctor Giles, en cómo lo espía a través del ventanal de la cafetería. Recuerdo cuando la vi ayer, alejándose por la calle, mientras él la observaba hasta que desapareció por la colina al otro extremo del pueblo. ¿Habría estado ya allí, en la casita azul, hablando con él? No lo sé. Tengo la impresión de que su presencia aquí tiene algo que ver con él, que quizá sea una paciente, pero, a juzgar por cómo mira a través del ventanal de la cafetería, con fascinación, curiosidad y tal vez una pizca de nostalgia, me da la impresión de que podría ser más que eso. Quizá haya algo más, algo que va más allá de la relación médico-paciente. Pero no es más que una intuición, una historia que me he inventado. La verdad es que no lo sé.

—¿Cuánto tiempo llevas aquí metida? —le pregunto, y se encoge de hombros.

—Un par de días —responde—. Supongo.

Hay un motel barato en el pueblo, un *bed-and-breakfast* y uno de esos hoteles para estancias prolongadas. Hay casas de verano en alquiler, casas en la playa, un par de *campings*. Pero supongo que son cosas que no puede permitirse, así que no se lo digo. Le daría dinero si pudiera, pero no tengo dinero. Aunque resulta difícil ver algo en la penumbra de la habitación, busco señales de abuso o maltrato, como cardenales, algún hueso fracturado o una cojera. Algo que me diga que huye de algo o de alguien, pero no veo ninguna.

—Es una pena que no podamos encender un fuego —le digo señalando hacia la chimenea destartalada cuando ella se envuelve con los brazos y se estremece por el frío.

Doy un paso hacia la chimenea y siento que el suelo bajo mis pies comienza a ceder, así que acelero el paso, pensando que si me quedo quieto demasiado tiempo podría desaparecer en las arenas movedizas, o en un agujero negro. Por suerte no sucede. Me detengo un momento para recomponerme, veo que los suelos enmoquetados se han hundido por lo menos dos centímetros bajo mis pies y me siento agradecido de seguir aquí. *No apto para vivir*, dice el cartel, y ahora sé por qué. Cuando llego hasta la chimenea, echo un vistazo al interior, totalmente seguro de que debe estar llena de nidos de pájaros, de ardillas y demás basura. No soy deshollinador, pero apostaría mi vida a que le faltan ladrillos y hay que arreglar la argamasa. Y eso en la parte de fuera; dentro, la estructura de hierro fundido está cubierta de mugre y seguramente sería lo primero en arder si tratara de encender un fuego, eso o el interior de la casa se llenaría de monóxido de carbono y, casi sin darnos cuenta, nos quedaríamos dormidos, moriríamos y pasaríamos a hacerle compañía a Genevieve en la otra vida.

—¿Estás seguro? —me pregunta mirando también la chimenea, y yo lo pienso, pienso en el fuego, el monóxido de carbono y la muerte.

—Sería mala idea —respondo.

Pero tengo otra cosa en mente.

Me bajo la cremallera de la sudadera, me la quito y se la entrego.

—Toma —le digo—, póntela. —Pero no la acepta de inmediato. En su lugar, se queda mirando la prenda en mis manos temblorosas y yo comienzo a sentirme como un idiota, como si hubiese cruzado una raya invisible e inapropiada. Me planteo volver a ponérmela y fingir que no ha ocurrido. Siento sus ojos que me observan, que miran la sudadera.

Pero entonces la acepta y me dice:

—Qué considerado por tu parte. De verdad. Pero ¿no pasarás frío? —Yo me encojo de hombros.

—No. —Aunque claro, eso no es cierto. Ya tengo frío. Pero pronto me iré a mi casa a pasar la noche, me meteré en una cama suave con mantas, en una casa cuyo termostato marca veinte grados. Pronto dejaré de tener frío. Pero ella seguirá aquí, pasando frío en esta casa abandonada toda la noche.

Mientras se pone mi sudadera por encima de la suya, mete las manos en los bolsillos ya calientes y me doy cuenta de que me gusta que pase la noche con mi sudadera puesta.

No me quedo mucho tiempo. No quiero ponerme pesado.

Pero lo más importante de todo es que no he hecho nada humillante y espero seguir así. De todos modos, me quedo durante unos minutos. Me quedo y veo que se sienta en el suelo y se cubre con la manta comida por las polillas. Me quedo mientras dobla las piernas a lo que solemos llamar «estilo indio» y tararea en voz baja. Me cruzo de brazos, ahora solo tengo el abrigo de la camiseta, y pienso que nuestro garaje le resultaría más cálido. También el cobertizo de la madera. Pero esta chica no me conoce de nada. Me resulta imposible creer que pasaría la noche en mi garaje.

Dios, mi padre estará desmayado, así que podría meterla en mi habitación, y en mi cama podría dormir, calentita y cómoda; conmigo en el suelo, por supuesto. Disfruto unos instantes de esa imagen en mi cabeza.

Pero no parece tan ingenua, de modo que no me molesto en preguntar.

Diría que no y yo me sentiría como un degenerado por pensar que era una buena idea. Pensaría que soy un bicho raro.

—¿Eres de por aquí? —le pregunto, y me responde con cierta indiferencia.

—Más o menos. En realidad no. —Y yo sonrío y le pregunto qué significa eso.

Se encoge de hombros.

—Supongo que podría decirse que sí que lo soy. —Y aun así, yo me quedo igual que estaba.

—¿Más cerca de Battle Creek? —le pregunto, sabiendo que es una pregunta estúpida. Podría haber mil pueblos y ciudades en todo Míchigan, quizá dos mil. ¿Por qué Battle Creek? Pero lo pregunto de todos modos, porque, al abrir la boca, es lo único que me sale. Para mi sorpresa, ella asiente con la cabeza y yo sé que he acertado de casualidad o que quiere que me calle—. ¿Te gusta nadar? —Le pregunto como alternativa, recordando el día del lago, pero, en vez de decirme «sí» o «no», me responde con otra pregunta.

—¿Y a ti? —Es una técnica, dar la vuelta a mis preguntas para no compartir ningún detalle sobre sí misma. No quiere que sepa nada.

—No me disgusta —respondo—, aunque el agua está muy fría en esta época del año.

—¿Eso crees? —pregunta, pero no sé si está de acuerdo conmigo o no, y me la imagino flotando en la superficie de un gélido lago Míchigan mientras las gotas de lluvia caen de un cielo sin sol.

No sé si es una pregunta, una declaración o una mezcla de las dos cosas, pero asiento y digo:

—Sí, lo creo. Está fría.

—¿Eres de por aquí? —me pregunta ella.

—Aquí nací y aquí me crie —respondo y veo que se tira de la pulsera que lleva en la muñeca, la misma pulsera que le valió el apodo de Perla. No sé cuánto tiempo me quedo mirándola.

Cuando apoya la cabeza en el cojín de cuadros azules, me despido y me marcho. Pero para entonces ya tiene los ojos medio cerrados y, si me dice «adiós», yo no lo oigo. Me voy, pero no me resisto a la tentación de mirar una última vez para ver cómo se queda dormida.

Desando mis pasos por la vieja casa y vuelvo a salir por la ventana ayudándome del taburete que dejé fuera, sabiendo que Perla protagonizará mis sueños esta noche, si es que acaso consigo dormir.

QUINN

Ben me sujeta el pelo mientras vomito.

La buena noticia es que casi no probé el sándwich de *roast beef* en el trabajo. Así que lo que vomito es casi todo ácido del estómago y bilis. Y además he llegado a tiempo al baño, así que no es que haya que limpiar ningún estropicio.

Nos quedamos sentados en el suelo del baño, de azulejos blancos y negros como un tablero de ajedrez, igual que el resto del apartamento. Hay pelusas y restos de jabón, lo cual no tiene sentido porque no nos bañamos en el suelo del baño. Pero aun así allí están. Estoy bastante segura de que también hay orina en el asiento del váter, y maldigo a Landon o a Brandon, a Aaron o a Darren, como se llamara el tío al que me llevé a casa el sábado por la noche, porque él es el único que ha podido causar ese desastre. Esther y yo no meamos en el asiento del váter. Poco sabía yo que sesenta y tantas horas después de nuestro revolcón me encontraría mirando su orina mientras vomitaba. Menudo regalo de despedida.

Cuando al final solo me salen arcadas, Ben me pone un trapo húmedo en la cabeza y me trae un 7-Up con una pajita de plástico rosa.

—Deberías marcharte —le susurro, sabiendo que son casi las seis. Priya, en su apartamento situado a kilómetros de allí, se preguntará dónde está. No viven juntos, pero a Ben le gustaría. Me lo ha dicho y yo he fingido interesarme, sabiendo que, si lo hicieran, ahorrarían alquiler. «Mucho dinero», dice Ben. Pero Priya dice que no. Él me lo ha confesado solo una vez, que le vuelve loco que Priya siempre está en guardia, como si no se comprometiese del todo. No es que tenga pensado abandonarlo, pero no está preparada para dar el paso. Él se pregunta si alguna vez lo estará. Es superindependiente, cosa que le intrigó desde el principio; autosuficiente y autónoma, el tipo de novia que no te agobia. Y ahora parece que le gustaría que le agobiase un poco, o quizá le gustaría que Priya lo necesitase como él la necesita a ella.

Pero aun así, cenan juntos muchas noches y esta noche le toca a Priya cocinar. Él tendría que estar allí a las seis. Ella va a preparar *aloo gobi*, aunque yo no se lo he preguntado, pero me lo ha contado de todos modos. Eso era antes de que la idea de comer algo me provocara náuseas.

—No voy a ninguna parte —me asegura, se excusa y sale de la habitación. Desde el suelo del baño oigo su voz. Está en el pasillo, al otro lado de la puerta, contándole a Priya el motivo por el que tiene que cancelar el plan.

—Hola, cariño —le dice, pero a mí no me menciona.

Tampoco dice que esté en mi apartamento.

Ni habla de Esther.

Ni de la muerte de su antigua compañera de piso.

En su lugar, Ben echa la culpa a unos documentos que deben entregarse de inmediato por FedEx y deben estar en la tienda para cuando esta cierre, a las nueve en punto. Tampoco es tan descabellado; ya ha ocurrido más veces, ayudantes de proyecto que van corriendo de un lado a otro etiquetando y fotocopiando documentos para que puedan estar en su destino dentro de plazo.

—Lo siento mucho —le dice—, el abogado nos lo ha dicho esta tarde. Va a ser una noche larga. —Y Priya, en su estilo, aunque yo no lo sé, le absuelve por completo de su pecado—. Gracias por entenderlo —dice Ben—. Eres la mejor. —Y termina la conversación con un «te quiero» y un nauseabundo beso al aire que me da ganas de vomitar de nuevo, y eso hago.

Regresa al cuarto de baño y se sienta a mi lado en el suelo.

—¿Estás preparada para hablar de ello? —pregunta con su tableta a mano, como siempre—. Deberíamos hablar de ello, ¿no te parece? Cuando estés preparada —se apresura a añadir. Y yo le digo que estoy preparada, aunque no lo sé con seguridad.

Ben busca en internet y encuentra un artículo donde dice que los paramédicos respondieron a una llamada al 911 desde nuestra dirección, que encontraron a Kelsey Bellamy inconsciente, que fue trasladada al hospital metodista y que fue allí donde se certificó su muerte. Me imagino a los médicos de urgencias tratando de reanimarla con las líneas planas del monitor y a un hombre sombrío que dice: «Hora de la muerte, 8.23». Aunque, claro, no sé a qué hora murió.

Pero entonces me viene a la cabeza otra imagen: panfletos sobre el duelo, el proceso del duelo, los siete pasos. ¿Esther estaría pasando un duelo por la muerte de Kelsey?

Los amigos y familiares en la página de Facebook de Kelsey hablan de despreocupación, negligencia y falta de consideración como causa de la muerte. Pero ¿por qué? Los mensajes son esotéricos como poco; omiten cualquier tipo de información de la que un lector cualquiera no estaría al tanto, alguien como yo, que solo está husmeando en la página de Kelsey.

No era mi compañera de piso, no era mi amiga. ¿Por qué entonces veo sus fotos y me siento triste? Se me llenan los ojos de lágrimas, Ben me entrega un pañuelo y yo me seco los ojos.

—Esther no hizo esto —le digo, aunque por dentro los dos estamos pensando lo mismo.

Sí lo hizo.

Esther tiene por costumbre hacerse cargo de todo, responsabilizarse de las cosas de los demás. No es una cualidad necesariamente mala.

Un ejemplo típico: la vez en que Nancy, del segundo piso, decidió que los inquilinos del edificio debían estar más comprometidos con el reciclaje. Nancy estaba harta de ver botellas de cerveza vacías y periódicos viejos en la basura, y la señora Budny, la vieja señora Budny con un pie en la tumba, a quien le daba igual preservar el planeta para sus hijos o los hijos de sus hijos (aunque no tuviera ninguna de esas cosas), no pensaba hacer nada al respecto.

Pero lo único que hizo Nancy fue poner un cartel, detallando los centros de reciclaje de la ciudad, en el vestíbulo, junto a los buzones, cosa que todos los inquilinos lograron ignorar.

Esther, por su parte, fue un paso más allá. Se puso en contacto con los servicios de reciclaje para llegar a un acuerdo. Compró varios contenedores de reciclaje, con su propio dinero, y los dejó fuera, junto al contenedor del callejón que hay detrás de nuestra casa, y también en el cuarto de lavadoras. Puso carteles, hizo listas de lo que era reciclable y lo que no y explicó los efectos que tenía sobre el planeta la falta de reciclaje: desbordamiento de los vertederos y la necesidad de crear nuevos vertederos. Animó a la gente a hacer uso de las tres R: reducir, reutilizar, reciclar. Ofreció un premio al inquilino que mejor reciclara (y no era yo).

Y, al contrario que el plan maestro de Nancy, que fracasó estrepitosamente, el de Esther no fracasó. Fue un éxito. Resultamos ser unos ávidos recicladores.

Fue Esther la que me animó a comer productos más saludables y me convenció para reorientar mi carrera. Un simple comentario por mi parte, «Odio mi trabajo», bastó para que se pusiera manos a la obra a resolver el problema, como si fuera suyo, aunque jamás lo hizo de forma autocrática, opresiva o molesta. Era algo dulce. Lo que Esther decidió que tenía que ser era profesora, en vez de una aburrida ayudante de proyectos. A mí casi me dio la risa con aquella idea: ¿yo, profesora? Me parecía ridículo, y aun así fue Esther la que me convenció para intentar sacarme un título en educación infantil, después de quedarme encantada con los pequeñajos a los que leía cuentos en su librería.

—Se te dan bien los niños —me dijo—, y además, no querrás quedarte en ese trabajo asqueroso para siempre, ¿verdad? Eres mejor que todo eso, Quinn.

—No soy lo suficientemente lista para ser profesora —le respondí yo en su momento, cuando nos quedamos en la librería después del cuento; yo estaba en el suelo con una niña de pelo rizado a la que no conocía, ayudándola a encontrar el libro perfecto sobre princesas. No es que yo trabajara en la librería ni nada de eso, pero me había convertido en una asistente regular a los cuentacuentos y ya conocía a algunos de los niños. Me gustaban los cuentos, sí, más de lo que quería admitir, pero más aún me gustaba la sensación de pertenecer al mundo de Esther. Nunca he tenido una amiga como ella. Es como una hermana, una que me cae mejor que mi propia hermana.

—Eres más lista que un niño de cuatro años, ¿no es verdad? —me preguntó Esther, y yo me encogí de hombros. Dios, ojalá fuese más lista que un niño de cuatro años—. Puedes hacerlo —insistió ella.

Menos de una semana después, busqué información *online* sobre programas de certificación de enseñanza en Chicago y Esther se ofreció a ayudarme a prepararme para el examen de capacidades básicas, que pone a prueba mi conocimiento sobre las artes y las letras, la lectura, la escritura y las matemáticas. Solo puedo hacer el examen cinco veces; ya lo he suspendido una vez. Esther ha estado ayudándome a estudiar; jura que la próxima vez lo aprobaremos. Lo aprobaremos. Ella y yo. Ya me ha dicho por lo menos una docena de veces que esto es algo que no tengo por qué hacer sola. Somos un equipo, Esther y yo. Eso era lo que decía.

Otro ejemplo de la naturaleza responsable de Esther: una vez mencioné que me gustaría hacer más ejercicio, ponerme en forma. No soy una persona pequeña, ni bajita ni escuálida. Esther sí es pequeña, pero yo no. Yo no soy en absoluto pequeña. Pero tampoco es que sea gorda. En realidad culpo a mis antepasadas amazonas mitológicas por mi enorme figura y mis huesos grandes, por ser tan poderosa. Así me gusta verlo: poderosa. Y así me lo imagino cuando compro por internet, porque obtengo muchos más jerséis o faldas a cambio de mi dinero, mucho más tejido que aquellas que compran tallas pequeñas. Y todo por el mismo precio. Salgo ganando.

Pero aun así, tampoco es que siga siendo una niña y desde luego no empequeñezco, y cometí el error de mencionárselo a Esther. Y ella no tardó en elaborar un plan de *fitness* para las dos. Ella no es una corredora empedernida, pero a veces corre. No va a apuntarse al maratón de Chicago ni nada de eso, pero puede aguantar corriendo dos o tres kilómetros, y eso fue exactamente lo que hacíamos. Esther se acostumbró a sacarme de la cama a primera hora de la mañana, antes de que saliera el sol, y seguíamos siempre la misma ruta, por Clark hasta Foster, donde cruzábamos por debajo de Lake Shore Drive hasta llegar a Lakefront Trail, un sendero pavimentado de veintiocho kilómetros por el que corríamos junto a la orilla del lago Míchigan. No recorrimos los veintiocho kilómetros. Ni de lejos. A todos los efectos, yo ni siquiera estoy segura de haber llegado a correr. Para correr, por definición, ambos pies han de estar en el aire al mismo tiempo, y yo no sé si fue mi caso. A lo sumo caminamos durante unos tres kilómetros. O quizá caminamos deprisa para no quedar tan mal delante de todos esos maratonianos o aspirantes olímpicos que nos adelantaban por el camino.

Me ardían las piernas; me dio un calambre. Me dieron muchos calambres. No podía respirar.

Pero Esther, típico de ella, me animaba. Me alentaba a seguir.

—Puedes hacerlo —me decía. Aminoraba la marcha para mantenerse a mi ritmo y que yo no pareciera una idiota, aunque estoy bastante segura de que lo parecía de todos modos, agitando los brazos desesperada como un pájaro moribundo caído del cielo.

Pero Esther no se rindió. Me sacaba de la cama día tras día, aunque cada día yo intentaba negarme, le decía que tenía ampollas en los pies, que me dolían todos los músculos, articulaciones y tendones. Apenas podía agacharme para ir al baño o ponerme los calcetines. Pero Esther no se rindió.

—Arriba, arriba —me decía cada mañana al sacarme de la cama. Me preparaba un baño caliente con sales Epsom; la panacea contra el dolor muscular, según decía ella. Me hacía estirar los músculos. Me ayudaba con los calcetines. Me ataba las deportivas. Y me sacaba a la calle.

Y yo corría.

Me doy cuenta de eso al regresar al armario de mi dormitorio y quedarme allí sentada, mirando la palabra grabada en la pared, *Kelsey*, como si fuera un grito de socorro. Cuando a Esther se le mete algo en la cabeza, no se le resiste nada.

Pero no puedo evitar preguntarme qué se le habrá metido esta vez en la cabeza.

Al cabo de un rato, Ben y yo entramos en el dormitorio de Esther, donde le muestro mi última obra, los trozos de papel fotográfico dispersos por el suelo.

—¿Qué es eso? —me pregunta cuando le explico que lo saqué todo de la trituradora de papel de Esther.

—Quizá no sea nada —admito—, o quizá sí. —Me encojo de hombros—. Todavía no lo sé. —Y, sin decir nada más, Ben y yo nos sentamos en el suelo y juntos nos afanamos en organizar las piezas de mi rompecabezas, llevados por la curiosidad de saber quién aparece en esa fotografía.

Trabajamos deprisa, no hablamos. No nos hace falta hablar. ¿Será una imagen de Esther? O quizá sea Kelsey Bellamy la que aparece en ella. Juntos comenzamos a construir la imagen de un edificio de ladrillos, también hay un bloque de cemento y, en el centro, empieza a formarse la imagen de una mujer: de momento solo piernas, demasiado delgadas para ser de un hombre, con vaqueros acampanados.

Todavía no tiene cara, nada que nos indique de quién se trata, ni complementos significativos que resalten en la imagen. Es un plano general, no un primer plano, de modo que cuesta ver los detalles, y Ben y yo nos quedamos levantados hasta tarde tratando de completar la tarea.

Fuera brilla la luna llena, un globo dorado cuya luz se cuela por la ventana e ilumina el suelo. Cuando pasan las nubes, se llevan con ellas la luz de la luna y la estancia se oscurece; las piezas del rompecabezas resultan más difíciles de ver.

Pero entonces la luna regresa, se burla de nosotros, ilumina el suelo con su luz, y yo no puedo evitar preguntarme si una malvada Esther estará ahí fuera, burlándose de nosotros también.

MIÉRCOLES

ALEX

Me levanto más temprano que de costumbre y voy en bici a la única tienda veinticuatro horas que hay en todo el pueblo. En nuestro frigorífico no hay casi nada de comer, y lo que hay está caducado o comido por el moho. Son casi cinco kilómetros de ida y otros cinco de vuelta, así que voy con la bici y me traigo una docena de huevos, un cartón de leche, queso rallado y fruta en una bolsa de plástico que cuelga de los manillares de la bici. En esta época del año no hay mucha fruta fresca de temporada, pero consigo un par de manzanas y un puñado de uvas rojas. Tendrá que valer con eso.

De vuelta en la cocina, empiezo a lavar la fruta y a revolver los huevos. Añado la leche y el queso a los huevos, como le gustan a mi padre, y también un poco de sal y pimienta. La casa comienza a llenarse con el olor a comida casera, pero ni siquiera eso despierta a mi padre, que está profundamente dormido en su habitación. Rebusco entre nuestros platos alguno que no esté descascarillado y empiezo a servir la comida aquí y allí, unos huevos y un puñado de uvas. Cuando termino, el plato todavía parece vacío, triste, patético, y sé que debería haber comprado algo más: pan, un *bagel*, salchichas. Algo así, pero no lo he hecho. Ah, bueno. Sirvo un vaso de leche, y entonces me doy cuenta de que debería haber comprado zumo. O café. O cereales. Saco una lata de Mountain Dew de la nevera, por si acaso. No sé qué le gustará beber a Perla cuando come huevos revueltos.

Así que me lo pongo todo en los brazos, salgo por la puerta y cruzo la calle. También le he dejado un plato a mi padre.

Ella sigue dormida cuando entro, pero el sonido de mis pasos la despierta. Eso o el olor de los huevos. Se incorpora lentamente sobre su cama improvisada como solo haría una anciana, estirando brazos y piernas, como si le dolieran, recolocándose los huesos y los músculos, que se le habrán quedado entumecidos durante la noche.

—Buenos días —le digo, quizá con demasiada energía.

—Buenos días —me responde.

Su voz suena somnolienta y algo áspera, pero sonrío de todos modos.

Me alegra que siga aquí.

Me pasé media noche pensando en ello, en la fruta y en los huevos, y en si encontraría la casa vacía cuando regresara por la mañana. Me planteé la posibilidad de que hubiera salido, de que estuviese deambulando por las calles del pueblo, o que quizá se hubiera subido al tren y se hubiera largado de aquí. Pero aquí sigue, en carne y hueso, con el pelo revuelto y marcas de almohada en la cara. Todavía lleva mi sudadera, con la capucha puesta. En cuanto llego intenta quitársela, como si esa fuera la razón de mi visita, pero yo le digo:

—No. Quédatela. —Y así lo hace. Me he duchado y vestido y hoy llevo puesta una nueva sudadera, el mismo algodón gastado, otra tonalidad de gris—. Te he traído el desayuno —anuncio mientras dejo la bandeja de comida en el suelo junto a su cama. Temo que salgan bichos de los rincones al oler la comida, pero no es así. La casa está en silencio.

Ella alcanza el tenedor, pincha los huevos y sopla antes de metérselos en la boca. Oigo que le ruge el estómago. A juzgar por su cara, le gustan; o eso, o es que tiene tanta hambre que se comería cualquier cosa y diría que está rica.

—Me gusta —dice. Pero entonces veo otra expresión en su rostro, una mirada de asombro o de agradecimiento, quizá incluso de confianza, y entonces me dice las siguientes palabras—: La gente no suele hacer cosas por mí. —Yo me quedo callado, sin saber qué responder a eso—. No era necesario que hicieras todo esto —añade.

Le digo que ya lo sé. Pero noto el calor que inunda mi corazón, aunque en la casa abandonada siga haciendo frío.

—Hay más —le digo, y me excuso mientras come. Le pido que siga desayunando—. No me esperes. Enseguida vuelvo.

Y entonces me voy, salgo por la misma ventana de la parte de atrás. En este lado, entre la maleza, había antes un bonito jardín, no hay duda. Me fijo en la vegetación que rodea la casa, que se cuela por cualquier grieta que encuentra, bajo los revestimientos de aluminio, que se separan de la casa. Los tocones de los árboles muertos siguen ahí, sucumbiendo uno tras otro a los hongos y a las bacterias.

Pero lo que realmente llama mi atención es el columpio hecho con un neumático, una vieja esfera de goma, ahora desinflada, que cuelga de una cuerda atada a un viejo roble. Me acerco al columpio, le doy un suave empujón y contemplo cómo se balancea de un lado a otro por el aire frío y gris de noviembre. Me imagino a los niños gritando de alegría. «¡¡¡Sí!!!». «¡Otra vez, otra vez!», exclaman. Antes estuvieron aquí, pero ya se han ido.

Después voy a nuestro garaje a buscar lo que necesito. La calle está vacía y en silencio; es demasiado temprano para que haya alguien levantado.

Anoche no dormí mucho. De hecho, apenas he pegado ojo. Me pasé la noche en vela pensando en Perla durmiendo en el suelo de madera, muerta de frío. Y fue entonces cuando me acordé del radiador de queroseno que había en nuestro garaje y de un bidón de cinco litros de queroseno medio vacío, uno que mi padre siempre tenía a mano para cuando se producían los apagones en nuestro pueblo, algo que solo sucedía durante las ventiscas invernales. Necesitábamos algo para calentarnos cuando la nieve prácticamente nos sepultaba, y esto era lo que usábamos. Mi padre lo compró hace años, diez o quince, y nos ha sido de utilidad en muchas ocasiones. Hace años no me dejaba tocarlo; decía que era demasiado peligroso. Ahora soy yo el que no le deja tocarlo a él.

Arrastro el pesado radiador hasta la otra casa y allí sigue ella, Perla, sentada con el plato de comida en el regazo. Casi se lo ha terminado todo y me doy cuenta de que parece más satisfecha. Mira el radiador que llevo en la mano y pregunta:

—¿Qué es eso? —Le digo lo que es mientras lo lleno de queroseno y lo enciendo. Veo la llama naranja y la habitación comienza a caldearse. Veo en la cara de Perla una alegría que no había visto antes. Sonríe.

Ajusto la mecha a la altura adecuada y le digo, aunque no creo que sea necesario:

—Estos chismes pueden ser peligrosos. Tenemos que vigilarlo, asegurarnos de apagarlo antes de marcharnos. —Pero entonces me encojo de hombros, porque no quiero que se sienta tonta, y añado—: Pero estoy seguro de que eso ya lo sabes.

Supongo que va en mi naturaleza, el efecto de tener que recordarle a mi padre a todas horas que apague el horno, que cierre la puerta de la entrada, que tire de la cisterna.

En vez de comentar algo sobre el radiador, ella me dice:

—Me gusta tu collar. —Y automáticamente me llevo las manos al colgante del diente de tiburón que Ingrid me hizo hace años.

—Gracias —respondo mientras me fijo en la tonalidad de sus ojos, de un marrón claro, como ambarino.

—¿Te lo regaló una chica? —me pregunta con rotundidad, y yo me pongo tan rojo como las llamas del radiador.

Niego con la cabeza y me siento en el suelo.

—Una amiga —respondo, pero me dan ganas de contarle más, de hablarle de Leigh Forney, decirle que yo no tengo chicas. Al darme el colgante años atrás, Ingrid me dijo que era para que me protegiese y me diese fuerza; yo acababa de empezar a trabajar para Priddy para mantener a mi padre. Lo hizo porque se sentía mal por mí, como le pasaba al resto del pueblo en aquel momento. Mi madre me había abandonado y mi padre era un borracho. Así es la vida.

Acaricio la punta del diente de tiburón y, mirando a Perla a los ojos, pienso que tal vez sí que funcione después de todo.

Pero no le cuento nada de eso. En su lugar, dejo ahí la explicación, «una amiga», y la habitación queda en silencio.

Hay cosas que deseo preguntarle: su nombre y qué está haciendo aquí, en nuestro pueblo, en esta casa. Eso para empezar. Pero no puedo. Abro la boca para hablar, pero solo sale aire.

En su lugar, es ella la que me hace preguntas a mí.

—Vives al otro lado de la calle —comenta, y entonces me doy cuenta de que ha estado observándome, mirándonos a mi padre y a mí sentados a la mesa de la cocina, iluminados por las luces de nuestra casa. Quizá sepa más de mí de lo que pensaba.

—Así es —respondo.

—¿Con tu familia? —pregunta.

—Sí —digo yo—. No —agrego acto seguido. Y al final me decanto por—: Con mi padre. —Es mi familia, claro, pero la historia es más complicada.

—¿No tienes hermanos ni hermanas? —Yo le digo que no—. ¿Dónde está tu madre? —me pregunta después, y, aunque me vienen a la cabeza muchas respuestas fáciles y falsas –que murió, o que está en estado vegetativo en un hospital tras una grave lesión cerebral, o que está en la cárcel por tráfico de drogas y cargos por asesinato–, opto por contarle la verdad.

—Se marchó —respondo mientras alcanzo una uva olvidada en el borde de su plato y me la meto en la boca para no tener que decir nada más.

No tengo muchos recuerdos de mi madre, aunque sí algunos. No son buenos. Estoy de pie junto a su cama, he tenido una pesadilla.

Estoy llorando. Y no es un gimoteo lastimero, sino un llanto aterrorizado, porque hay monstruos debajo de mi cama y necesito que ella los espante. Mi madre finge estar dormida antes de incorporarse sobre la cama y decirme que me vaya a mi habitación. «Son las tantas de la madrugada, Alex». Aun teniendo cinco años, sé que no hay compasión ni afecto en su voz. Habla con frialdad. Le digo que estoy asustado, pero ella se echa la manta por encima de la cabeza y finge que no me oye. Mi padre, que trabaja en el turno de noche, no está en casa. Clavo un dedo en la manta y le ruego que venga. Ella me aparta con las manos. No viene y, al final, me rindo. Pero no pienso volver a mi habitación. No dormiré ahí con los monstruos. En su lugar, duermo en el suelo del pasillo. Por la mañana, aún agotada, con los ojos medio cerrados, mi madre me pisa. Cuando me pongo a llorar, vuelve a gritarme. Es culpa mía.

La maternidad le daba un miedo de muerte. Nunca quiso ser madre. Cualquier forma de cariño le daba pánico. Las sonrisas de mi madre eran escasas y sus abrazos siempre sucintos, cargados de tensión y miedo. Como si le doliese abrazar, como si fuese doloroso. Esa es una de las pocas cosas que recuerdo de mis primeros años, su manera de zafarse de mis brazos cuando me aferraba a sus rodillas o a su cintura, todo lo alto que pudiera, o cuando la seguía con los brazos estirados, pidiendo más, solo un abrazo, hasta que se enfadaba.

«Lárgate, Alex. Déjame en paz. No me toques».

Esa es otra cosa que recuerdo. Los pies pequeños de mi madre, descalzos, recorriendo la moqueta deshilachada de nuestra casa, espantándome como a una mosca. «¡Alex!», gritaba, a punto de perder los nervios, pero intentando mantener el control. «Te he dicho que te largues. No me toques».

—¿Dónde se fue? —me pregunta Perla.

—Por ahí —respondo sin más, porque la verdad es que no sé dónde se fue mi madre y trato de no pensar en ello, en la posibilidad de que pudiera tener otra familia –otro marido, otro hijo– en algún lugar.

—Menuda mierda —me dice tajante mientras aparta el plato de comida—. La gente puede ser muy egoísta a veces, ¿no crees?

Le digo que sí.

Y entonces, por alguna razón desconocida, reúno el valor para preguntarle:

—¿Qué estás haciendo aquí? —Ella sonríe otra vez.

—Podría decírtelo, Alex —responde—, pero entonces tendría que matarte. —Y ambos nos reímos, aunque es una risa tensa, cohibida, pero aun así me hace sentir bien. Hace mucho tiempo que no me reía. Demasiado. El sonido suena hueco en la casa abandonada, rebota en las paredes y vuelve a colarse en nuestros oídos, y entonces he de recordarme a mí mismo que la risa es algo bueno. Significa que somos felices.

Se me ha olvidado lo que es ser feliz.

También me doy cuenta de que tiene una sonrisa preciosa. Sencilla, con dientes pequeños y blancos que asoman bajo los labios. Es una risa confiada y dulce. Me da la impresión de que también hace mucho tiempo que ella no sonríe ni se ríe.

—¿La verdad? —me pregunta entonces, estira el brazo y acaricia con la yema de los dedos mi diente de tiburón. Yo siento que mi cuerpo se tensa, que se me coagula la sangre en las venas. Apenas puedo respirar—. Solo estoy de paso —responde, aunque a juzgar por su mirada sé que hay algo más, y de nuevo vuelvo a pensar en un hombre: el doctor Joshua Giles. Siento los celos que crecen dentro de mí y descubro otra razón por la que el tío no me cae bien.

Está aquí por él, pero a mí me gustaría que estuviese aquí por mí.

Me pregunto qué significará eso de que está «de paso», y me imagino lo que sería ser un vagabundo, ir de pueblo en pueblo yo solo, estar siempre de paso. Me pregunto si esta chica tendrá amigos, familia, un novio, alguien que la extraña en alguna parte, alguien que esté buscándola.

Alguien que esté pensando en ella como yo pienso en ella ahora.

—¿Cuánto tiempo te quedarás? —le pregunto.

Ella se encoge de hombros.

—No tengo prisa —responde, y me pregunto qué significará eso: ¿un día, una semana, un año? Quiero preguntárselo. Quiero saber con certeza qué día me presentaré en esta casa y ella ya no estará aquí. ¿Mañana? ¿El viernes? ¿La semana que viene? ¿Se despedirá antes de marcharse? ¿Me pedirá a mí que me vaya, que la acompañe en su viaje? Lo dudo, pero bueno, soñar es gratis.

No le pregunto ninguna de estas cosas. En su lugar, me entretengo toqueteando el radiador para evitar mirarla a los ojos.

Hoy no me quedo demasiado; no puedo quedarme demasiado. Miro el reloj barato que llevo en la muñeca. Tengo que entrar a trabajar dentro de poco, otro día limpiando mesas a cambio del salario mínimo que me paga Priddy.

—¿Te acordarás de apagar el radiador antes de marcharte? —le recuerdo cuando aparta la mano de mi colgante, y me dice que lo hará. Asiento y le digo que tengo que irme. Miro hacia atrás por encima del hombro una última vez antes de marcharme.

QUINN

Hay un plato que prepara Esther. Es una receta vegetariana, un revuelto de judías, brócoli y maíz. Y tofu. Debería estar asqueroso, pero no es así. Está delicioso. Va acompañado de una salsa con soja y vinagre de arroz.

Y cuarenta gramos de harina de cacahuete.

Lo cual a mí no me importa en lo más mínimo, pero a Kelsey Bellamy sí.

Tenía cuatro años cuando le diagnosticaron alergia a los cacahuetes. Eso es lo que me cuenta Nicholas Keller, su prometido, sentado frente a mí a la mesa de su cocina, en un piso reformado recientemente en Hyde Park. Es una mesa pequeña con la superficie de cristal en la que generalmente cabe una sola persona.

Él.

Tiene una mirada desconsolada, unos ojos marrones que se humedecen cuando menciono su nombre. Kelsey.

—Ya había comido cacahuetes antes sin ningún efecto adverso —me dice—, pero con el tiempo las cosas cambian. Sobre todo en lo relativo a las alergias. Tenía cuatro años y su madre le sirvió un sándwich de mermelada y mantequilla de cacahuete por primera vez. Y, según cuenta la historia, de pronto Kelsey apenas podía respirar. Se le hinchó la garganta, empezó a salirle urticaria. Anafilaxis. Desde aquel día, siempre llevaba consigo un autoinyector de epinefrina. Siempre estaba preparada. Siempre se cuidaba de no comer cacahuetes. Rara vez salíamos a cenar, era demasiado arriesgado. Leía las etiquetas de todo. Absolutamente todo —me explica—. No comía productos procesados por miedo a la contaminación cruzada. Ni cereales procesados, ni barritas energéticas, ni galletitas saladas.

—¿Y qué ocurrió? —le pregunto, él niega con la cabeza y dice que fue un accidente, un horrible accidente.

No me ha costado localizar a Nicholas Keller. Solo había veinte personas con ese nombre en todo Estados Unidos, y solo dos en Illinois. Él fue el primero a quien llamé. Tuve suerte. Tardé ochenta minutos desde Andersonville hasta Hyde Park: un viaje en tren, dos autobuses y ochocientos metros a pie.

Esperé a última hora de la tarde, cuando sabía que habría vuelto del trabajo. Según LinkedIn, Nicholas Keller es un consejero financiero, hecho que después me confirma en el recibidor de su casa, donde charlamos unos instantes hasta que revelo el motivo de mi visita. Parece un tipo bastante conservador, no exactamente lo que habría imaginado para Kelsey Bellamy. Y aun así, como suele decirse, los polos opuestos se atraen.

—Fui al instituto con Kelsey —le miento—. En Winchester.

—¿Eres de Winchester? —me pregunta.

Le digo que sí. De Winchester, Massachusetts.

—¡Vamos, Red Sox! —añado, porque no sé nada sobre Boston más allá de que tiene un equipo de béisbol decente. Y que beben té, en teoría.

—No tienes acento de Boston, como tenía Kelsey —me dice, y le cuento que soy hija de militar, que nuestra estancia en Massachusetts duró poco—. ¿En el Fuerte Devens? —me pregunta.

—Sí —respondo asintiendo con la cabeza, aunque no tengo claro a qué estoy diciendo que sí. Le digo que fui a cuarto curso con Kelsey—. Cuarto o... —Hago una pausa y finjo que pienso—. O quinto, quizá. No lo recuerdo bien.

Me fijo en el piso, un hogar muy masculino. Un piso de soltero. Él me cuenta que pensaban mudarse aquí juntos después de la boda. Habían comprado el apartamento, pero vivían separados en zonas distintas de la ciudad mientras lo reformaban; ella compartía un apartamento en Andersonville y él vivía en Bridgeport. El edificio estaba en bastante mal estado la primera vez que lo vieron; se trataba de un almacén convertido en apartamentos *loft*. Pero aun así tenía todos los elementos que buscaban en una nueva vivienda: habitaciones amplias, tuberías vistas, paredes de ladrillo, revestimientos de madera. Y Kelsey tuvo una visión, aunque murió antes de poder verla terminada. En su lugar, lo que quedó fue un espacio pobremente amueblado con platos sucios en el fregadero y la colada por el suelo. Y un prometido inconsolable.

Iban a casarse un año después de su muerte. Ella ya se había comprado el vestido y él me lo muestra; es una prenda sencilla de tafetán colgada en un armario. Es de color azul claro porque, como me dice Nicholas:

—Kelsey era demasiado inconformista para el blanco. —Lo dice no como una crítica, sino de un modo romántico, como si la inconformidad de Kelsey fuese una de las razones por las que la quería. Habían reservado un salón para más de trescientos invitados que esperaban que asistirían. Todavía no habían decidido dónde ir de luna de miel, se debatían entre Rumanía y Botsuana—. A Kelsey no le iba eso de tirarse en una playa en bikini. No era su estilo —me cuenta, y yo le digo que ya lo sé.

No lo sé, pero he visto la foto gótica, el atuendo negro de los pies a la cabeza, la piel blanca, así que me puedo hacer una idea.

—Ha pasado mucho tiempo, ya lo sé —le digo—, pero acabo de enterarme de lo de Kelsey. Lo siento mucho. Perdimos el contacto hace años. Sabía que probablemente no debería, pero tenía que pasarme por aquí para darte el pésame —le explico, y es entonces cuando me lleva a la mesa de la cocina y me cuenta lo de su alergia a los cacahuetes.

—¿Cómo me has encontrado? —me pregunta. No parece desconfiado, solo curioso.

—A través del amigo de un amigo —respondo, sabiendo que resulta muy banal.

—¿John? Johnny Acker —me dice. Yo le digo que sí. Esto no podría ser más fácil.

—Eso me parecía —responde—. Es el único al que recuerdo de los años de instituto de Kelsey. Cuesta imaginar que mantuvieran el contacto después de tantos años.

—A mí me lo vas a decir.

Hay fotos de Kelsey en el piso. El mismo pelo negro y los ojos oscuros, la piel blanquecina, pero en estas fotos el toque gótico aparece un poco más moderado. Sigue siendo extrema, eso es evidente. Hay mucho negro en su indumentaria. Sin embargo, no lleva calaveras ni tibias cruzadas, ni corsés o botas negras victorianas. Nada *emo*. Solo oscuridad. En las fotos, Kelsey y Nicholas aparecen junto a la Estatua de la Libertad, en el Gran Cañón, en lo alto del Pico Pikes. Parecen opuestos: él, remilgado y correcto; ella, todo lo contrario.

Y también se les ve enamorados.

—Recibí una llamada de su compañera de piso —sigue explicando mientras los ojos se le llenan de lágrimas. Estoy a punto de preguntarle, «¿Esther?», pero me contengo a tiempo—. «Algo va mal», me dijo por teléfono. «No respira. Kelsey no respira». Y yo supe de inmediato qué había ocurrido. Le dije «Busca su epinefrina. Necesita la epinefrina», pero lo único que ella me dijo fue «Es demasiado tarde. Es demasiado tarde, Nick», una y otra vez. Kelsey ya había muerto.

Y ahora soy yo la que empieza a llorar. Normalmente no soy de las que lloran con facilidad, pero me siento sobrepasada por la emoción; rabia, miedo, tristeza. Así que me entrego al llanto. Quiero tener a Esther delante y preguntarle: «¿Qué diablos has hecho? ¿Cómo pudiste hacerle eso a Kelsey?».

—Lo siento —dice Nicholas dándome una palmadita en la mano. Se levanta de la mesa y me trae un pañuelo—. Esto también es duro para ti. A veces se me olvida que no soy el único a quien dejó atrás.

—Había comido cacahuetes —murmuro cuando por fin me recupero lo suficiente para poder hablar.

—Sí —responde él, y después—: No. Fue harina de cacahuete. Me habla de la receta. De la salsa de soja. Del vinagre de arroz. De la harina de cacahuete. Un plato que he comido montones de veces. Y recuerdo a Esther al regresar de clase una noche, agotada. Exhausta. Y su voz como la de Hannibal Lecter, diciendo «El eneldo va aquí. Y la harina de cacahuete va aquí», mientras agitaba ambos objetos en el armario de la cocina, llenando las encimeras de harina. Le había molestado que utilizara su eneldo. Eso fue lo que pensé en su momento. No me cupo duda entonces, pero ahora ya no estoy tan segura. Quizá no se tratara del eneldo.

—Entonces fue un error. Un horrible accidente —comento, y él me dice que sí, aunque con cierto tono de duda. Un error. Un horrible accidente.

Pero ¿lo fue?

—Habían estado bebiendo —me dice—. Margaritas. Ambas se habían pasado un poco. La compañera de piso de Kelsey dijo que siempre cambiaba la harina de cacahuete por harina de trigo por Kelsey. Siempre. Pero no aquella noche. Aquella noche se olvidó. —Y repite—: Habían estado bebiendo.

Dice la palabra «error», pero aun así, me da la impresión de que ni siquiera él se lo cree. Dice que Kelsey siempre llevaba la epinefrina en el bolso. Siempre. Pero esa noche no. Esa noche la epinefrina no apareció por ninguna parte.

Esther había añadido harina de cacahuete a la receta y por esa razón Kelsey Bellamy había muerto. No había antídoto, la epinefrina desapareció sin más.

—Un error es una cosa, pero dos errores... —Deja la frase a medias. Sé lo que está pensando. Está pensando que Esther mató a su prometida, que es lo mismo que estoy pensando yo—. Kelsey nunca iba a ninguna parte sin su epinefrina.

—¿Y nunca la encontrasteis? —le pregunto.

—No.

Y me dice una última cosa.

—Habría pasado a ser Kelsey Keller. —Si hubieran llegado a casarse. Sonríe con tristeza y añade que a ella siempre le pareció gracioso. Kelsey Keller.

—Típico de Kelsey —respondo yo también con una sonrisa, y rememoro su gran sentido del humor, como si de verdad la hubiera conocido.

ALEX

Me paso el día en el trabajo, contemplando a través de los ventanales a los pacientes que entran y salen de la consulta del doctor Giles. Cada vez que se abre la puerta, ahí aparece él, en su casita azul, feliz como una perdiz, con esa sonrisa tonta en la cara mientras da la bienvenida a los pacientes con un apretón de manos o una palmadita en la espalda.

Y después cierra la puerta y echa las cortinas, y yo me pregunto qué será lo que hacen ahí dentro.

Tomo nota del hecho de que sobre todo son mujeres y chicas adolescentes las que acuden a ver al doctor Giles. A algunas las conozco, a otras no. Unas viven en el pueblo, pero otras vienen desde lejos, aparcan sus coches en paralelo antes de mirar a un lado y a otro y cruzar la calle corriendo para entrar en la consulta del doctor Giles, psicólogo licenciado, como un miembro de la alta sociedad que se cuela apresuradamente por la puerta de una tienda para adultos, con la esperanza de que nadie se dé cuenta.

Hoy Perla acude a la cafetería, pero solo brevemente. Aparece y, casi de inmediato, desaparece, pero en los minutos fugaces que pasa ahí, ocupa su lugar junto al ventanal y se queda mirando hacia la calle. Esta vez pide café, solo café, y lo bebe pensativa mientras observa a través del cristal el mundo al otro lado. Yo la observo desde lejos. Me quedo mirando su nuca. Cuento sus sorbos de café, la manera

195

delicada de devolver la taza a la mesa, con cuidado para no derramar nada. Me fijo en el color de su piel, en los metacarpos prominentes que se adivinan cuando se lleva la taza de café a los labios. No se queda mucho tiempo. La observo en la distancia y me resulta imposible apartar la mirada. No quiero echar a perder el momento.

Al final Priddy me dice que me ponga a trabajar. Me paseo moviendo un trapo en círculos por las mesas sucias, acercándome cada vez más al lugar donde está sentada Perla. Roja le trae la cuenta, y a dos mesas de distancia veo que Perla busca en su bolso de lona dinero para pagar. Cuando saca la mano vacía, yo busco en mi cartera y saco un billete de cinco dólares.

—Invito yo —le digo antes de que pueda decir que no tiene dinero para pagar, y dejo el dinero sobre la mesa antes de echarme a un lado.

—Oh, no —dice—. No podría. —Pero aun así saca la mano del bolso sin ningún billete. Me siento bien sabiendo que la he ayudado, si bien de manera insignificante. Se le pone la cara roja, le avergüenza admitir que no tiene dinero a su nombre, nada salvo los setenta y cinco centavos que por fin saca del fondo del bolso. Tres míseras monedas de veinticinco.

Yo me encojo de hombros.

—No es nada —le digo.

Pero sí que lo es. He hecho algo bueno.

—Eres un buen amigo —me dice ella entonces, y me acaricia levemente la mano. Entonces, al ver que no digo nada, porque estoy demasiado pasmado para hablar, porque me ha dado un súbito ataque de afasia y he perdido la capacidad de hablar, ella continúa—. Somos amigos, ¿verdad? —me pregunta, y esta vez soy yo quien se sonroja—. Tú y yo. Somos amigos.

No sé si eso último es una pregunta o no. ¿Está preguntándomelo o diciéndomelo? ¿Está diciéndome que somos amigos?

Asiento con la cabeza. Le digo que sí que lo somos. O quizá no se lo digo; quizá solo lo pienso. No lo sé. El caso es que somos amigos. Siento la necesidad de ponerlo por escrito, de sacar una foto, de sellar el pacto con sangre; algo que demuestre que esto es real. Perla y yo somos amigos.

Y entonces Priddy lo echa todo a perder gritando mi nombre y señalando una mesa redonda que hay que limpiar. Giro la cabeza diez segundos como mucho y, cuando vuelvo a mirar, Perla ya no está, así, sin más, y ha dejado mi billete de cinco dólares junto a la cuenta. En la mesa encuentro un paquetito vacío de sacarina, lo que me demuestra que en efecto ha estado aquí. Perla. No es un sueño, como habría dictado mi sentido común. Es real.

«Somos amigos, ¿verdad? Tú y yo. Somos amigos».

Y más tarde ese mismo día, cuando Priddy por fin me da permiso para irme a casa, no me voy a casa. Me quedo frente a la cafetería, haciendo tiempo sentado en un banco de acero recubierto de plástico, con las manos y las orejas rojas por el frío, moqueando, esperando a que Perla regrese, con la esperanza de que pase por allí para una sesión con el doctor Giles, o tal vez vuelva a la cafetería para verme.

Pero no se pasa por la cafetería. Y no se pasa a ver al doctor Giles.

No estoy preparado para irme a casa. Así que, en su lugar, me quedo en el banco y veo al cartero recorrer la calle en su camioneta, recogiendo y entregando el correo. No tiene prisa. Es tarde para el cartero, casi ha anochecido, pero en esta época del año todo el mundo se mueve más despacio. No hay prisa por hacer las cosas. La gente camina más despacio, come más despacio, habla más despacio. La vida se convierte en una gran pérdida de tiempo hasta que llega la primavera y de pronto todo el mundo tiene prisa.

Veo un gato tricolor callejero que se pasea por la acera y pasa por delante de un cubo de basura a punto de desbordarse. Una tendera retira los crisantemos marchitos de una maceta de cerámica exterior y la llena en su lugar con plantas de hoja perenne y acebos de plástico de cara a las Navidades. La señorita Hayes, dueña de la tienda de regalos y tarjetas de felicitación, ya está preparándose para la Navidad cuando todavía no ha pasado ni Acción de Gracias.

Cuando el cielo comienza a oscurecer y la noche va abriéndose paso, decido rendirme. Perla no va a venir, al menos esta noche, pero aun así no estoy preparado para irme a casa. No quiero irme a casa.

Así que me levanto del banco, cruzo la calle y recojo el correo de Ingrid. Llamo a su puerta.

—¡Ingrid! —grito para que pueda oírme a través de la gruesa hoja de madera. Llamo de nuevo con la mano y vuelvo a gritar—. ¡Ingrid, soy yo! ¡Alex Gallo!

Oigo la televisión en el interior, a través de la puerta, con el volumen tan alto que difícilmente podrá oír nada más. Llamo al timbre y escucho el carillón que anuncia mi llegada, el hecho de que llevo en la puerta cuatro minutos congelándome el culo. Doy saltitos para intentar entrar en calor, pero no funciona. Tengo frío. Ojeo la pila de correo que tengo en la mano mientras espero: la revista *Clipper*, facturas, una revista mensual de decoración, un sobre del Departamento de Estado con la dirección equivocada, dirigido a una mujer llamada Nancy. Nancy Riese. El cartero se está relajando demasiado. La semana pasada mi padre y yo recibimos el correo de los Ibsen, y la semana anterior a esa el de los Sorenson.

Cuando Ingrid por fin abre la puerta, asomándose primero por el cristal lateral para asegurarse de que soy yo, parece encantada de ver su correo.

—Eres un encanto —me dice antes de quitármelo. Lleva un delantal azul a rayas y sujeta unas tijeras de cocina. Estaba preparando la cena. Huelo algo delicioso y casero que sale del interior de la casa, donde atruena la televisión. Oigo la voz de Emeril Lagasse, ese acento tan peculiar de Nueva Orleans y las muy pegadizas frases con las que nos enseña a cocinar.

Pero entonces Ingrid dice:

—Pasa, pasa, pasa. —Y me arrastra con una mano hasta el recibidor de su casa, después se apresura a cerrar la puerta y vuelve a asomarse por el cristal para asegurarse de que no me persigue nadie, de que el viento no se ha colado dentro.

La sigo hasta la cocina. Allí la veo frente al fuego, removiendo lo que sea que está cocinando esta noche. Huelo ajo, cebolla y orégano.

Y entonces cometo el error de decirle que huele muy bien. Y ella me dice:

—Quédate. —Y no es tanto una pregunta o una invitación, sino más bien una orden. Como diciendo: «Te vas a quedar».

—Oh, no puedo —me apresuro a responder. Quiero probar lo que sea que está preparando, algo que no haya salido de una caja o de una lata, pero no puedo. No debería—. Mi padre está en casa. —Y dejo ahí la explicación, demasiado avergonzado para seguir hablando, para decir que lo más probable es que esté borracho o desmayado en el sofá de tanto beber durante todo el día, que probablemente no haya comido nada desde que me fui a trabajar por la mañana. Que tengo que irme a casa antes de que decida intentar prepararse él mismo la cena y ponga a precalentar un horno que se olvidará de utilizar. No es la primera vez que sucede.

—Aquí hay de sobra para tu padre —me dice Ingrid mientras busca en sus armarios blancos de cocina y comienza a sacar platos—. Le guardaremos un poco. Te llevarás a casa un *tupper* que podrá calentar. —Y es entonces cuando Ingrid me asegura que puedo quedarme. Que debería quedarme. Y, antes de darme cuenta de lo que está sucediendo, empieza a servir con un cazo una especie de pasta, con su salsa de tomate, sus champiñones y sus fideos. Me acerca el cuenco y me sirve también un vaso de leche. Como debería hacer una madre. No mi madre, pero sí una madre. No recuerdo que mi madre me cocinara nada nunca. Pero debió de hacerlo, ¿no? Debió de hacerlo.

Hubo un tiempo, después de que mi madre se fuera, en el que me aferraba irremediablemente a las madres de los demás. Años más tarde, seguro que Freud habría tenido algo que decir al respecto, pero por entonces me daba igual.

Cuando tenía seis años, salí de casa solo y me fui a un parque que había a pocas manzanas de distancia. Mi padre estaba en casa, pero estaba borracho. No tenía ni idea de que había salido. En el parque estuve jugando con un niño que tendría más o menos mi edad, un niño cuya madre estaba sentada en un banco del parque viéndonos jugar, pero entonces llegó la hora de que el niño se fuera a casa y yo intenté irme con él. Cuando corrió hacia su madre y le estrechó la mano, yo corrí también y le estreché la otra mano. Ella no me apartó, no me dijo «No me toques».

Fue entonces cuando la mujer se dio cuenta por primera vez de que yo estaba allí solo. «¿Dónde vives?», me preguntó, y en su lugar yo le pregunté si podía irme a casa con ellos. Me dijo que no, pero su mirada era amable y cariñosa, aunque al mismo tiempo desearía que me fuera a mi casa como un perrillo extraviado.

No fue la única vez que ocurrió algo semejante.

—Come —me dice Ingrid mirando la mesa, que ha llenado de comida—. Por favor. Es demasiado para mí. No puedo dejar que se estropee. Te quedarás, ¿verdad, Alex? —me pregunta con un tono de súplica. Yo me quedo de pie frente a la mesa de la cocina, mirando la comida que me ha puesto delante, convencido de que babeo como un perro hambriento. La miro a los ojos y vuelvo a ver lo tristes que están. Ingrid tiene unos ojos tristes. Utiliza el exceso de comida como pretexto para que me quede a cenar con ella, pero la verdadera razón es esta: está sola. No tiene a nadie con quien hablar, nadie más allá de los famosos de la tele, y mantener una conversación con la televisión no solo es triste, sino también patético.

Así que me siento a la mesa y como. Primero como la pasta, seguida de una tarta de melocotón con helado de vainilla. Me convence para echar una partida de *gin rummy*. Cuesta decirle que no a Ingrid y, según pasa el tiempo, descubro que no quiero. No quiero irme. Casi sin darme cuenta, estamos viendo la tele desde la mesa de la cocina, con los platos de la cena a un lado. Estamos viendo reposiciones antiguas de *Jeopardy!*, y gritamos juntos las respuestas.

—«¿Quién es Burt Reynolds?» —exclama ella.

—«¿Qué es Provenza?» —digo yo en respuesta a la siguiente pregunta. Y luego alcanza una baraja de cartas y comienza a repartir. Diez para mí, diez para ella.

Así se siente uno al formar parte de una familia.

Yo paso casi todas las noches solo. Bueno, solo no, más bien con mi padre, lo que básicamente equivale a estar solo. A veces estamos sentados en la misma habitación, pero no hablamos, y a veces ni siquiera estamos en la misma habitación. Los amigos se han ido, novia no tengo. Yo, al igual que Ingrid, me paso las noches en compañía de la tele cuando no voy por el pueblo siguiendo al loquero hasta su casa o me cuelo en una casa abandonada.

Me ofrezco a quedarme y ayudar con los cacharros después del programa y de la partida, pero Ingrid intenta negarse.

—Eres mi invitado —me dice, pero yo insisto, me planto delante del fregadero de acero inoxidable y veo como se llena de burbujas de jabón, que voy explotando una a una con el dedo índice. Después sumerjo los cacharros y comienzo a fregar. En el escurridor los platos van acumulándose y chocando entre ellos, formando una torre desordenada, de manera que, cuando coloco otro encima, resbalan y amenazan con caerse.

—¿Dónde están los trapos de cocina? —le pregunto a Ingrid mientras busco en los cajones algo para secar los platos.

Pero Ingrid me dice que no.

—Déjalos así —me dice, y me asegura que se secarán al aire durante la noche—. Trabajas demasiado duro —añade—. Eres un buen chico, Alex. Lo sabes, ¿verdad? —Entonces veo el tono de su piel alrededor de los ojos, su piel arrugada. La opacidad de sus iris, la rojez de su esclerótica. Conjuntivitis, creo. Alergia.

O quizá solo es una mujer que está triste.

Asiento con la cabeza y le digo que sí, que lo sé, aunque a veces no sé si eso es cierto. Bueno o malo, aun así me siento como un fracasado. Ese pensamiento me atormenta en mitad de la noche: el hecho de que para mí esto es todo. Esta es la vida tal y como la conozco. Nunca habrá nada más que esto. Este pueblo, esta existencia, la cafetería de Priddy. Una vida limpiando los platos sucios de otras personas. Oigo a la chica de mis sueños que me dice «Vamos».

¿Tendré alguna vez la oportunidad de irme?

—Tu madre —dice Ingrid, y hace una pausa para reunir el valor de decir lo que está pensando— no debería haberse marchado. —Y entonces me da una palmadita en el brazo cuando me doy la vuelta para marcharme, con un *tupper* de pasta que ha sobrado.

Mientras camino, un coyote aúlla a lo lejos y el tren atraviesa el pueblo, un tren de mercancías esta vez, pues es demasiado tarde para el tren de cercanías. Aunque ese también pasó hace horas. Me pregunto si Perla se subió a ese o si seguirá aquí, patrullando las calles del pueblo.

Son más de las nueve y el pueblo duerme profundamente, hibernando como hacemos hasta la primavera.

Cuando llego a casa, mi padre está dormido en el sofá, boca abajo. Junto a su cerveza derramada hay otro último aviso, mojado por la cerveza. Se pega a la mesa y amenaza con romperse cuando lo levanto y maldigo.

—Maldita sea, papá. —Esta vez es la electricidad. Pronto nos cortarán la luz. Me fijo en la tele, en la lámpara, en ese horrible aplique del techo del salón, y reparo en la puerta abierta del frigorífico; todo encendido, todo en marcha. Ha conseguido dejarlo todo encendido, aumentando la factura. Voy a tener que trabajar horas extra para poder pagar, más tiempo dejándome la piel para Priddy mientras mi padre se pasa el día tirado en el sofá emborrachándose. Y luego está el dinero de la cerveza. Esa sí que es buena. Mi padre no tiene su propio dinero para comprar cerveza. Una vez, hace tiempo, rompió mi hucha cuando yo era pequeño. Alguna vez ha encontrado y falsificado los cheques que Priddy me da y los ha cobrado por mí en el banco. Después empezó a colarse en mi dormitorio y a robarme cosas; viejos trofeos de béisbol, mi anillo del instituto..., cosas que podía vender en la tienda de objetos de segunda mano que hay en el pueblo. Ahora le doy una pequeña paga semanal para que deje mis cosas en paz. Pero aun así no las deja en paz. La semana pasada descubrí que mi telescopio ha desaparecido, otro tesoro vendido para comprar alcohol.

Pero para mí esas son solo cosas. Cosas materiales. Lo que más me importa no vale ni unos pocos pavos, pero lo guardo debajo de la cama para asegurarme de que mi padre nunca lo encuentre. Mi colección de crinoideos fósiles. Cuentas que he ido recogiendo de la orilla. Pequeñas criaturas fosilizadas guardadas en una bolsa hermética. Mi padre puede llevarse el telescopio si tanto lo necesita, pero los crinoideos son míos.

Como era de esperar, se ha dejado uno de los fogones encendidos y la casa va inundándose del olor a queroseno. En la sartén yace olvidada una loncha de queso, chamuscado ya, mientras mi padre duerme y ronca, con la baba cayéndole por la barbilla. Se ha dejado la mantequilla fuera de la nevera, en la encimera junto al paquete de queso de lonchas. Ambas cosas huelen fuerte, así que las tiro a la basura. La puerta del frigorífico está totalmente abierta y la comida de dentro está tibia. Hay una cerveza derramada en el suelo y el alcohol va filtrándose por las baldosas de la cocina, deformándolas lentamente ante mis ojos.

Intento despertar a mi padre zarandeándolo para que se ponga a limpiar su propio desastre. Ni se mueve. Acerco la oreja a su pecho para asegurarme; aún respira. Más le vale.

De ese modo podré matarlo cuando al fin se despierte.

Podría haber reducido la casa a cenizas.

Abro las ventanas para que se vaya la peste y me pongo a limpiar el desorden, su desorden, contenida mi rabia solo por el hecho de tener el estómago lleno.

Esta noche he recibido la comida y los cuidados de una madre, cualquier madre, sea o no la mía.

QUINN

Ha oscurecido cuando abandono el apartamento de Nicholas Keller. Ha oscurecido por completo. Es una noche de noviembre sin estrellas y el cielo está totalmente negro.

Me subo al 55 en Hyde Park, que está a unos nueve o diez kilómetros del centro en dirección sur. Mi casa se encuentra a unos quince kilómetros del centro en dirección norte. Muy lejos. En otro mundo, en otro planeta, en otra galaxia. Y, aunque deseo llegar allí, me pregunto si mi casa alguna vez volverá a parecerme un hogar.

El transporte hasta mi apartamento es desapacible incluso antes de empezar, más de una hora de viaje, desandando el camino que tomé para ir al piso de Hyde Park hace menos de una hora, cuando el sol comenzaba a descender. Dos autobuses, un viaje en tren y ochocientos metros andando.

Pero eso era antes. Antes de que Nicholas Keller me confirmara que Esther mató a su prometida, una chica que ahora está enterrada bajo una lápida de bronce en algún cementerio idílico de las afueras de Boston.

Lo que no entiendo es qué tienen en común todos estos acontecimientos: la desaparición de Esther, la búsqueda de una nueva compañera de piso, la petición de cambio de nombre, la muerte de Kelsey Bellamy.

Hay algo que no puedo sacarme de la cabeza. ¿Esther busca nueva compañera de piso porque quiere verme muerta?

¿Esther está intentando matarme?

Siento un escalofrío que recorre mi columna y me imagino unas arañas que suben por mis vértebras como si fueran escalones, miles de arañas que me suben por la piel, con sus patas largas y segmentadas, tejiendo telarañas bajo mi camisa.

¿Esther es una asesina?

De pronto tengo miedo.

Y aun así, esas cosas no explican la identidad de «Cariño», el destinatario de sus notas. ¿De quién se trata? ¿De quién? Quiero saberlo, necesito respuestas ya.

Pienso en los hombres que Esther se ha llevado a casa en los meses que hemos vivido juntas. No han sido muchos, eso seguro. Estaba el tío al que le gustaba cocinar, una monada de pómulos marcados, mandíbula prominente y ojos dulces. Y también estaba un admirador secreto que le envió flores, una docena de rosas rojas sin tarjeta.

¿Alguno de ellos sería «Cariño»? No lo sé.

¿Y qué tiene todo eso que ver conmigo?

Una cosa es segura: algo raro pasa. Oigo las campanas de alarma en mi cabeza. Sirenas que me alertan de un ataque nuclear inminente. Mire donde mire, veo una enorme bandera roja. ¡Peligro!

Tengo miedo.

El autobús no va tan lleno como de costumbre, lo cual es una bendición y una maldición al mismo tiempo. Agradecería el ruido para variar; los cuerpos que se pegan al mío, con su sudor y su mal aliento. Lo agradecería por una única razón: cuantos más seamos, más segura me sentiré.

Pero esta noche no. Esta noche estoy sola.

Me acomodo en un asiento yo sola y miro por la ventanilla del autobús. Tiro de las solapas del abrigo para mantenerme caliente, pero no lo consigo. Gracias a las luces led del autobús, resulta difícil ver algo. Las luces de la ciudad brillan a lo lejos y nuestro gran lago no es más que un abismo negro. Un pozo sin fondo. Y me pregunto qué habrá al otro lado de ese inmenso lago negro. Wisconsin. Míchigan.

Más allá de eso no hay nada. Solo oscuridad.

Aunque eso no me impide imaginar las cosas que no puedo ver.

Veo a Esther aquí y allá, de pie junto a Lake Shore Drive, escondida detrás de un árbol. Me invade la súbita certeza de que está ahí fuera, de que mi querida amiga Esther va detrás de mí. Creo verla en el asiento del conductor de otro coche en la carretera, un cupé rojo dos puertas, una mujer que me mira a través de la ventanilla con ojos amenazadores. Veo el abrigo de Esther en una parada en la que el autobús no se detiene: su abrigo de cuadros blancos y negros, su boina de lana negra. Me giro sobre el asiento, desesperada por ver a la mujer que lleva esas prendas, pero al volverme ya no está. En su lugar, donde imaginaba haberla visto, hay una adolescente de pelo negro y rizado. Lleva una sudadera de rayas negras y blancas. Y vaqueros.

Observo a los usuarios del autobús uno tras otro; no es Esther, no es Esther, no es Esther. Voy descartándolos mentalmente. Los observo mientras dejan su dinero en la puerta y suben a bordo del autobús. Hago lo mismo en todas las paradas; me fijo en el pelo y en los ojos, atenta a cualquier rasgo de Esther, sabiendo que podría ir disfrazada. Una mujer de mediana edad me mira ofendida y dice:

—¿Qué estás mirando, niña? —Yo aparto la mirada cuando pasa junto a mí resoplando y ocupa un asiento a mi espalda.

Al no ver a Esther, me digo que tal vez haya contratado a alguien para acabar conmigo. Es absurdo y aun así, si sumo dos y dos, no lo es en absoluto. Esther mató a Kelsey y después me encontró a mí. Kelsey, con su alergia alimentaria, era un blanco fácil. Esther podía matarla con los ojos cerrados y las manos atadas a la espalda. Primer paso: deshacerse de la epinefrina. Segundo paso: emplear harina de cacahuete. Pan comido.

Pero a mí no. Yo no tengo alergias.

Y ahora Esther anda buscando una nueva compañera de piso, Megan, de Portage Park. Su tiempo conmigo toca a su fin. Al menos eso es lo que me digo a mí misma, sentada en el autobús, paralizada por el miedo. Esther está intentando matarme.

Mi razonamiento es el siguiente: Esther ha contratado a un asesino a sueldo para que me mate. No puede matarme ella misma, así que ha contratado a alguien para que haga el trabajo sucio. ¿Por qué si no iba a tener todos esos recibos del cajero que encontré en el cubo de la basura? Tres recibos en tres días consecutivos, de quinientos dólares cada uno, un total de mil quinientos dólares.

¿Mi vida vale mil quinientos dólares?

Para mí sí.

¿Qué aspecto tendrá un asesino a sueldo?, me pregunto mientras me bajo del autobús y entro en la estación del metro. Está mal iluminada y apenas puedo ver a los transeúntes. Todos van con prisa. Pasan junto a mí con sus sitios a los que ir, sus personas a las que ver. Yo me quedo quieta, petrificada, intentando encontrar mi abono, pero en su lugar miro a los que me rodean, con los pies pegados al suelo mugriento. Alguien se choca conmigo y gruñe, «Estás bloqueando el paso», pero aun así no puedo moverme. ¿Qué aspecto tendrá un asesino a sueldo? Cada vez estoy más asustada. ¿Será un hombre grande con una voz áspera y gutural? Me vienen a la cabeza los luchadores de lucha americana. Pero también pienso en hombres delgados con *piercings* y tatuajes. Hombres drogadictos y demacrados. Y luego están los hombres gordos y calvos con gafas. Ellos también me vienen a la cabeza. ¿Un asesino a sueldo será alguna de esas cosas, o una combinación de las tres? ¿Es siempre un hombre, o puede a veces ser una mujer? ¿Hay un protocolo que estipula qué aspecto debe tener o cómo debe comportarse un asesino a sueldo? ¿O acaso es mejor que pase inadvertido, como el hombre con aspecto de empollón que lee el periódico en mitad del andén mientras pago mi billete y bajo las escaleras? ¿Es posible que Esther haya contratado a ese hombre para quitarme la vida?

Levanta la mirada del periódico cuando me acerco y me sonríe. «Estaba esperándote», parecen decir sus ojos. Busco un arma en su bolsillo o en su mano, algo con lo que matarme, y entonces me doy cuenta de algo: es el tren el que me matará.

Eso es lo que pienso en cuanto pongo el pie en el andén, moviendo los ojos en todas direcciones como un camaleón con visión de trescientos sesenta grados para asegurarme de que nadie me sigue. El corazón me late desbocado. Se me cae la tarjeta del abono una, dos, tres veces hasta que consigo meterla en el bolsillo del bolso.

De vez en cuando se produce algún accidente en el metro, alguien que se cae a la vía electrificada o se queda atascado y lo atropella un tren. Ya ha ocurrido antes. Lo he visto en las noticias. No es muy común, pero ocurre. Hombres o mujeres electrocutados en el tercer raíl; hombres o mujeres atropellados por el tren. Con frecuencia el motivo es el suicidio. Cierran las líneas de metro para investigar y, para el resto del mundo, no es nada más que una molestia. Algún idiota desconsiderado que decide quitarse de en medio en plena hora punta, utilizando el principal medio de transporte público de la ciudad.

Pero no estoy pensando en eso ahora mismo. No, ahora mismo estoy pensando en lo que sería tropezar en el andén, que atravesaran mi cuerpo mil voltios de electricidad, que me aplastara uno de los convoyes más grandes del mundo. Morir. Eso es lo que estoy pensando mientras me alejo del hombre del periódico, del hombre de los tatuajes, del hombre calvo con gafas y de la mujer de cincuenta y tantos años de pelo gris. Una no puede estar segura de nada.

¿Cómo sería estar muerta?

Eso es lo que me pregunto.

El tren de la línea roja entra en la estación y yo me subo a bordo. Me quedo de pie, preparada para salir corriendo si es necesario.

Podría haber tomado un taxi. ¿Por qué no habré tomado un taxi? Pero recuerdo que cuantos más seamos, más segura me sentiré.

Es algo que diría mi madre.

Quizá no esté tan loca después de todo.

También me decía que llevara gas pimienta. No paraba de decírmelo, y yo le decía que eso era una estupidez. Le dije que era una aprensiva cuando me fui de casa y a ella le entró el miedo por todos los peligros que acechaban en la gran ciudad. Las bandas, los altos índices de criminalidad.

—Relájate, mamá —le dije—. Te preocupas por nada.

Pero ya no estoy tan segura.

Quiero gas pimienta.

Pero sobre todo quiero a mi madre.

Repaso nuevamente las pruebas en mi cabeza: el hecho de que Esther haya desaparecido, las notas misteriosas, la llamada al teléfono de Esther sobre una cita el domingo por la tarde a la que no acudió, la petición de cambio de nombre, los recibos del cajero, la búsqueda de una nueva compañera de piso, alguien que me sustituya cuando me haya ido. ¿Ido? ¿Dónde? La muerte de Kelsey Bellamy, que en mi opinión supera a todas las demás pruebas, aunque me pregunto si todas esas cosas serán pistas verdaderas o si no serán más que arenques rojos, estratagemas destinadas a despistarme. No lo sé.

Cuando el tren se detiene en la estación, todavía me queda un viaje en autobús. Corro calle abajo hasta la estación. Gracias a Dios, el autobús llega al mismo tiempo que yo, así que no tengo que esperar pasando frío en la oscuridad. Me subo y ocupo un asiento justo detrás del conductor. El conductor me protegerá, me digo a mí misma.

Arranca antes de que haya terminado de sentarme. Casi me caigo con el movimiento. Una vez sentada, busco en el bolso las llaves y cualquier otra cosa que pueda usar para protegerme: una lima de uñas, cacao de labios, gel antiséptico. Voy pensando por adelantado.

Cuando el autobús llegue a mi parada, correré a casa. Subiré los tres pisos de mi edificio y entraré en el apartamento 304. Cerraré la puerta con llave, pero, como Esther tiene llaves, eso será inútil. No servirá de nada.

Entonces protegeré la puerta con sillas, con todas las sillas que encuentre. La butaca de cuadros y las sillas de la mesa de la cocina, también la silla del escritorio de Esther. Y lo reforzaré todo con el sofá y la mesita del café, y un escritorio. Lo que encuentre.

Pero entonces recuerdo que Esther no tiene llave de nuestro apartamento. Ya no. John cambió la cerradura. Respiro aliviada, pero sé que aun así bloquearé la puerta con las sillas y la mesa. Por si acaso.

Decido también que no comeré nada por miedo a que esté envenenado con ricina o cianuro.

Y luego está la salida de incendios, en caso de que Esther optara por regresar del modo en que se fue, por la escalera de incendios y a través de la ventana de su dormitorio. La ventana está cerrada, pero eso no significa que no pueda romper el cristal de un puñetazo.

O quizá se limite a prender fuego al edificio. Eso es lo que me imagino, nuestro edificio envuelto en llamas.

Y entonces lo noto: una mano que me acaricia el pelo con suavidad.

Y suelto un grito en mitad del autobús.

ALEX

Esa noche estoy tumbado en la cama y, justo cuando empiezo a quedarme dormido, me despierto. Ese espasmo de electricidad que tiene lugar antes del sueño, cuando el cuerpo está listo para dormirse, pero la mente no. ¿O es al contrario? Un sobresalto nocturno. Eso es lo que me despierta, o eso creo.

Todo está en silencio, pero de pronto oigo ruido de cristales al chocar entre sí. Eso es lo que a mí me parece. Tardo un minuto en desperezarme y, cuando lo hago, me da la impresión de que el ruido proviene de la ventana. Me levanto de la cama, me acerco al cristal y justo en ese momento una piedrecita sale disparada desde el suelo hacia la ventana. Golpea la hoja y cae rodando por el tejado del porche.

Descorro la cortina, me asomo al jardín y ahí está ella. Perla.

Lleva su abrigo de cuadros blancos y negros y la boina negra. La noche está nublada, así que resulta difícil ver con claridad. Pero la veo, está allí, de pie en mitad de la noche, como una figura en una fotografía borrosa. Nublada e imperfecta, y aun así perfecta en muchos aspectos. Saluda cuando me asomo, totalmente desconcertado. ¿Qué hace aquí? No lo sé, pero doy gracias al cielo.

Toda mi vida he soñado con que una chica acudiría a mí en mitad de la noche, y aquí está.

Levanto la mano y le devuelvo el saludo, un saludo perezoso, aunque por dentro no me sienta así; por dentro me he olvidado de que estaba casi dormido, cabreado con mi padre y pensando en la factura de la luz y en el telescopio robado. Sintiendo pena de mí mismo. Lamentándome. Deseando tener una vida mejor.

Levanto el dedo índice y articulo con la boca las palabras «Un segundo», aunque dudo que ella pueda verlo. Agarro una sudadera que hay colgada del picaporte de la puerta del armario y salgo corriendo antes de que cambie de opinión y se vaya.

—¿Qué estás haciendo aquí? —le pregunto susurrando cuando me reúno con ella en el jardín. La hierba está mojada, cubierta de rocío. Se cuela a través de mis deportivas y me humedece los pies. Ella tiene el pelo mojado y a mí me entran ganas de estirar el brazo y acariciárselo, tocar su melena degradada con las yemas de los dedos y ver si la textura cambia junto con el tinte; de arenoso a áspero y a sedoso, como el terciopelo. Así es como yo lo veo, como si fuera terciopelo. Creo que ha estado lloviendo y por eso tiene el pelo mojado. Pero yo no he oído la lluvia. Hay rocío en el jardín, pero el asfalto de las aceras y de la calle está seco. Quizá haya ido a nadar de nuevo por el lago Míchigan. Quizá sea eso. Probablemente. Ha estado nadando.

Pero no se lo pregunto.

—Me aburría —admite. Así que por eso está aquí. No sé qué decir a eso, o qué pensar. Debía de estar muy aburrida para venir a verme.

Pero intento que mi inseguridad no saque lo peor de mí. Está aquí y eso es lo que importa. Está aquí.

Se da la vuelta, empieza a caminar y, como un cachorrito perdido, yo la sigo. El aire de fuera es frío esta noche y el pueblo está en silencio. Salvo por el sonido de nuestras pisadas, la grava que se levanta involuntariamente bajo nuestros pies. No hay coches, ni trenes, ni gaviotas, ni búhos. Todo el mundo duerme, salvo nosotros; Perla y yo.

Paseamos. No sé dónde vamos y no creo que ella lo sepa tampoco. Parece que no vamos a ninguna parte. No nos decimos gran cosa. A veces es mejor así, para no decir nada estúpido y estropearlo todo. Pero de vez en cuando decimos algo vano y absurdo como «Qué casa tan fea», o «Parece que la farola se ha vuelto a fundir». Charlar sin más.

Pero entonces, cuando ya hemos recorrido media manzana por segunda vez, me dice:

—Mis padres se deshicieron de mí. —Las palabras surgen de la nada, aunque apuesto a que llevan mucho tiempo en su cabeza, tratando de salir, como ratas de laboratorio intentando escapar del laberinto—. Cuando era pequeña —añade, y yo junto sus palabras en mi cabeza, su confesión: «Mis padres se deshicieron de mí cuando era pequeña».

Una confesión como esta parece mucho más fácil en la oscuridad, cuando no tienes que ver la mirada compasiva de la otra persona, una mirada que te hace sentir peor cuando se supone que debería ser al contrario.

—¿Qué quieres decir con que se deshicieron de ti? —le pregunto—. ¿Te dieron en adopción?

—Sí —responde.

—Lo siento —le digo, porque no se me ocurre nada mejor. No creo que deba intentar sacarle más información, así que me limito a un simple «lo siento», con la esperanza de que sepa que hablo en serio. No es una cría. Uno pensaría que ya lo habría superado, y aun así supongo que nunca se superan del todo estas cosas. Tampoco es que yo haya superado el abandono de mi madre. Es una especie de dolor permanente, más que una punzada momentánea. Dura eternamente.

Se encoge de hombros y me dice:

—No pasa nada. Ya lo he superado. —Pero yo creo que no. Calculo que tendrá veinticinco, quizá veintiocho años, y sigue enfadada porque sus padres la entregaran en adopción. Es lo que pasa con estas cosas. Se infectan. Guardar rencor es propio de la naturaleza humana. Es difícil mirar hacia delante cuando te cuesta resolver lo que has dejado atrás, o más bien lo que te ha dejado atrás a ti. Mi madre se fue hace ya trece años y no pasa un solo día sin que me sienta mal por ello. A decir verdad, sigo enfadado. Y pienso en ella a todas horas. Le diría a Perla que tiene que olvidarse del pasado y mirar hacia el futuro, pero yo no predicaría con el ejemplo. No soy ningún hipócrita. A veces es más fácil decirlo que hacerlo.

—¿Y eso? —le pregunto entonces—. ¿Cómo es que te entregaron en adopción?

No puedo verlo, pero me imagino que se encoge de hombros.

—¿Por qué la gente entrega a sus hijos en adopción? —me pregunta ella. Es una pregunta retórica, en realidad no busca una respuesta. Pero en mi interior surgen todo tipo de respuestas, como los problemas económicos, el divorcio, una madre soltera y joven, falta de apoyo, una mujer que no tenía idea de cómo ser madre. Estoy seguro de que no quiere oír todas esas cosas. Noto cierto resentimiento en su voz; lo oigo, claro como el agua. En todo caso quiere que le diga que los padres entregan a sus hijos porque son gente horrible. Porque son malos. Pero no tengo oportunidad de decirle eso.

—Niña mala —dice entonces, y la intensidad de sus palabras me hace dar un respingo. Suenan potentes y furiosas. Entonces señala con el dedo hacia delante, a nadie en particular, y repite—: Niña mala. Has sido una niña mala.

Lo que acaba de ocurrir es raro, eso desde luego; no sé si ha sido una declaración, o un recuerdo, o qué sé yo. Ya sé que está un poco chalada, y esto me da una razón más para poner en duda su cordura, pero por alguna razón no lo hago. Quizá sea agradable estar en compañía de alguien que no hace caso a las normas sociales, a quien le da igual lo que piensen los demás. Y aun así se me quedan grabadas en la cabeza esas palabras en la noche tranquila. «Niña mala. Has sido una niña mala». Es una consigna que va con ella igual que la mía va conmigo: «Vete, Alex. Déjame en paz. No me toques».

Todo queda en silencio. Escucho el ritmo de nuestras pisadas. Caminamos despacio, sin rumbo, ni siquiera en línea recta. «Paseamos» sería la palabra adecuada. Paseamos por la calle en plena noche, bajo el manto de las estrellas y los árboles. A lo lejos, una manada de coyotes atraviesa un bosque o un campo, lanzando sus aullidos agudos para reunir a la manada antes de matar. Escuchamos e imaginamos a los coyotes acechando y rodeando a un perro de las praderas, a un gato o a una ardilla.

—Al menos eso era lo que me decían siempre. «Has sido una niña mala» —repite, esta vez con más calma, con más contención. Quiero preguntarle si era cierto, si era una niña mala. Yo creo que quizá sí era cierto, pero quizá no. Quizá estuviera fuera de contexto o exagerado, algo así. Todos los niños son malos, ¿no? Egoístas y todo eso. Va en su naturaleza. Supongo que yo lo era y por eso mi madre decidió marcharse. Pero de pronto, al saber que a Perla la dieron en adopción, pienso que mi madre no fue tan mala al abandonarme. Al menos me quedaba mi padre. No me apartó de él.

—¿Lo acabas de descubrir? —le pregunto—. Que te dieron en adopción. —Pero me dice que no, que hace tiempo que lo sabe—. ¿Te lo dijo alguien? —pregunto entonces.

—Lo averigüé yo sola.

Me cuenta que empezó a tener sueños sobre otra madre, sobre otro padre. Soñaba que la señalaban, que la acusaban, y esas mismas palabras se repetían una y otra vez como un disco rayado: «Has sido una niña mala». Fue hace años, muchos años. Todavía vivía con sus padres. Les contó los sueños a sus padres adoptivos, aunque no hacía falta. Ellos ya la habían oído gritar mientras dormía. Sabían lo de las pesadillas, o lo que ella pensaba que eran pesadillas en esa época. Resultó que eran *flashbacks*. Estaba recordando. Poco a poco fue juntando las piezas. También estaba la cuestión de que no se parecía en nada a su familia; ellos eran altos y rechonchos, rubios y con los ojos verdes. Se disgustó, abrumada por una sensación de abandono y tristeza, tuviera o no una familia que la quería. Se sentía herida, rechazada por los padres que renunciaron a ella. Pero era algo más que eso. Le habían mentido y le habían hecho quedar como una idiota.

Su familia adoptiva se mostró arrepentida.

—Eran buena gente —me cuenta mientras avanzamos por la calle desierta—. Son buena gente. —Nos vamos acercando, caminamos en líneas paralelas. No nos tocamos, no de manera intencionada, pero de vez en cuando nuestros brazos se rozan—. Quisieron hacerlo mejor —me cuenta sobre sus padres adoptivos. No me dice sus nombres ni nada de ellos, pero admite que la colmaron de amor y cariño; la enviaron a terapia. Y al oír esa palabra, «terapia», se dispara una alarma en mi cabeza.

El doctor Giles.

—Hicieron lo mejor que pudieron con lo que tenían, ¿sabes? Yo era una niña fastidiada. Sigo siéndolo, supongo. Hacía llorar a mi madre. Enfadaba a mi padre, pero eran buena gente. No gritaban, no me pegaban cuando me portaba mal. Y no es que fueran a dejarme con una nueva familia a la que no conocía. ¿Quién hace ese tipo de cosas? —pregunta con una carcajada sardónica. Yo no digo nada. No espera que diga nada—. No les quedaba más remedio. Me habían adoptado. Firmaron los papeles y todo eso. Y aun así les hice vivir un infierno. Sé que fue así. No podía evitarlo, era así. Es lo que soy. De todos modos —continúa—, cuando cumplí los dieciocho, capté la indirecta y decidí marcharme. No me necesitaban ahí, fastidiando a su familia. Al fin y al cabo era su familia, no la mía. Intenté encontrar una familia. A mi verdadera familia. Y lo conseguí. —Su voz suena lejana y triste. Hace una pausa. Creo que eso es lo único que va a decir. «Intenté encontrar a mi familia y lo conseguí». Quiero saber más, quiero husmear, quiero preguntarle qué ocurrió. Pero no lo hago. Lo dejo estar, sabiendo que, cuando esté preparada, me contará más.

En su lugar, me quito el colgante del diente de tiburón y se lo entrego. Para que la proteja y le dé fuerza. Ahora mismo lo necesita más que yo.

—No puedo —me dice, pero aun así lo acepta de mis manos temblorosas mientras seguimos andando, paseando hasta que creo que ya no puedo caminar más, pero no quiero irme a casa—. Intenté encontrar a mi familia —repite pasado un rato, un buen rato, tanto que yo ya había decidido que no me lo contaría—. Y lo conseguí. Los localicé. —Oigo su respiración en la noche callada, su aliento entrecortado. Quizá sea producto de la caminata, o quizá del estrés. Tal vez sea la pena—. Pero seguían sin quererme —explica—. Después de todos esos años, seguían sin quererme. —Y se me rompe el corazón por ella, sabiendo lo que yo sentí cuando mi madre me rechazó. Escucho mientras me cuenta que encontró a su familia y que, al hacerlo, intentaron ignorarla, rechazar sus llamadas telefónicas, darle dinero para que se fuera. Y de pronto el rechazo de mi madre no me parece tan malo. Si volviera a ver a mi madre y ella me rechazara por segunda vez, no sé qué haría. Creo que perdería los nervios.

QUINN

—¡Hable más bajo, señorita! —dice el conductor de autobús, un hombre grande con una voz aún más grande. Apenas se vuelve en su asiento, lo justo para asegurarse de que no me están violando ni apuntando con un arma. Pero no aminora la velocidad. No pisa el freno ni saca su *walkie-talkie* para pedir ayuda—. ¿Todo bien? —pregunta con una voz apática, como si me hubiera preguntado si quiero patatas fritas con el menú.

A mi espalda va sentado el vagabundo al que le gusta tocarme el pelo. Y el alivio que siento es instantáneo. No es un asesino, me digo a mí misma. Solo un bicho raro.

Pero mi alivio dura poco.

Cuando sonríe, le faltan la mitad de los dientes. El resto están amarillentos y torcidos. También se le caerán. No sé si alguna vez lo había mirado a los ojos, salvo de reojo para hacerle una petición muy sencilla: «Deja de tocarme el pelo, por favor».

Resultaría siniestro incluso en un buen día, pero hoy no es un buen día. Resultaría siniestro aunque hiciese sol y estuviésemos a plena luz del día, pero no estamos a plena luz del día y fuera todo está oscuro. En estos momentos solo da miedo.

Tiene mucho pelo, en la cabeza y en la cara. Lo lleva revuelto y encrespado. Con todo el pelo casi no le veo la piel, llena de marcas y granos. Lleva además un sombrero, una gorra de conductor de color azul marino que no sirve para calentarle las orejas. Lleva consigo un macuto con el arnés y un cinturón lumbar, además de un palo para caminar. No lleva gran cosa a modo de abrigo, una sudadera fina con capucha de color champiñón. Pero creo que su enorme constitución le impedirá pasar frío. Calza deportivas desparejadas. Las habrá encontrado en la beneficencia, o quizá en el vertedero en su día de suerte. Tiene las manos sucias. Huele mal. Lleva un cordel atado al cuello con un nombre: *Sam*. Apostaría mi vida a que no es Sam. Habrá encontrado el cordel o, mejor aún, lo habrá robado.

Miro hacia atrás y descubro que, salvo por un par de *hípsters* adolescentes en la parte de atrás del autobús, somos los únicos allí. Los chicos no nos prestan atención. Llevan gafas de sol por la noche y se envían mensajes de texto el uno al otro. Llevan auriculares y utilizan palabras que no entiendo. Uno de los dos se levanta y dice:

—Me piro.

—Nos vemos, tío —responde el otro.

No pueden salvarme. Ni hablar.

El resto del autobús son filas y filas de asientos vacíos. No hay nadie que me ayude.

Y entonces el bicho raro dice:

—Me gusta tu pelo. —Y vuelve a estirar la mano para tocarlo, y yo me aparto de golpe, dejo caer el bolso y la mitad del contenido se desparrama por el suelo: la cartera, el maquillaje, el teléfono. Meto la mano por debajo del mugriento asiento del autobús todo lo deprisa que puedo para asegurarme de que no me dejo nada, pero la saco vacía. Bueno, vacía salvo por el chicle pegado que ha escupido alguien.

—Es bonito —continúa el vagabundo.

—Déjeme bajar —le digo al conductor—. Tengo que bajar del autobús. Tengo que bajarme de este autobús ahora mismo.

—Mientras hablo, recojo mis pertenencias del suelo y las guardo en el bolso.

¿Y qué me dice el conductor?

—La próxima parada está a media manzana de distancia. —Eso es lo que me dice—. Salvo que se trate de una emergencia, tendrá que esperar.

Y entonces le grita al vagabundo para que me deje en paz y este obedece durante unos veinte segundos.

Deja de tocarme el pelo. Se recuesta en su asiento y deja de hablarme.

Recojo mis cosas y me levanto. Tiro de la cuerda para solicitar la parada, agradecida de que sea la mía. Cuando el autobús se detiene, no camino. Corro.

Mis pies golpean el suelo. No estoy del todo sola esta noche en la calle, pero me siento sola. Sabiendo que cualquier persona con la que me cruce puede ser una amenaza, no hay manera de saber quién es bueno y quién es malo.

En quién puedo confiar.

En quién no puedo confiar.

Paso corriendo entre las personas, las que entran y salen de las tiendas y los restaurantes; mujeres que pasean a sus perros, hombres con otros hombres, hablando y riendo. Los observo a todos. Los observo y dudo. ¿Serás tú? ¿Serás tú? ¿O tú?

La pregunta se repite una y otra vez en mi cabeza: ¿Esther ha contratado a alguien para matarme?

Miro varias veces a un lado y a otro de la calle antes de cruzar; esquivo las alcantarillas por si acaso han quitado las tapas de manera intencionada para que me caiga. ¿Puede alguien morir en una alcantarilla? No lo sé. No hay manera de saber qué clase de accidente podría padecer. Evito caminar demasiado pegada a los edificios con aparatos de aire acondicionado, por si acaso se me caen en la cabeza. Traumatismo cerebral severo. Eso puede provocar la muerte. Hemorragia cerebral. Presión intracraneal.

Cuando abandono las calles más concurridas como Clark y Foster y me adentro en calles menos transitadas como Farragut, me entra el pánico. Me acojono.

Es posible incluso que me mee de miedo.

Quiero irme a casa. Quiero estar en casa. Y no me refiero al apartamento que comparto con Esther. Quiero estar en casa de mis padres, con mis padres y con Madison, mi hermana. Quiero golpear los pies y decir tres veces: «Como en casa no se está en ningún sitio».

Pero no me voy a mi casa.

El viento sopla entre los árboles, me revuelve el pelo y este me nubla la vista. Se me enreda en los ojos como un antifaz, impidiéndome ver. Pero, cuando estoy a punto de entrar en pánico, el viento abandona mi pelo, se me cuela bajo el abrigo y me acaricia la piel. Me estremezco y me dan ganas de gritar al viento.

Se oye tráfico a lo lejos. Un hombre con un traje de tres piezas se me acerca e intenta pedirme indicaciones.

—¿Puede decirme cómo llegar a Catalpa? —me pregunta, pero le digo que se vaya.

—No lo sé —respondo. Lo digo tres o cuatro veces, muy deprisa. «No lo sé, no lo sé, no lo sé». Las palabras me salen atropelladas como una amalgama. El hombre me mira como si estuviera loca y desaparece.

Y es entonces cuando oigo mi nombre, susurrado por el viento. Quinn... Quinn..., dice el viento, o al menos eso me parece oír.

Y acto seguido una risa, una risa estremecedora.

Y de entre las sombras de los árboles aparece él.

Él.

Los dientes torcidos y amarillos, el pelo encrespado. Se me acerca, estira una mano sucia e intenta tocarme el pelo. Yo me echo hacia atrás con tanta fuerza que tropiezo contra la acera y caigo al suelo.

—¿Qué quieres de mí? —grito desde el suelo.

Él no responde, en su lugar me ofrece esa mano asquerosa e intenta ayudarme a levantarme. Yo me resisto. No quiero tocarle la mano, no quiero tocarle a él. Me incorporo sola y al hacerlo me hago un corte en la palma de la mano. En la oscuridad noto que empieza a sangrar. Me froto la herida.

—Por favor, déjame en paz —le suplico.

Me doy la vuelta para salir corriendo, pero de pronto me pone la mano en el brazo y me aprieta. Me corta la circulación.

—¡Suéltame! —grito, pero no me hace caso. Claro que no me hace caso. Soy como una lombriz retorciéndose en el anzuelo de una caña de pescar.

Y entonces veo que lleva algo en la mano, un arma; la luz de una farola cercana ilumina algo brillante, metálico quizá. ¿Es una pistola, un cuchillo? No lo sé. Tiro del brazo. Intento soltarme. Empiezo a llorar.

—No me hagas daño —le suplico—. Por favor, no me hagas daño. —Está haciéndome daño en el brazo, me duelen los ligamentos y los músculos.

Pero lo único que él hace es reírse.

Hay tres millones de personas en Chicago y parece que esta noche no pasa ninguna por esta calle. Debería gritar. Eso es lo que debería hacer. «¡Ayuda! ¡Ayuda!». Pero no me sale la voz. Abro la boca para gritar, pero no sale nada.

—¿Hacerle daño? —pregunta él—. No quiero hacerle daño.

—Suéltame, suéltame, suéltame —insisto yo.

—Se ha dejado esto en el autobús, señorita —me dice—. Nada más. Se lo ha dejado en el autobús.

Y entonces veo lo que lleva en la mano. Emite un sonido apenas audible por encima de mis llantos. No es una pistola ni un cuchillo, sino un teléfono. El teléfono de Esther, que debió de caérseme del bolso por debajo del asiento. Se lo quito, él me suelta el brazo y, con la inercia, pierdo el equilibrio y tropiezo de nuevo, pero esta vez no me caigo.

Acaba de llegar un mensaje de texto al móvil.

No necesito la contraseña para leerlo. Aparece ahí, en la pantalla.

El que la hace la paga, dice el mensaje.

ALEX

Estamos sentados en el suelo sucio y polvoriento de la vieja casa abandonada. Este tipo de casas no tiene nada de particular. Hace cincuenta o sesenta años surgieron cientos de casas así de la noche a la mañana, así que esta es igual a la siguiente, y a la siguiente, y a la siguiente. Son todas iguales, salvo que quizá una sea marrón y la otra azul. Pero todas son feas, sosas y aburridas. Como mi propia casa, situada justo enfrente. También es fea.

Fuera todo está oscuro. Hemos caminado hasta no poder más y luego, en vez de irme a dormir a mi casa, he venido aquí. A esta casa. A casa de Perla.

—Háblame del fantasma —me pide ella. Está sentada en el suelo frente a mí, con las piernas encogidas. No sé cómo he llegado hasta aquí. Simplemente ha sucedido. Ella cruza las manos sobre su regazo. La pizca de luz que se cuela por las rendijas de la ventana tapiada se refleja en el diente de tiburón del colgante, que descansa sobre su camiseta. Esto está oscuro. Entre las ventanas tapiadas y la falta de luz, ya no distingo la noche del día. He perdido la noción del tiempo. Perla está sentada a medio metro de distancia, mirándome, hasta que me olvido de mi propio nombre y del motivo por el que he venido.

—¿Qué fantasma? —le pregunto, aunque ya sé a qué se refiere. Parece un poco cansada. Agotada. Supongo que no es fácil

225

dormir en el suelo, pasar los días vagando por las calles de un pueblucho. «Estoy de paso», había dicho, y me pregunto cuándo se irá. No es que quiera que se marche, porque no quiero, pero me pregunto cuándo llegará el día en que me presentaré en esta casa y ella ya no estará aquí.

—Me dijiste que esta casa estaba embrujada —responde. No se creerá ninguna de las historias que voy a contarle; no me las creo ni yo. Pero es un tema de conversación. Cháchara. Y además, más importante que el fantasma, o la estúpida idea del fantasma que ha fabricado el pueblo, es la niña pequeña que vivió de verdad. El resto es solo por diversión. A la gente le gusta asustarse. Le gusta contar historias para asustar a los demás. Pero no es más que un cuento.

Hace mucho tiempo que murió Genevieve, antes incluso de que yo naciera. Lo que yo sé es lo que me han contado. Según la historia, se ahogó en la bañera de un hotel mientras su madre estaba en la habitación de al lado, atendiendo a un bebé, ajena al hecho de que su hija Genevieve, de cinco años, se ahogaba bajo el agua. No hubo gritos, como hace la gente cuando sufre o está en peligro, sino una muerte silenciosa, el abrazo del agua y el sueño eterno. No gritó, no intentó tomar aire. Eso cuenta la historia.

Con el tiempo, el relato sobre la muerte de Genevieve fue volviéndose más romántico, por decir algo: una niña pequeña inmersa en una cornucopia de burbujas y espuma, de modo que lo único que quedó sobre la superficie del agua fueron algunos mechones de cabello moreno. Estaban en una espléndida habitación de hotel, de vacaciones. La descripción del lugar de la muerte era evocadora: las burbujas moradas con olor a frambuesa, la piel cremosa de la niña, enrojecida por el agua caliente, aunque ninguna de las personas que cuenta la historia estuvo allí presente para verlo con sus propios ojos; algunas burbujas sueltas, burbujas plateadas y brillantes que flotaban por el aire, pegándose a los azulejos del baño. Genevieve se había ahogado, olvidada en la bañera gracias a la mocosa de la habitación de al lado, su hermana, que por entonces tenía solo

226

un año o dos, que se había caído de la cama y estaba llorando, llamando la atención de su madre, que se olvidó de la pequeña de la bañera.

Era demasiado caro enviar un cuerpo de un estado a otro, o eso dicen los vecinos suficientemente viejos como para recordar el día en que la familia aparcó el coche frente a la casa amarilla, con el cuerpo de noventa centímetros metido en el maletero, para saltarse toda la burocracia necesaria para trasladarlo de un lado a otro. Los vecinos dicen que jamás olvidarán que estaban todos allí, en la entrada, esperando para ayudar a levantar el rudimentario ataúd de madera y enterrarlo en el agujero que habían cavado en el cementerio del pueblo. Ya habían recibido la noticia de la muerte de Genevieve, que había llegado al pueblo mucho antes que su cadáver.

La gente estaba destrozada. Las niñas pequeñas no debían morir.

Lo único que quedó de Genevieve fue su fantasma, que según dicen atormenta a la gente incluso cuando duerme, inundando sus sueños con agua de la bañera desbordada, donde una niña pequeña flota como un serafín: muerta. Su piel, blanca y macilenta, con alas que emergen de su cuerpo. Y su pelo negro y mojado.

Yo no creo todas esas cosas.

—Genevieve —le digo a Perla—. Así se llama. Esa es la niña que murió. Y su fantasma.

—Qué bonito —me dice ella—. Es un nombre bonito.

—Sí que lo es.

—¿Y murió?

—Así es.

—¿Aquí? —pregunta Perla abarcando la habitación con un movimiento de su brazo, pero yo niego con la cabeza. De todos modos sigo la dirección de su brazo y me fijo en las sombras que acechan en cada rincón de la estancia, en las telas de araña que cuelgan del techo como si fueran encaje. Me surge la idea de excusarme un momento y regresar con una escoba y una aspiradora, para limpiar este lugar. Creo que lo haría por Perla. Lo convertiría en un lugar más acogedor y agradable. No podría arreglarlo todo, por supuesto que no, pero podría barrer los suelos y quitar las telarañas. Esa clase de cosas. Así ella no tendría que vivir en este cuchitril.

La habitación ya se ha caldeado gracias al radiador, lo suficiente para que ella se haya quitado el abrigo y mi sudadera y esté sentada en el suelo con una camiseta de algodón y unos vaqueros. Mueve los brazos con la elegancia de una bailarina de *ballet* y me dan ganas de preguntarle si alguna vez ha bailado, si ha recibido clases de *ballet*, cuál es la naturaleza de su relación con el doctor Giles. Pero no lo hago. Claro que no. No es asunto mío. Todo el mundo tiene sus secretos. Ella no me pregunta por los míos, así que yo no le pregunto por los suyos. Aunque se los contaría, claro; le contaría cualquier cosa que deseara saber.

«Somos amigos, ¿verdad? Tú y yo. Somos amigos».

—No —digo entonces, centrándome en la conversación—. Aquí no. Genevieve no murió aquí. —Y entonces paso a contarle lo de las vacaciones familiares y la habitación de hotel. La cornucopia de burbujas y espuma de baño y todas esas cosas. Veo que su rostro se entristece con mi relato.

—¿No sabía nadar? —me pregunta.

—Según parece, no —respondo encogiéndome de hombros. Porque, claro, si hubiera sabido nadar, habría aguantado la respiración bajo el agua, en vez de inhalar y dejar que se le inundaran los pulmones. Se rumoreó que Genevieve intentó levantarse en la bañera y se golpeó la cabeza contra los azulejos de cerámica, lo que le hizo quedar inconsciente antes de ahogarse. Pero no es más que una hipótesis. No había nadie allí para asegurarlo. Nadie la vio morir. También se dijo que podría estar jugando a un juego, tratando de ver cuántos segundos aguantaba bajo el agua, pero al final ganó el agua. Privación de oxígeno, según creen; al parecer eso provoca un reflejo automático, la necesidad del cuerpo de respirar incluso cuando está sumergido en agua con jabón, llenando primero el estómago y después los pulmones de líquido. Cientos de miles de personas mueren ahogadas cada año. De todas ellas, un alto porcentaje son niños de cinco años o menos, como Genevieve. La gente puede ahogarse en cualquier cosa, desde bañeras hasta inodoros, pasando por charcos. Pienso en mi padre bebiendo hasta casi morir; es probable que algún día se ahogue en su propia botella de cerveza.

—Me pregunto qué ocurre cuando te ahogas —dice Perla—. Me pregunto si duele. —Entonces me mira y sus ojos tristes me piden una respuesta.

—No lo sé —respondo—, pero apuesto a que sí. Seguro que da miedo eso de no poder respirar.

No son estas las palabras que ella quiere oír, lo sé. Quiere que le diga que Genevieve cerró los ojos sin más y se quedó dormida. Que no se enteró de lo que pasaba, que estaba soplando las burbujas de la bañera y al minuto siguiente estaba muerta. En la otra vida. En el cielo. Y nada más. Que nunca supo que se moría. Eso es lo que Perla quiere oír. Pero, por una razón o por otra, le cuento la verdad. Quizá porque creo que ya le han mentido lo suficiente y se merece saber la verdad.

—Da mucho miedo —conviene conmigo—. ¿Tú llegaste a verla después de..., ya sabes, después?

—¿Te refieres a su cuerpo? ¿Cuando murió? —le pregunto, y ella me dice que sí. A eso se refiere exactamente.

—No —le respondo—. Yo ni siquiera había nacido cuando ella murió. Solo he oído las historias.

—Oh —responde, y parece un poco decepcionada, como si quisiera oír algo más. Como si deseara que yo hubiera visto el cuerpo de Genevieve. Pero no tengo nada más que contar—. Seguro que su familia se puso muy triste —comenta.

—Sí. Mucho —respondo asintiendo con la cabeza, pero en realidad eso tampoco lo sé. No sé nada de la familia de Genevieve. Ya se habían ido antes de que yo naciera.

Y entonces empiezo a pensar.

—Cuando mueras, ¿crees que regresarás como un fantasma? —le pregunto. Es algo tangencial, totalmente hipotético. Teórico, especulativo y totalmente falso. Claro, yo no creo en los fantasmas, pero se lo pregunto de todos modos, solo para charlar de algo.

—No —responde decidida—. Ni hablar. Los fantasmas no existen. Además, si existieran, no creo que yo le diese miedo a nadie. —Se pone la linterna debajo de la barbilla y adopta una expresión espectral, haciendo sonidos de fantasma—. Ohhhh... Ohhhh...

Yo me río.

No da nada de miedo. Es lo opuesto a terrorífico. Su tono de voz, su sonrisa cálida y sus ojos amables resultan tranquilizadores. Me doy cuenta de que ya no estoy nervioso. Bueno, más o menos. Sigo temiendo decir algo estúpido y echarlo todo a perder, pero no le tengo miedo a ella. Tiene algo que me tranquiliza.

—¿Y qué me dices de ti? —me pregunta, refiriéndose a si querría regresar del más allá para atormentar a mis seres queridos.

Le digo que sí, que lo haría. Bueno, a mis seres queridos no, pero sí a otras personas.

—Asustaría a todos los que se metían conmigo en el colegio. A las chicas que me ignoraban. A mi jefa, la señora Priddy, por todas las veces en las que se porta mal. Esa clase de cosas —respondo y, por un instante, saboreo la idea de aparecerme y atormentar a Priddy desde ultratumba. Sonrío. Me gusta la idea.

—¿Alguna vez piensas en ello? —me pregunta.

—¿En qué?

—En la muerte —aclara—. En morirte.

—No —respondo negando con la cabeza—. La verdad es que no. Intento no pensar en esas cosas. ¿Y tú?

—Sí —admite—. Pienso en ello a todas horas.

—¿Por qué? —le pregunto, y noto que acerca su cuerpo más al mío. ¿Es real o será producto de mi imaginación? No lo sé, pero de pronto parece que está a mi alcance, que si quisiera podría tocarle la mano. No lo hago, pero me imagino que sí, que le acaricio la piel

230

con la yema del pulgar—. Tampoco es que puedas hacer nada para evitarlo. Todos moriremos algún día.

—Sí, ya lo sé —responde—. Lo entiendo. Pero es justo eso. ¿Y si ese día está cerca?

—No está cerca —le aseguro, pero claro, yo no sé si está cerca o no. Que yo sepa, ahora mismo podría desprenderse un trozo del techo y aplastarnos a los dos—. Tienes que intentar no pensar tanto. Hay que vivir el momento, o como se diga. Disfruta de la vida y esas cosas.

—Disfrutar de la vida —repite ella—. Vivir el momento y disfrutar de la vida. —Y entonces se vuelve hacia mí y, en esa estancia oscura, creo distinguir una sonrisa en su rostro—. Eres listo, ¿sabes?

—Yo asiento y le digo que sí, que lo sé. Soy listo.

Pero resulta que siendo listo no siempre consigues lo que quieres. A veces necesitas también agallas. Así que tomo aliento, estiro el brazo y le toco la mano. Lo hago antes de que todas las neuronas de mi cerebro me griten que no lo haga. Antes de que mi parte lógica y juiciosa se invente noventa y nueve motivos por los que esto podría salir mal: se reirá de mí, apartará la mano, me abofeteará, se marchará. En su lugar, acaricio su piel con el pulgar y, al ver que no se aparta, sonrío. Con disimulo, en secreto, sonrío. Es una sonrisa fugaz que no querría que ella viera, pero que se filtra por todos los poros de mi piel.

Soy feliz, feliz como jamás imaginé que podría serlo.

Ella no dice nada; no se ríe; no se marcha. En su lugar, nos quedamos así, sentados en el suelo de esa casa oscura, estrechándonos la mano en silencio, pensando en algo que no sean fantasmas ni muerte. Al menos yo estoy pensando en algo que no son fantasmas ni muerte, aunque claro está que no sé en qué está pensando ella, hasta que me lo dice.

—Quiero verla —me dice.

—¿A quién?

—A Genevieve.

—¿Te refieres al fantasma? ¿Genevieve, el fantasma? —le pregunto, aunque me siento absurdo al hacerlo. Sobra decir que es una petición extraña. Quiere que convoque al espíritu de Genevieve. Jugué a la güija una vez, hace mucho tiempo, pero estoy seguro de que ya no tengo el tablero. Supongo que podríamos organizar una sesión de espiritismo. Encender velas, sentarnos agarrados de la mano y toda esa mierda. Intentar contactar con el espíritu de Genevieve. A mí me parece una chorrada, pero creo que haría cualquier cosa que Perla me pidiera.

Pero aun así, siento un profundo alivio cuando me dice que no.

—No. Quiero ver su tumba. El lugar donde está enterrada —añade.

—Son las tantas de la noche —le digo, por no mencionar que la idea es un pelín rara. ¿Por qué diablos iba a querer ver la tumba de Genevieve? ¿Por qué ahora?

—No tendrás miedo, ¿verdad? —me pregunta, y sonríe cuando me suelta la mano y se pone en pie. Se planta ante mí con las manos en las caderas, esperando una respuesta. Me está desafiando.

Niego con la cabeza. No tengo miedo. Me pongo en pie yo también y me sacudo el polvo de los pantalones. ¿Qué clase de idiota sería si renunciara a una cita a medianoche en un cementerio con una mujer?

—Vive el momento —me recuerda mientras salimos por la ventana uno detrás del otro—. Disfruta de la vida.

—Disfruta de la vida —repito yo mientras caminamos por la calle. La noche se ha vuelto más fría en el poco rato que hemos estado dentro; el viento ha cobrado fuerza. Hace frío, pero con Perla caminando junto a mí, tengo calor. Estiro el brazo y vuelvo a darle la mano. Esta vez no me lo pienso dos veces, lo hago sin más. Ella no se aparta, de modo que caminamos así, de la mano, por mitad de la calle hacia el cementerio del pueblo. Debe de sacarme por lo menos diez años, pero no me resulta raro ni por un momento. Es agradable. No hablamos, no divagamos. No decimos nada. Yo la guío, quiero enseñarle dónde está el cementerio, aunque de vez en cuando me da la impresión de que es ella quien me lleva a mí. Quiere ver dónde está enterrada Genevieve.

El cementerio es viejo. Uno de los dos que hay en el pueblo, y este es el más antiguo de los dos. Existía ya antes de que se construyera el cementerio público hace más de una década. La única razón por la que sé que Genevieve está enterrada aquí es que era donde los chicos y yo solíamos jugar a los fantasmas cuando éramos pequeños. Claro, no es un juego al que haya que jugar necesariamente en un cementerio, pero eso hacía que fuese más divertido. Este antiguo cementerio pertenece a una iglesia, un pequeño edificio del viejo mundo situado a un lado del camposanto. Cruzamos el jardín y nos dirigimos hacia la tumba de Genevieve. No hay más espacio para enterrar a los muertos, de modo que los que están aquí, enterrados a dos metros bajo tierra, con lápidas cubiertas de musgo, con frecuencia quedan olvidados, ya que sus descendientes acaban recibiendo sepultura al otro lado del pueblo, donde suelen ir los visitantes. Yo hacía años que no estaba aquí. Desde que era un chaval, quizá con ocho años, y caminaba entre las lápidas deseando que mi madre estuviera enterrada bajo una de ellas. Deseaba que estuviera muerta, porque eso habría sido mejor. La muerte habría sido una excusa mejor que el simple abandono. Lo habría cambiado sin dudar.

Pero es aquí donde está enterrada Genevieve, con una pequeña lápida de esas que podrían servir para la tumba de una mascota. Es una lápida biselada, gris con detalles negros, hundida en el césped marrón y moribundo.

Sobre la tumba hay una ofrenda de flores amarillas arrancadas del jardín de alguien; están ahí tiradas, en el suelo, medio marchitas. Comida para pájaros más que flores. Pero ¿quién iba a dejar flores aquí, en esta tumba? Que yo sepa, nadie viene a visitar estas tumbas, salvo en el paseo anual que organiza el cementerio en Halloween, que se hace más para dar miedo que para conmemorar nada. Es extraño.

Perla se arrodilla en el césped empapado y recoge los tallos de las flores. Desliza los dedos por las letras cinceladas, lentamente, como si quisiera memorizar los detalles, la curva de la *G*, la floritura de la *e*, la *V* inclinada. Yo me quedo medio metro por detrás, observándola, viendo la tristeza en sus ojos, y es verdad que me parece triste. Saber que murió una niña. Es triste aunque ninguno de los dos la conociéramos. Yo he oído las historias, casi todo el mundo las ha oído, pero jamás conoceré a Genevieve. Perla jamás conocerá a Genevieve. Pero aun así es deprimente pensar que está ahí abajo, un cuerpo putrefacto, justo debajo de donde estamos nosotros. Es deprimente y extraño.

Pero la situación se vuelve ahora más extraña aún.

Perla, arrodillada en el suelo, se tumba. Se dobla hacia un lado para adoptar la posición fetal y se queda así, sobre la tumba de Genevieve. Como si estuviera abrazando a la niña muerta. Como si quisiera consolarla de alguna manera.

—Alex —me dice—. Ven aquí tú también. —Y yo lo hago, pero no llego a tumbarme en el suelo. En su lugar me quedo sentado. O más bien en cuclillas. Me quedo acuclillado en el suelo hasta que comienzan a arderme las pantorrillas y oigo que Perla recita una oración por la difunta Genevieve.

—Y ahora me voy a dormir —dice, y achaco las lágrimas que caen de sus ojos a la empatía y la compasión, aunque quizá sea algo más que eso.

Quizá es que esté loca de atar, aunque eso no hace que me guste menos.

En cierto modo, hace que me guste más si cabe.

QUINN

—Más despacio —me dice Ben. Estoy sentada en una silla Breuer de cocina mientras él me venda la mano—. Dime qué ha ocurrido. —Su cara está cerca, a escasos veinte centímetros, así que huelo la salsa de soja en su aliento cuando habla.

Tengo las mejillas cubiertas de lágrimas secas y la mano llena de sangre.

Estoy temblando sentada en la silla de la cocina. Tiemblo de miedo y porque tengo frío. Hace frío aquí. Tengo una manta sobre el regazo, una especie de colcha azul. No sé cómo ha llegado hasta allí. De un modo u otro, me falta un zapato. Tengo la camisa rasgada por la manga, justo donde el indigente me agarró, haciéndome daño en los músculos y los ligamentos. Ben abre la puerta del congelador y llena con hielo una bolsa de plástico. Me la pone en el antebrazo y yo palidezco. Está muy fría.

Hay tres sillas que bloquean la puerta de entrada a petición mía. En ningún momento Ben ha dicho que le pareciera una estupidez ni me ha preguntado por qué. Simplemente lo ha hecho, ha arrastrado la butaca hasta la puerta y después ha ido a la habitación de Esther a por la silla de su escritorio de IKEA.

No me ha preguntado por qué. Se ha limitado a obedecer.

Sobre la mesa, junto a mí, está el móvil de Esther, y vuelvo a ver el mensaje cuando pulso el botón verde para encender la pantalla.

El que la hace la paga, dice el texto, un mensaje enviado desde un número desconocido.

—Está observándome —le digo a Ben mientras me sirve un poco de vino tinto y se sienta frente a mí en su silla. Su mirada es cálida, un agradable contraste con el frío que siento.

—Bébetelo —me dice—. Te ayudará a tranquilizarte. —Me acerca el vaso sobre la mesa. No es una elegante copa de vino. Más bien un vaso de plástico de color rojo. Sabia decisión por su parte, teniendo en cuenta mi estado actual. Me tiemblan las manos cuando lo levanto. Bajo la mesa, Ben tiene la mano en mi rodilla. Su caricia me tranquiliza.

—Está observándome —repito.

Esther está observándome.

Ben y Priya estaban comiendo *dim sum* en un antro de Chinatown cuando le llamé, histérica y llorando.

—¿Cómo que no encuentras el archivo? —me dijo él por teléfono—. Te lo dejé en la mesa esta tarde. —Luego, en mitad de aquel popular restaurante de Cermak, le dijo a Priya en voz alta para que yo pudiera oírle—: Lo siento, cariño. Ha habido una confusión en la oficina. Ha desaparecido un archivo. Tengo que irme.

Y dejó a Priya en Chinatown y me trajo comida para llevar: pollo crujiente con sésamo y un rollito de huevo. Además de una botella de vino tinto. Llegó a mi puerta visiblemente preocupado. Sonreía, pero no era más que una fachada para intentar calmarme.

—He venido lo más rápido que he podido —me dijo con cariño. Había cambiado su traje de oficina por algo mucho menos formal de lo que yo estaba acostumbrada a verle en el bufete: vaqueros y una sudadera gris con capucha. Pero llevaba el pelo perfecto y olía a esa colonia tan fresca que hacía que me diese vueltas la cabeza.

—Espero que Priya no se haya enfadado —le dije cuando llegó, pero él se encogió de hombros y dijo que no importaba. A decir verdad, a mí me daba igual que Priya se hubiese enfadado o no; simplemente me alegraba de que hubiese venido. Me sentía aliviada. Estaban terminando de cenar de todos modos y luego Priya tenía planeado irse a casa, porque tenía muchos deberes. Eso es lo que me cuenta Ben. Se ofreció a ayudarla, o al menos a hacerle compañía, pero ella le dijo que no.

—Tenía demasiadas cosas que hacer —me dijo Ben, y yo creí ver en sus ojos cierta satisfacción por el hecho de que yo sí lo necesitara, de que yo, al contrario que Priya, no pudiera hacer esto sola. Necesitaba su ayuda y su compañía.

Así que me ha lavado y vendado la mano, ha movido las sillas, me ha puesto hielo en el brazo y me ha servido vino.

Mi caballero de armadura plateada.

Y yo le he contado lo ocurrido: mi visita a Nicholas Keller, el viaje de vuelta a casa, el indigente siniestro que me tocaba el pelo y el mensaje de texto en el teléfono móvil.

—¿Por qué no me dijiste que ibas a ver a Nicholas Keller? —me pregunta, sentado frente a mí, mirándome con preocupación y ternura. Me pasa una mano por el brazo antes de volver a dejarla en su regazo.

—No quería molestarte —admito, y es la verdad. Ben ha sido muy amable al pasar tanto tiempo conmigo y al invertir tanta energía en ayudarme a descubrir dónde se ha metido Esther y qué se propone. Ella es su amiga, sí, pero me parece que esto es más problema mío que suyo. Además, ir a ver a Nicholas fue una decisión impulsiva por mi parte. Apenas sabía dónde iba hasta que salí por la puerta y me monté en el metro. Fue un plan espontáneo y poco organizado que ahora se me antoja estúpido. Debería haberle pedido a Ben que me acompañara. Debería haber estado con él en la cocina de Nicholas Keller y ambos deberíamos haber escuchado cómo Esther mató a su prometida.

Ben se inclina hacia mí, me masajea la pierna por encima de los vaqueros y siento que el corazón me va a explotar.

237

—Yo habría ido contigo. No habría sido una molestia. Eso es lo que hacen los amigos —me dice, y yo asiento, pensando, por supuesto, que eso es lo que hacen los amigos. No se acechan los unos a los otros ni intentan matarse entre sí.

Y entonces repito por tercera o cuarta vez:

—Está observándome.

—Quizá —responde él, y luego añade con ese tono seguro de sí mismo que tanto me gusta—: Tenemos que llamar a la policía. —Me suelta la rodilla y se recuesta en su silla. Pero de pronto parece que está muy lejos, demasiado, los veinte centímetros se han convertido en cincuenta, su cuerpo ya no es cóncavo, sino convexo. Y yo me inclino hacia delante con la esperanza de poder salvar esa distancia. «Vuelve, Ben».

—Ya lo hice —le respondo—. Fui a la comisaría. Puse la denuncia. —Y le cuento mi conversación con el agente que me pidió el nombre y la fotografía de Esther. Dijo que se pondrían en contacto, pero nadie lo ha hecho.

—Quizá sea hora de denunciar un delito —me dice en su lugar, aunque ambos sabemos que no tenemos nada más que una intuición. Una premonición. Un mal presentimiento.

Se dictaminó que la muerte de Kelsey Bellamy fue un accidente. Desde entonces no ha habido pruebas de ningún delito porque no se ha cometido ninguno. Al menos de momento.

Por ahora no es más que el miedo irracional a que Esther quiera atraparme. Esther, mi buena amiga, mi querida compañera de piso. Me digo a mí misma que ella nunca me haría daño, pero ya no estoy tan segura.

El abogado que hay en Ben lo sabe mejor que yo; sabe que no tenemos nada concreto que llevar a la policía. Papeles sobre la pérdida y el duelo, una petición de cambio de nombre y recibos de un cajero. Eso es irrelevante. No es ilegal cambiarse el nombre o sentirse triste. Ni sacar dinero de tu propia cuenta bancaria. O pedir que cambien la cerradura de tu apartamento. Esther no ha hecho nada malo. ¿O sí?

—Además —le digo entonces, pensando mientras contemplo sus ojos color avellana, con la esperanza de encontrar allí las respuestas a todas mis preguntas—, ¿y si estamos equivocados? ¿Y si todo esto no es más que un error y llamamos a la policía y delatamos a Esther? ¿Qué será de ella si estamos equivocados? Irá a la cárcel —le digo nerviosa al imaginarme a Esther pasando el resto de su vida entre rejas cuando quizá, solo quizá, no ha hecho nada malo—. Esther es demasiado buena para ir a la cárcel. Demasiado amable. —Pero entonces me imagino a la Esther que añadió harina de cacahuete con premeditación a la comida de Kelsey para acabar con su vida, y no a la Esther que canta en el coro de la iglesia. Esther no puede ser ambas cosas.

Pero ¿ha hecho algo malo? No lo sé con seguridad. Le hago la pregunta a Ben.

—¿La mató? ¿Esther mató a Kelsey Bellamy?

Él se encoge de hombros.

—No lo sé con certeza, pero a mí me parece que sí —responde, confirmando la misma sospecha que ahora se instala en mi mente. Esther mató a Kelsey y ahora está intentando matarme a mí también.

—Pero ¿y si estamos equivocados y llamamos a la policía acusando injustamente a Esther de asesinato? —le pregunto a Ben—. Le destrozaremos la vida.

Ben lo medita unos instantes.

—Yo fui al instituto con un tío llamado Brian Abbing —me dice después—. Corría el rumor de que una noche se coló en una tienda de novias y se llevó varios miles de dólares de la caja registradora. Habían roto la ventana de atrás. El lugar estaba desordenado, los maniquís destrozados y los vestidos rotos. No había pruebas concluyentes de que Brian fuese el responsable, pero aun así la gente le señalaba.

—¿Por qué? —le pregunto.

—Alguien lo vio en esa calle. Y era de esa clase de chicos, de esos con los que le gusta meterse a la gente. No salía con chicas, ceceaba al hablar, no tenía amigos más allá de Randy Fukui, que era tan ermitaño como él. Lo hacían todo mal; vestían la ropa equivocada, escuchaban la música equivocada, llevaban el peinado equivocado. Se pasaban el día hablando de videojuegos y se hicieron amigos del viejo profesor de manualidades, un veterano de Vietnam que no paraba de hablar de lanzallamas y lanzacohetes.

—¿Los demás se reían de ellos porque no les gustaba su ropa? —pregunto. Estoy escuchando, pero solo a medias.

—Estábamos en el instituto —dice Ben, y yo pienso «No me digas más». Yo no soportaba el instituto. Nadie soporta el instituto, salvo los chicos populares; los jugadores de *lacrosse* y las animadoras, que se pasean por los pasillos haciendo sentir mal a los demás. Cuando iba al instituto estaba deseando salir de allí.

—¿Qué le ocurrió a Brian? —le pregunto a Ben. De pronto sufro por Brian. Cuando era adolescente se metían conmigo por muchas cosas, pero sobre todo por mi estupidez. No es bueno ser estúpida cuando además eres rubia. Me llamaban muchas cosas: cabeza plátano, monada, Campanilla. Los chistes de rubias eran inacabables.

—La policía nunca llegó a averiguar quién lo hizo, al menos no a tiempo. No había pruebas, no había huellas, así que el caso se quedó abierto. Pero los chicos le juzgaron de todos modos. Le señalaban, le insultaban. Incluso Randy dejó de hablar con él. No podía ir a clase de Matemáticas sin que medio instituto le llamara ladrón o cleptómano. Para cuando la policía localizó al verdadero culpable, unos seis meses después, Brian ya se había subido a lo alto de una antena de telefonía móvil y había saltado al vacío.

—¿Se suicidó?

—Se suicidó.

—Vaya —murmuro. Me parece un poco extremo, pero supongo que eso es algo que nunca se supera: los insultos y las acusaciones. A veces, cuando cierro los ojos por la noche, todavía oigo a mis compañeros de clase de Economía riéndose porque, cada vez que el profesor me nombraba, era como si me hubiera quedado muda. «Tierra llamando a Quinn».

—Lo mismo podría ocurrirle a Esther —comenta Ben—. Daría igual que quedase libre de los cargos, si llegaran a presentarse cargos. La gente siempre la miraría y pensaría «Asesina», lo sea o no lo sea. —Yo asiento con la cabeza, sabiendo que eso es justo lo que estaba pensando.

Esther es una asesina.

—Se quedaría para siempre con la etiqueta de asesina —digo antes de beber de mi vaso de vino con manos temblorosas y dejar gotitas rojas sobre el mantel. Rojas como la sangre—. Esther se sentiría herida si resulta que estamos equivocados.

No sé si es el mejor momento para preocuparse por los sentimientos de Esther, pero no puedo evitarlo. Me preocupa. Aunque, claro, si tuviéramos razón, a lo mejor soy yo la que acaba herida, si bien de un modo diferente. Aun así, me imagino a Esther sola en lo alto de una antena de telefonía, igual que Brian Abbing, a punto de lanzarse al vacío, y sé que no puedo llamar a la policía. Al menos de momento. No hasta que no sepamos más.

—No hay pruebas sólidas, nada tangible, ni testigos ni nada —dice Ben mientras alcanza una servilleta y limpia las gotas de vino. Si todo fuera tan fácil. Está de acuerdo conmigo y recapacita su consejo de acudir a la policía. Y al final tomamos la decisión, acertada o no, de no llamar.

En su lugar nos quedamos sentados a la mesa de la cocina, en silencio. Ben saca el pollo crujiente con sésamo de la bolsa y me acerca un tenedor. Me rellena el vino y se sirve uno también. Después acerca su silla a la mía y, por debajo de la mesita de la cocina, nos tocamos.

La primera copa de vino es, en resumen, horrible. Nos quedamos sentados y pensativos dando sorbos a nuestros vasos de merlot. Ignoramos el temblor de mis manos al llevarme el vaso a los labios. Lo que quiero hacer es gritar. Quiero gritar tan fuerte que me oigan todos los vecinos, que me oiga la señora Budny, pero sobre todo que me oiga Esther. «¿Por qué?», quiero gritar. «¿Por qué me estás haciendo esto?».

Con el segundo vaso de vino abandonamos la mesa de la cocina y pasamos al salón, donde nos acomodamos lado a lado en el pequeño sofá. Decimos algo gracioso y nos obligamos a reírnos, pensando en el fondo que no deberíamos reírnos en un momento así. Pero la risa es contagiosa y no podemos parar. El ambiente parece menos cargado y la estancia adquiere un aire más alegre. Es agradable.

Para cuando servimos el tercer vaso de vino, yo ya casi no recuerdo por qué tengo la manga de la camisa rasgada y por qué llevo una venda en la palma de la mano. Al cuarto vaso tenemos las piernas enredadas en el sofá como un juego de Jenga; piernas que no dejamos de mover y recolocar unas encima de otras, intentando ponernos cómodos. No es nada libidinoso, más bien cariñoso, algo que me ayuda a no pensar en el extraño giro de acontecimientos de esta semana, que ha convertido mi plácida existencia en una montaña rusa de emociones. Hablamos de otras cosas que no son Esther. Hablamos de Anita, nuestra jefa, a la que pagan por tratar con ayudantes de proyecto malhechores como Ben y como yo. Debatimos cosas como la pena de muerte y el suicidio asistido, sobre si los caramelos de naranja son lo peor o no. Lo son (Ben no está de acuerdo, pero se equivoca). Al final me pregunta por mi vida amorosa, o la ausencia de la misma (esto lo digo yo, no él), y yo hago una mueca y en su lugar saco el tema de Priya, animada por el alcohol a hacer la pregunta que lleva meses rondándome por la cabeza.

—¿Qué ves en ella? —le pregunto con valentía, aunque no pretendo ser mala o trivial, pero me sale así de todos modos, y doy gracias al vino por eso, igual que doy gracias al vino por tantas otras cosas: por el hecho de que Ben esté aquí, acurrucado a mi lado; por el hecho de lanzarme a darle la mano, sin importarme que corresponda el gesto o no; por el hecho de que, por primera vez en días, me siento feliz en vez de asustada.

—Todo —responde Ben, y a mí se me cae el corazón a los pies; empiezo a apartar la mano de la suya, pero entonces el corazón vuelve a latirme cuando suspira y dice—: Nada. —Y yo no sé qué creer: todo, nada, o algo entre medias—. Llevo media vida con ella —me confiesa, mirándome con esos ojos, con la voz somnolienta por el vino y la cara tan cerca que siento su aliento cuando habla—. No sé lo que es no estar con Priya. —Y creo entenderlo. Creo que sí, entiendo la sensación de familiaridad y comodidad que se instala en una relación con el paso del tiempo, acabando con la emoción y la pasión. No lo entiendo porque lo haya vivido, porque mi relación más larga duró setenta y dos horas, pero lo entiendo. Veo que mis padres ya no se besan, no se dan la mano. Veo que mi padre duerme en la cama de invitados por miedo a que el insomnio crónico de mi madre los tenga en vela toda la noche. Ben y Priya ni siquiera están casados y ya no hay pasión ni emoción. Al menos eso es lo que me gustaría creer, pero ¿quién soy yo para decir lo que sucede en su vida privada?

Pero no quiero pensar en eso ahora mismo; no quiero pensar en Priya. En su lugar, me acerco más a Ben para quedar sentados lado a lado, con las piernas en paralelo, apoyadas en la mesita del café, con mi tobillo cruzado sobre el suyo.

Como si fuera normal. Como si fuera algo que hacemos siempre.

No sé cómo, pero acaba quedándose a pasar la noche y a mí me alegra que lo haga.

JUEVES

ALEX

—¿Hola? —digo al entrar en la casa a través de la ventana de atrás, e ilumino la estancia con mi linterna. Es primera hora de la mañana y el sol empieza a salir. La casa todavía está relativamente a oscuras, aún no está envuelta en la luz brillante de la mañana. No se oye nada. Es posible que Perla esté dormida, lo cual no sería nada malo. No me importaría quedarme ahí sentado un rato, viéndola dormir.

He estado pensando en ella toda la noche, desde que la acompañé a casa desde el cementerio y nos despedimos en mitad de la calle.

De hecho, me he dado cuenta de que no puedo sacármela de la cabeza.

Recorro con cuidado el primer piso con una taza de café instantáneo en la mano. Yo no bebo café, pero era lo único que teníamos a mano en casa. No quiero despertarla, al menos de momento, antes de verla dormir, de ver su pelo degradado extendido sobre el cojín de cuadros, la manta con agujeros subida hasta la barbilla, su piel rosada, los ojos cerrados. La casa está caldeada gracias al radiador y todavía se distingue el olor a queroseno en el aire. Eso mezclado con un olor químico y desagradable, como a naftalina y moho.

Pero, cuando entro al salón, la cama está vacía. Perla no está. El radiador está encendido, así que sé que está aquí, en alguna parte.

Sabe que no debe dejar el radiador desatendido. Ya se lo dije. Y aun así no está aquí, en el suelo, profundamente dormida como imaginaba encontrarla, con mi sudadera puesta, con mi collar colgado al cuello. Pongo una mano en la colcha y percibo que está fría. Y creo que se ha marchado, que me ha abandonado, y me siento triste y decepcionado. Se ha ido.

Pero entonces oigo algo procedente de las escaleras, un sonido. Una voz cantando. Una voz de soprano. Me detengo un momento a escuchar, y me gustaría que mis latidos cesaran para poder oírlo bien. Es poco más que un murmullo que resuena por la casa vacía, rebotando en las paredes. Aguanto la respiración, trato de escuchar la voz por encima del zumbido de mis oídos.

Es ella. Es Perla y está cantando.

Dejo el café y subo las escaleras, peldaño a peldaño, atraído por la melodía.

En el segundo piso examino los dormitorios uno a uno, compadeciéndome de la familia que vivía aquí antes, viendo las muñecas y los peluches, un dibujo infantil que todavía cuelga de la pared. Es triste. Patético, en realidad. Y lo que hace que sea peor es que quien fuera que se llevó el frigorífico, el aire acondicionado y las tuberías de cobre no quiso saber nada de los ositos y de las muñecas.

Arriba hace frío, el aire de fuera entra en el dormitorio sin contención. Las ventanas rotas están abiertas de par en par y el efecto del radiador no llega tan lejos.

Sigo el sonido de la voz de Perla y, antes de ser consciente de lo que ocurre, estoy en un dormitorio, su dormitorio, el dormitorio de Genevieve. Sé que es su dormitorio por una *G* de madera que cuelga de un clavo en la pared. Me fijo en una cómoda antigua y desvencijada, un espejo roto y las paredes de un rosa apagado. Paso por encima de las esquirlas de cristal que hay en el suelo, convencido de que es obra de algún vándalo, que rompió el espejo y se condenó a siete años de mala suerte. Han dejado cosas que nadie quiere: una muñeca en el suelo, una muñeca siniestra y espeluznante que me mira con ojos acrílicos; muebles, camas astilladas y la cómoda desvencijada. Un regalo para las ratas y los ratones.

Y ahí está Perla.

Está de pie en el otro extremo de la habitación, de espaldas a mí. No sabe que estoy aquí. Contempla una muñeca que tiene en brazos, una suave muñeca de trapo con filamentos de cordel azul a modo de pelo. Azul, sí, azul. No sé por qué es azul. Lo raro no es eso.

Lo raro es la mirada de Perla, que veo reflejada en el cristal roto de la ventana; una mezcla de cariño y tristeza mientras acuna a la muñeca y le acaricia el pelo azul. Se la lleva a los labios y le da un beso en la frente. La muñeca va vestida con un vestidito azul de punto, zapatos a juego y una chaqueta de lana rosa que le llega hasta las manos sin dedos. Está hecha de trapo y su sonrisa no es más que un trozo de cordel rojo. Los ojos son botones, pero el conjunto es lastimoso, está desgastada y ajada, abandonada desde hace muchos años, junto con la casa. Igual que Perla.

Y entonces, mientras la observo en silencio, Perla se lleva la muñeca al pecho, protegiéndola como haría una madre con su hijo. Cierra los ojos y empieza a mover las caderas, retomando la melodía que me ha hecho subir las escaleras hasta llegar a esta habitación. Y es en ese momento cuando me doy cuenta de que no se trata de una canción cualquiera, sino de una nana.

Reconozco partes de la canción: «No llores más», le canta a la muñeca que yace inerte en sus brazos. Acuna su bebé con cariño y devoción, pero también con cierta propiedad, como si le perteneciera.

Es extraño.

Me quedo sin palabras. No puedo decir nada y, durante treinta o cuarenta segundos, no me muevo. No puedo hacer nada, salvo ver como Perla abraza a la muñeca y se balancea de un lado a otro, muy despacio. Canta con una voz perfectamente afinada. Es algo seductor; hasta yo mismo podría dormirme. «Duérmete, niña bonita».

Pero hay algo que no cuadra. Lo noto en los huesos. Mi cuerpo me dice que me marche. «¡Márchate!». Pero no me marcho. Al menos al principio. No puedo, me siento cautivado por el movimiento de esas caderas, por el crujido de los tablones del suelo que acompaña a cada uno de sus movimientos. Una parte de mí desea decir algo, estirar el brazo y tocarla, sustituir a la muñeca para que en su lugar baile conmigo. Y cierro los ojos por un momento y me permito evocar el suave roce de las manos de Perla alrededor de mi cuello, sentir su aliento en la oreja, aunque sea fingido. Quiero decirle que pare. Que deje la muñeca. Que vuelva abajo conmigo para que podamos fingir que esto nunca ha ocurrido, que no lo he visto. Quiero sentarme en la manta llena de agujeros y hablar de los fantasmas y de la muerte. Quiero retroceder en el tiempo, aunque sea solo diez minutos. Quiero volver a hace diez minutos, cuando me he colado alegremente por la ventana con una taza de café barato, pensando que quizá, solo quizá, hoy nos besaríamos.

Pero también hay una parte de mí que desea salir corriendo.

QUINN

Por la mañana nos apretujamos en la cocina de mi diminuto apartamento, yendo de un lado a otro para preparar el café y las tazas. Nos pisamos el uno al otro. Ambos nos reímos y nos sonrojamos y decimos «Perdona» al mismo tiempo, y volvemos a reírnos. Yo le sirvo el café, él saca el azúcar de la lata de la encimera. Es como si hubiéramos hecho esto miles de veces.

«Pobre Priya», es lo que debería estar pensando, pero en su lugar pienso: «¡Viva!».

No nos hemos acostado. Al menos no como vulgarmente se entiende, pero sí que nos hemos acostado juntos. Me refiero a dos cuerpos dormidos en el mismo espacio, los dos en mi cama, con la cabeza y los pies enfrentados. Puede que hubiera beso o puede que no. Eso es difícil de recordar, gracias al vino.

Y ahora, a plena luz del día, de pie en la cocina, le pregunto:

—¿Quieres cereales para desayunar? —Mientras, abro el frigorífico y después un armario. No hay mucho allí: los cereales de Esther, avena instantánea y un cartón de leche que podría o no estar caducada.

—No —responde Ben—. No soy de los que desayunan. —Así que se conforma con el café mientras yo me sirvo un tazón de los cereales de Esther y me los como sin leche por si acaso. Esther no envenenaría sus propios cereales.

¿O sí?

Me como una cucharada y la escupo a toda prisa. Quizá yo tampoco sea de las que desayunan.

—Debería irme —me dice entonces Ben, y empieza a hablar con frases de una sola palabra—. Ducha —explica—. Trabajo.

Y es entonces cuando la situación se vuelve incómoda.

Casi todos los hombres que pasan la noche conmigo desaparecen antes de que salga el sol, generalmente a petición mía. Ya sé cómo va esto. Dicen que te llamarán, pero nunca te llaman. Yo me quedo esperando su llamada, sintiendo pena de mí misma cuando el teléfono no suena, y entonces me enfado por hacerme esperanzas. Por pensar que me llamarán. Debería saber que no lo harán.

Últimamente soy yo la primera en despedirse, así que al alba, antes de que el sol tenga oportunidad de iluminar mi último error, les digo a mis citas que se marchen. Es mucho más fácil ser yo la que maneja la situación al decirle a un tío que se vaya, en vez de ser a la que abandonan.

«Mi compañera de piso está despierta», me oigo decir a mí misma. «Tienes que irte».

Pero con Ben es diferente. No quiero que se marche. No quiero despedirme. Quiero darle las gracias por acudir en mi ayuda, por mantenerme a salvo, por vendarme la herida. Por acompañarme en una noche que, de lo contrario, habría sido terrorífica. Por la comida y el vino, y tal vez, solo tal vez, por el beso. Si es que hubo beso. Me gustaría fingir que sí, aunque solo sea para quitarnos de en medio ese incómodo primer beso. Me digo a mí misma que el segundo será mucho menos tenso, será romántico y apasionado. Al menos eso es lo que me digo a mí misma mientras veo que se pone el abrigo y después los zapatos.

Pero, en su lugar, lo único que consigo decir, con poca convicción, es:

—Eres el mejor.

—Tú tampoco estás mal —responde él. Después se va y yo me quedo analizando al detalle esas cuatro palabras. «Tú tampoco estás mal», hasta que amenaza con explotarme la cabeza.

Corro hacia la ventana para verlo marcharse, babeando a través del cristal como un perro que ve partir a su amo. Cuando dobla la esquina y desaparece, miro el reloj del microondas. Las 7.58. Miro mi atuendo: pijama. Tengo diecisiete minutos para ducharme y vestirme para ir a trabajar. Mierda.

Recojo los platos sucios y los echo al fregadero; lo último que quiero es que el apartamento parezca una pocilga si Esther decide regresar a casa. No quiero echar más leña al fuego, otra razón para que quiera librarse de mí. Abro una ventana ligeramente con la esperanza de airear la peste del pollo con sésamo de anoche, que ahora se endurece en un plato sobre la mesita del café. Agarro ese plato también, tiro el pollo a la basura y echo el plato al fregadero. Justo cuando estoy a punto de meterme en la ducha oigo el sonido de mi móvil, que está en la encimera junto a la botella de vino vacía. Lo agarro y contesto sin molestarme en mirar el número que aparece en la pantalla.

—¿Diga? —pregunto al llevarme el teléfono a la oreja. Ojalá sea Esther. Por favor, que sea Esther.

Pero no es Esther.

Al otro lado de la línea oigo una voz dura como el pedernal.

—¿Hablo con Quinn Collins? —pregunta, y yo le digo que sí mientras oigo a los vecinos en el pasillo yéndose a trabajar, el cierre de una puerta, el tintineo de unas llaves.

—Soy Quinn Collins —respondo, y presiento que van a intentar convencerme para contratar una nueva tarifa telefónica o para donar dinero para la investigación contra el cáncer de mama.

—Señorita Collins, soy el detective Robert Davies. Llamo por la denuncia que presentó el otro día —dice la voz de piedra, sin el carisma que esperaría en un vendedor telefónico. No es amable; más bien al contrario, parece seco y cortante, y lo primero que pienso es que he hecho algo mal, que me he saltado algún paso en el protocolo para denunciar una desaparición. Tengo serios problemas. He vuelto a fastidiarla. Ya he oído antes ese tono de voz, a mi padre, a un profesor, a un jefe antes de despedirme por hacer algo mal, o simplemente por ser vaga. Parece que no hago más que decepcionar a la gente.

—Sí —respondo mientras apoyo la espalda en la pared de gotelé, con el teléfono pegado a la oreja—. Denuncié la desaparición de una persona —admito. Aunque no puedo verlo, estoy segura de que se me ha puesto la cara roja.

Oigo el roce de papeles al otro lado de la línea y me imagino a este hombre, a este detective Robert Davies, repasando la denuncia, contemplando la fotografía que le entregué a la policía en la que salimos Esther y yo en el Midsommarfest, atiborrándonos a maíz. Recuerdo la puesta de sol, el sonido de un grupo tributo a ABBA que tocaba en el escenario, Esther riéndose mientras sonreía a la cámara con un trozo de maíz entre los dientes.

«¿Dónde estás, Esther?», me pregunto una vez más.

—¿Es usted la compañera de piso de Esther Vaughan? —pregunta el detective y, cuando le digo que sí, me explica que tiene unas preguntas que hacerme, preguntas que le gustaría tratar en persona. Al oír eso me da un vuelco el corazón. ¿Por qué? ¿Por qué quiere hablar conmigo? Y en persona, nada menos. ¿No puede preguntármelo por teléfono?

—¿Me he metido en algún lío? —pregunto con un hilo de voz, y él suelta una carcajada sonora, de esas que no sirven para expresar humor, sino para intimidar más. Y funciona. Me siento intimidada.

Miro el reloj. Ahora tengo catorce minutos antes de irme a trabajar. No tengo tiempo de pasarme por la comisaría de camino al trabajo y ni siquiera estoy segura de querer hablar con este detective yo sola. Necesito a Ben.

—Puedo pasarme por la comisaría esta tarde —respondo, aunque eso sea lo último que me apetecería hacer—. Después de trabajar.

Pero el detective me dice:

—No, señorita Collins, no puede esperar hasta esta tarde. Iré yo a verla —decide, y me pregunta dónde trabajo, aunque supongo que ya lo sabe, pero a lo que sí que me niego es a dejar que se presente un detective en la oficina, haciendo preguntas, en un lugar donde los cotilleos corren como la pólvora. «Ha venido la policía», dirá la gente. «Ha estado haciendo preguntas». Se inventarán detalles: esposas, lectura de derechos, fianza de un millón de dólares. Antes de que acabe el día correrá el rumor de que he matado a mi compañera de piso y también a Kelsey Bellamy.

Niego con la cabeza y le digo que no.

—Puedo verle dentro de una hora —le ofrezco en su lugar, y quedamos en vernos en Millennium Park.

—Que sean dos horas —me dice entonces. Al parecer es de esos hombres a los que les gusta tener la última palabra. Nos veremos en Millennium Park dentro de dos horas. El detective Davies y yo. Suena pintoresco, además de doloroso y aterrador, como ir al dentista. Suspiro, cuelgo el teléfono y realizo dos llamadas: una al trabajo, para decir que estoy enferma –otro brote del virus estomacal, le digo a Anita, mi jefa, que no parece muy convencida–; otra a Ben, que no contesta el teléfono.

Pero esto es lo verdaderamente extraño, aunque, a decir verdad, todo esta semana está siendo extraño. Cuando hablo con el detective Robert Davies, estoy convencida de que ya hemos hablado antes. Su voz me resulta tan familiar como una canción antigua cuya letra nunca se olvida.

Ya no tengo prisa. Ahora tengo que matar el tiempo, dos horas hasta quedar con el detective. Entro en la habitación de Esther, me tiro al suelo y observo la fotografía que estoy creando, todos esos trocitos de foto que van uniéndose uno a uno: la manga de un jersey color púrpura, el negro de un zapato. Mechones de pelo rubio asombrosamente parecido al mío, con ese *look* despeinado por encima del jersey de cuello barco. Empiezan a temblarme los dedos mientras sigo recogiendo trocitos y colocándolos en su sitio; la tarea se vuelve más rápida ahora que está casi terminada. Ya no quedan muchos trozos en el montoncito y me he convertido en una experta; diferencio al instante el azul del cielo del azul de la camisa de manga corta de un hombre que aparece al fondo, bajo el toldo de una tienda, que por supuesto también es azul.

Voy uniendo las piezas y veo como la imagen toma forma: es una escena de calle. Yo no suelo vestir de color púrpura, pero ese jersey es uno de mis favoritos, un cuello barco que cae desde debajo del hombro y deja al descubierto una clavícula: lo más *sexy* que puedo estar. Es de un púrpura oscuro, no demasiado femenino ni delicado como el lavanda o el violeta, es más bien un tono ciruela. En la imagen aparezco caminando por la calle. No sonrío; ni siquiera miro a la cámara. De hecho, ni siquiera sé que la cámara está ahí, y, dado que estoy rodeada de otros tantos peatones que caminan a mi lado, ajenos también a la cámara, me imagino a Esther escondida al otro lado de la calle, sacando la foto con un teleobjetivo.

Pero ¿por qué?

Encuentro la respuesta justo cuando termino de colocar en su sitio los últimos pedazos de la fotografía. Mientras ensamblo los últimos trozos de piel empiezo a entender. La piel ya no luce su bronceado veraniego, sino que va volviéndose más blanca a medida que se acerca el invierno. Mi cara toma forma: la frente plana, las cejas finas, los ojos grandes. Coloco el trozo correspondiente a la nariz y los labios y, cuando llego al cuello, que asoma por encima del jersey color ciruela, veo que alguien ha utilizado un rotulador rojo para trazar una línea y seccionarme la garganta.

ALEX

Salgo corriendo de la casa sin hacer ruido, pero no me voy a mi casa. En su lugar, me escondo entre los matorrales de fuera. Todavía no he decidido qué hacer, así que me quedo pensando. Pero no tengo mucho tiempo para hacerlo. Al poco rato oigo un ruido procedente de la ventana de la vieja casa. Son pisadas en el jardín. El crujido de las ramas bajo los pies. Y entonces Perla aparece y toma la decisión por mí.

Se ha puesto su abrigo y su boina y en las manos lleva una pala. «¿Una pala?», me pregunto al fijarme bien. Sí, una pala.

Empieza a caminar. No me ve mientras la sigo a unos seis metros de distancia. Caminamos por la calle y entramos en el pueblo, en dirección al antiguo cementerio otra vez. Yo camino de puntillas, intentando no hacer ruido. Perla camina como si flotara.

Observo sin aliento como se cuela por la chirriante verja de hierro y camina sobre un manto de hojas secas. La sigo. Aún es muy temprano y el sol todavía ha de vencer la pesada niebla que impregna la tierra. Caminamos entre nubes, Perla delante y yo detrás, viendo como el mundo se materializa ante nosotros en intervalos de tres metros, de modo que no tenemos idea de lo que hay más allá de esos tres metros. Al menos yo. No tengo ni idea de lo que hay allí y de lo que no, como si fuera Cristóbal Colón, medio convencido de que, tras esos tres metros, me caeré por el borde de la

257

tierra y moriré. El negro se torna gris; la corteza de los árboles, el hierro de la verja, que se desdibuja con la niebla. Todo está borroso. Las ramas de los árboles y las lápidas de piedra se vuelven intangibles, se desvanecen. Desaparecen ante mis ojos, perdidas en la bruma. Las farolas están encendidas y su luz se esfuma deprisa en intervalos de tres metros, igual que los árboles, la verja y las lápidas que dejo atrás, una a una, tropezando con las rocas y las raíces hasta el lugar de descanso de Genevieve, su tumba.

Perla no tiene ni idea de que estoy aquí.

De pie en la distancia, protegido por la densa niebla y las ramas de los matorrales, veo que clava la pala de jardinería en la tierra y empieza a cavar.

QUINN

Fuera hace frío. Brilla el sol, pero eso no significa nada. La luz se refleja en el cristal de los edificios y me ciega. Me hace ir más despacio. Me da en los ojos y no veo, y necesito ver para esquivar a la gente, miro hacia delante, miro hacia atrás, me dirijo hacia Millennium Park. Me giro deprisa para asegurarme de que nadie me sigue.

Las temperaturas rondan los siete grados y por toda Michigan Avenue los trabajadores cuelgan adornos navideños en los edificios y en las calles. Es demasiado pronto, solo estamos en noviembre, y dentro de unos pocos días llegarán Mickey y Minnie para animar el desfile, el Festival de las Luces de Chicago, al que Esther y yo acudimos todos los años.

Pero este año no iremos.

Pienso en la raya roja que me atraviesa el cuello en la fotografía despedazada y pienso que este año yo podría estar muerta.

Las calles están abarrotadas de gente. Ha pasado la hora punta de la mañana y todavía no ha llegado el mediodía, pero aun así las calles están atestadas de gente que espera en los pasos de peatones su turno para cruzar. Los taxis pasan a toda velocidad, superando ampliamente el límite de cincuenta kilómetros por hora. Estoy en el semáforo esperando a que se ponga verde. Veo que un taxista frena de golpe y asusta a una mujer que está en mitad de la calle. Ella deja caer su colchoneta de yoga y le saca el dedo, pero él la ignora y pasa de largo.

Y entonces llego a Millennium Park.

Millennium Park es un inmenso parque que hay en el centro de la ciudad, con su jardín, su auditorio, su pista de patinaje sobre hielo, una fuente con estanque reflectante y, por supuesto, la legendaria judía. Parece una judía. «Si habla como una judía y camina como una judía, entonces es probable que sea una judía».

Miles de personas se reúnen a diario en Millennium Park, lugareños y turistas por igual. Es una zona de interés. Los jóvenes patalean en el estanque reflectante y se dejan escupir por las gigantescas caras de Crown Fountain. Se tumban boca arriba debajo de la judía para ver su reflejo distorsionado en las planchas de acero, como en un laberinto de espejos. Cenan en los cafés al aire libre, escuchan música en vivo en el césped del auditorio, aprovechan los rayos de sol del verano. Recorren los jardines a través de caminos y puentes y comen helado bajo los árboles.

Pero hoy no.

Hoy hace demasiado frío.

No tuve en cuenta esto al decidir quedar con el detective en un lugar público y agradable.

Llego pronto. Mientras espero a que aparezca el detective, intento esconderme entre los árboles desnudos de noviembre, pero son transparentes. No me sirven de escondite. Unos turistas con cámara pasan junto a mí y me piden que les saque una foto. Yo retrocedo y les digo que tengo prisa.

Decido guarecerme en una cafetería de la zona para matar el tiempo. Pido un café con leche y me siento en la parte de atrás. En la mesa hay un periódico que alguien se ha dejado, así que me lo pongo delante de la cara para que no me vea nadie. Pienso en la fotografía rota en mil pedazos en la habitación de Esther. Es una amenaza, una amenaza descarada. Quiere quitarme la vida. Esther sacó esa fotografía y la marcó con un rotulador rojo, me dibujó una raya roja en el cuello, señal evidente de que quiere verme muerta.

Doy un sorbo al café; me tiemblan tanto las manos que no me extraña que se derrame por los lados. Evito mirar a la gente a los ojos. Miro el teléfono tres veces. ¿Dónde está Ben?

Cuando llega la hora, salgo a encontrarme con el detective donde habíamos acordado: en el lado oeste de Crown Fountain. Hay bancos de madera que rodean la periferia de las fuentes y el estanque. Cuando llego, el detective ya está allí. Sé que es él porque, bueno, porque tiene pinta de poli: grande, fornido y con cara de pocos amigos. Apuesto a que sería un muermo en cualquier fiesta, pero eso no viene al caso. No lleva abrigo, como si le diese igual el aire otoñal, que a mí me tiene helada. Lleva camisa y vaqueros negros. «¿La gente todavía usa vaqueros negros?», me pregunto mientras bordeo el estanque reflectante y me dirijo hacia el detective Robert Davies. Según parece sí.

Estoy nerviosa. Petrificada, de hecho. No puedo evitar preguntarme qué querrá de mí. ¿Será el protocolo habitual cuando desaparece una persona? No lo sé. Ojalá Ben me hubiera devuelto la llamada, ojalá estuviera aquí conmigo para presentarnos juntos ante el horrible detective.

Pero no está aquí. Ben no está, así que tendré que hacerlo sola. Aunque está bien tener un caballero de armadura plateada, esta vez tendré que librar sola mi batalla.

Me siento junto al detective en el frío banco de madera. Le digo mi nombre y él me dice el suyo, aunque claro, ya lo sé. El lugar no está del todo vacío; hay otras personas aquí. Al fin y al cabo estamos en Chicago. Pero son pocas las personas, y van todas a lo suyo, sacando fotos a los edificios, dando de comer patatas fritas a las palomas, discutiendo con los niños. Nadie nos mira al detective y a mí.

Al detective Robert Davies se le cae el pelo. Calvicie de patrón masculino, creo que lo llaman. Tiene entradas, pero su pelo es castaño, no gris, así que supongo que se alegrará. Debe de ser duro envejecer.

Saca una pequeña libreta.

—¿Cuánto tiempo lleva desaparecida Esther? —me pregunta.

—Desde el domingo —respondo. Pero entonces me corrijo, sintiéndome más culpable por la confesión, porque hace ya cinco días que no veo a Esther con mis propios ojos—, quizá desde el sábado por la noche. —Y al decirlo me quedo mirándome las manos, un anillo de calcedonia azul que llevo en la mano derecha, una piedra ovalada sobre una sortija de plata esterlina. No puedo mirar al detective a los ojos.

Recuerdo entonces las palabras de Esther: «Sería una aguafiestas, Quinn. Vete sin mí. Te divertirás más». El bar de martinis de Balmoral, la gran inauguración. Eso es lo que recuerdo. También recuerdo a Esther sentada en el sofá del apartamento, con el pijama puesto y tapada con una manta verde. Esa fue la última vez que vi a mi amiga.

—Ya hemos hablado antes —me dice intencionadamente cuando me ve dudar por un instante, sin saber si quiero admitir que Esther desapareció por la escalera de incendios. Tiene una mirada inteligente, como de águila o halcón. También tiene arrugas en la frente y una nariz prominente. Apostaría mi vida a que no sonríe, jamás—. Tú y yo —me aclara—, ya hemos hablado antes. —Y le digo que lo sé. Claro que lo sé; ha sido esta misma mañana, y le recuerdo nuestra conversación telefónica de hace dos horas, cuando estaba en mi apartamento concretando los detalles de nuestro encuentro en el parque. Estoy segura de que dejo escapar un resoplido irónico, o quizá pongo los ojos en blanco, convencida de que no puede ser tan incompetente como para no recordar nuestra conversación. Y entonces sonríe.

Espero que esto no sea un indicador de lo que está por venir.

—Hemos hablado antes de hoy, Quinn —me dice con sorna, y entonces recuerdo lo primero que pensé al colgar el teléfono tras nuestra conversación: «He oído antes esa voz».

Pero ¿cuándo?

Intento unir los puntos, ubicar su voz en alguna otra parte, conectar esa voz con otra voz, y entonces recuerdo las siguientes palabras: «Es un asunto confidencial. Teníamos una cita esta tarde, pero no se ha presentado».

El hombre que llamó el domingo por la tarde al móvil de Esther cuando lo encontré olvidado en el bolsillo de la sudadera roja. El detective Robert Davies era el hombre con el que hablé, el que se negó a dejar un mensaje. «Volveré a llamar», había dicho. Pero no volvió a llamar. Al menos no entonces. Hasta hoy, con motivo de la denuncia. Pero no ha llamado a Esther; esta vez me ha llamado a mí.

—Llamó a Esther el otro día —le digo—. Tenían una cita.

Él asiente.

—No se presentó —responde.

—Para entonces ya se había ido —admito con solemnidad—. ¿Para qué habían quedado? —pregunto, aunque supongo que no me lo dirá porque es confidencial. «Es un asunto confidencial». Pero para mi sorpresa sí que me lo dice, aunque solo después de contarle lo que sé. Se lo cuento todo punto por punto. La desaparición por la escalera de incendios, las cartas, la muerte de Kelsey Bellamy. Y después le muestro el teléfono de Esther, el mensaje amenazante que sigue ahí, en la pantalla: *El que la hace la paga*. Parece perplejo al verlo, solo un instante. Se lo acerca a los ojos para poder leerlo con más claridad. Parece que también está perdiendo vista. Presbicia, lo llaman –he visto anuncios de lentes progresivas–. Y de nuevo pienso que envejecer debe de ser una mierda, aunque yo no lo sé—. Me lo envió Esther.

Él me mira extrañado.

—¿Qué te hace pensar eso? ¿Por qué crees que Esther envió este mensaje a su propio teléfono?

No me había parado a pensarlo. ¿Por qué iba Esther a enviar el mensaje a su propio teléfono? ¿Por qué no al mío?

—No estoy segura —respondo—. Quizá sepa que tengo su teléfono. O... —empiezo a explicar, pero me detengo enseguida y me encojo de hombros. No sé por qué enviaría ese mensaje a su propio teléfono—. Mató a su antigua compañera de piso —revelo en su lugar, traicionando a Esther con mis palabras. Lo digo susurrando para que ella no pueda oírme—. Kelsey Bellamy —añado—. Y está intentando matarme a mí también. —Le cuento lo de la fotografía despedazada, yo caminando por la calle con mi jersey color ciruela, y la raya roja en el cuello. Una amenaza.

—Esther no está intentando matarte —me responde. Lo dice como si estuviera seguro de ello, como si no le cupiese duda. Como si lo supiese.

—¿Qué quiere decir? —le pregunto—. ¿Cómo lo sabe?

Y entonces se explica.

El detective Davies me cuenta que conoció a Esther hace más o menos un año, cuando investigaba la muerte de Kelsey Bellamy. Fue un caso más o menos fácil, me cuenta. La chica tenía alergias alimentarias, cosa que ya sé. Comió algo a lo que era alérgica y no pudo inyectarse la medicina a tiempo. Cientos de personas mueren cada año por anafilaxis. No es muy común, y aun así ocurre. Eso es lo que cuenta el detective. Puede que la negligencia jugara un papel importante en la muerte de Kelsey, sí, y en su momento Esther cargó con las culpas.

—La gente la acusaba —me dice—. La gente siempre quiere acusar. Necesitan a alguien a quien culpar. —Pero, cuando dictaminaron que su muerte había sido accidental, tanto Esther como el detective Davies siguieron con sus vidas. A él no le cabía duda de que Esther no había alterado premeditadamente la comida de Kelsey—. He visto a muchos mentirosos antes —continúa—, pero Esther no era una de ellos. Pasó el detector de mentiras con nota. Cooperó con la investigación. Fue una testigo ejemplar, y se la veía arrepentida. Se sentía fatal por lo que le ocurrió a Kelsey. Asumió su error de inmediato, la confusión con las harinas, y en ningún momento se puso a la defensiva. No puedo decir lo mismo de la mayoría de testigos, y menos aún de los culpables.

Hace una pausa para tomar aliento y después continúa.

—Esther me llamó el sábado por la noche, sin previo aviso. Hacía meses que no hablábamos, casi un año. Pero tenía algo que mostrarme. Parecía asustada. —Y su voz suena tan convencida que yo aguanto la respiración. Esther estaba asustada. Pero ¿por qué? Solo pensarlo me da ganas de llorar. Esther estaba triste, Esther estaba asustada, y yo no lo sabía.

¿Por qué no lo sabía?

¿Qué clase de amiga soy?

—No dijo gran cosa por teléfono. Quería contármelo en persona. Había recibido algo, una nota. Imagino que tenía que ver con la señorita Bellamy.

Se me acelera el pulso y, ocultas en las mangas del jersey color aguamarina, empiezan a sudarme las manos.

—¿Cuándo le llamó? —pregunto.

—El sábado por la noche, en torno a las nueve —explica. Las nueve. Poco después de que yo me fuera a ese maldito bar y la dejara en pijama tapada con una manta. ¿Esperó adrede a que me fuera para llamar al detective? ¿Estaría enferma de verdad?

Y dice que Esther había recibido una nota. No puede ser. Pienso en las notas dirigidas a «Cariño». Fue Esther quien escribió esas notas. El detective debe de estar equivocado. Lo ponía claramente en la firma: *Con todo mi amor, EV.* Esther Vaughan. Ella firmó con su nombre. Son suyas. ¿Verdad?

¿Es posible que Esther sea «Cariño»?

Contemplo la posibilidad con cierto escepticismo.

—Tengo las notas —le digo entonces al detective Davies. Busco en el bolso y le entregó las dos notas escritas a máquina—. Las he traído conmigo.

Las llevo conmigo en el bolso porque no se me ocurría ningún lugar seguro donde dejarlas. Las he leído muchas veces y en ninguna de las dos se menciona a Kelsey Bellamy. Mientras las lee, el detective Davies no parece muy impresionado, pero me pregunta si puede quedárselas de todos modos. Yo asiento y veo que las guarda con cuidado en una bolsa de plástico, donde imagino que después buscarán huellas o cualquier otra prueba forense para intentar determinar el modelo de la máquina que usaron para escribirlas.

Las notas son algo disparatado, desde luego. Lo son. Pero no contienen ninguna gran confesión, no hay mención a Kelsey Bellamy. Debe de haberse equivocado. Debió de malinterpretar lo que Esther le dijo por teléfono o quizá ella le mintió o tergiversó la verdad. Quizá Esther estuviera intentando despistar al detective. Pero ¿por qué?

—¿No había nada más? —me pregunta, y le digo que no—. Debe de haber más —insiste, pero le aseguro que no. La mirada que pone me hace sentir que he vuelto a fracasar. En cierto modo, le he decepcionado.

O quizá solo he decepcionado a Esther. Ahora mismo resulta difícil saberlo con seguridad.

—Pero ¿y qué pasa con la foto en la que aparezco? La que Esther metió en la trituradora de papel. Aparezco con una raya roja cortándome el cuello. Es evidente que se trata de una amenaza. Quiere verme muerta.

—Oh... —sugiere el detective Davies, y siento que me sube la bilis como la lava de un volcán, amenazando con hacer erupción—. Quizá la persona que le envió las cartas sacó la foto también. Quizá sea esa persona quien quiere verte muerta.

ALEX

El suelo parece duro. No helado, pero sí duro. La capa superior, el césped, parece la más dura de atravesar cuando Perla comienza a cavar con la pala de jardinería, presionando el acero con la suela de la bota. El césped comienza a hundirse, miles de briznas de hierba que se juntan y se niegan a ceder. Es un trabajo duro, pero Perla lo consigue y va abriendo la tierra poco a poco. Yo contemplo la escena con asombro mientras levanta la tierra con la hoja de la pala y la lanza sobre un montón que va formando tras su esbelta figura. Empieza a sudar por el esfuerzo, un sudor frío que se solidifica sobre su piel y le hace temblar. Mientras la observo desde lejos, se quita primero el abrigo y después la boina, y tira ambas prendas sobre el suelo cubierto de rocío. Y entonces recuerdo aquel día en el lago, cuando se desnudó poco a poco y después se metió en el agua helada.

Cuando la pala de acero llega al mantillo, el trabajo se vuelve más fácil; la tierra ofrece menos resistencia y el montón empieza a crecer. Perla cava y cava y, mientras la observo, pierdo la noción del tiempo. Me hipnotizan sus movimientos, pero al mismo tiempo estoy un poco aterrorizado. ¿Quién es esta mujer y qué está haciendo? ¿Por qué está desenterrando los restos de la difunta Genevieve? De pronto me parece una imbecilidad haberla seguido hasta aquí. Me siento estúpido. Cualquiera con dos dedos de frente habría llamado a la policía de inmediato o habría salido corriendo en dirección contraria en vez de seguirla. Pero aquí estoy ahora, oculto entre los arbustos de un cementerio abandonado mientras una zumbada desentierra un cadáver. Me acuclillo en el frío suelo para asegurarme de que, cuando se levante la niebla, no me descubra. No quiero ni pensar en lo que haría si supiera que estoy aquí. Por el momento los arbustos me guardarán el secreto.

Mientras la vigilo, traigo a la mente lo que sé sobre la niña enterrada allí. No es que sepa mucho, porque murió antes de que yo naciera. Pero lo que he oído sobre Genevieve es que, tras su muerte, los habitantes del pueblo sacaron su rudimentario ataúd de madera del maletero del coche de su familia y lo depositaron en este mismo punto del cementerio, deprisa, sin velatorio ni funeral ni procesión. En su lugar sacaron el cuerpo del coche con bastante rapidez y lo metieron aquí, y nadie se molestó en preguntar por qué. La gente se alegraba de que hubiera muerto. Aunque solo tuviera cinco años, era una delincuente; la clase de niña que atormentaba a los hijos de los demás, destrozaba sus propiedades y perseguía a los perros del vecindario. Eso es lo que me han contado. No es que alguien quisiera verla muerta, aunque se alegraron de que desapareciera. «Su madre tenía demasiadas cosas de las que ocuparse», han dicho los vecinos durante años, contemplando esa casa abandonada, murmurando en voz baja frases del estilo de «Es una pena».

Que yo sepa, nadie viene a visitar la tumba de Genevieve. Imagino que su familia se separó en cuanto abandonaron esa vieja casa y enterraron a la niña.

Al cabo de un rato, la pala de Perla comienza a llenarse de cieno y arena, después barro, barro de un color terracota, y más tarde, antes de que el acero de la hoja golpee la madera, comienza a sacar fragmentos de roca gris. Van saliendo a trozos, y parecen demasiado pesados para transportarlos. Veo que Perla pierde velocidad y se toma su tiempo.

Pero luego oigo el sonido del metal al golpear la madera y sé que ha llegado a su destino, la razón por la que ha venido.

El cementerio está tranquilo, en silencio, salvo por la respiración entrecortada de Perla. Lucha por aspirar oxígeno en el aire frío de noviembre. Apuesto a que tendrá la garganta seca. Hasta yo tengo sed y ni siquiera estoy haciendo nada. Suda por el esfuerzo mientras a mí el aire me congela los pulmones y hace que me quemen. Hace frío, el invierno se aproxima con rapidez. Demasiada rapidez. La hierba a nuestro alrededor es de un verde apagado, un verde salvia que pierde color muy deprisa, preparándose para aletargarse durante la temporada invernal. Las briznas son quebradizas y ya no se yerguen desde la tierra. Pronto quedarán cubiertas de nieve. La niebla comienza a levantarse y, al hacerlo, el mundo se materializa ante mis ojos: lápidas de mármol y granito, árboles grotescos y desproporcionados, y la iglesia, un pequeño templo protestante rectangular de una sola nave, blanco, con cimientos de piedra caliza y listones de madera en los laterales. Las ventanas son sencillas, sin florituras, como el resto del edificio, una estructura de principios del diecinueve que ha sido superada por las iglesias modernas que florecen por el pueblo. Ni siquiera estoy seguro de que alguien siga usando este lugar o si no es más que fachada, una cosa muerta, un cadáver, vacío por dentro, igual que los cuerpos enterrados aquí.

Y de pronto Perla tira a un lado la pala y deja de cavar. Ha llegado a una caja, una caja de madera que está descompuesta casi en su totalidad. No puede levantarla; está demasiado hundida en la tierra, en las últimas fases de la descomposición. Se hace pedazos en sus manos, así que en su lugar retira lo poco que queda de la tapa y mira en su interior.

Desde mi ubicación no puedo ver lo que hay dentro de la tumba de Genevieve, pero observo la reacción de Perla. Lo que veo es una mirada de satisfacción, como si esperase demostrarle algo al mundo, y eso es justo lo que ha hecho. Se lleva las manos a las caderas y sonríe.

Deja allí la pala de jardinería, la tierra amontonada a un lado, la tumba abierta para que todo el mundo pueda verlo.

Después se seca la frente sudorosa con la manga y recoge el abrigo y la boina para marcharse.

Pero no se marcha. Al menos de momento. Antes de irse recorre el cementerio con la mirada, desde la vieja iglesia hasta las lápidas y hasta mí. Por un instante estoy casi seguro de que se queda mirando mi escondite, los árboles de hoja perenne y los arbustos desnudos tras los que permanezco agachado, tratando de pasar inadvertido. Niega con la cabeza y sus labios dibujan una sonrisa sardónica. Suspira.

Pero, si me ve, no dice nada. Entonces se da la vuelta y se marcha.

Yo tardo un rato en moverme. Espero. Espero mucho tiempo, hasta que el chirrido de la verja de hierro del cementerio me indica que ya se ha marchado. Y espero un poco más, solo para estar seguro. Y solo entonces me incorporo para ver qué ha descubierto en el interior de esa tumba.

Nada. Absolutamente nada. Eso es lo que ha descubierto Perla.

La caja de madera en descomposición está completamente vacía.

QUINN

Antes de subirme al coche del detective Davies, insisto en ver su carné de conducir y otra foto más que lo identifique. El registro del vehículo y el comprobante del seguro. Hay que tener mucho cuidado con estas cosas. He visto suficientes *thrillers* y películas de misterio como para saber que el poli no siempre es el bueno. Pero en este caso creo que sí lo es. Y el motivo es este: no es muy simpático. No es muy amable.

—¿Suficiente? —pregunta cuando me entrega la tarjeta del seguro.

—Sí, suficiente —respondo yo, abro la puerta y me meto en un Crown Victoria aparcado en el aparcamiento público de Columbus. El coche apesta a la bolsa de comida rápida que hay en el asiento del copiloto. La levanta antes de que mi trasero tenga oportunidad de espachurrarla y la tira a una papelera cercana. Se está mucho mejor en el coche sin el frío y el viento, pero el entorno cerrado del *parking* resulta inquietante.

El detective sale del aparcamiento y baja la rampa tan deprisa que me da un vuelco el estómago. Toca el claxon, advirtiendo a los demás de su paso desenfrenado, y revoluciona el motor dirección Columbus para llevarme a mi casa.

Mientras conduce, siento la bilis que vuelve a subir por mi pecho y creo que voy a vomitar. La cabeza me da vueltas por el miedo.

Me tiemblan las manos y el temblor me agota y me marea más. El corazón me late desbocado y amenaza con salírseme por la boca.

Pienso en Esther, triste y asustada, y yo sin saberlo. ¿De verdad estaba triste y asustada? ¿O sería todo una farsa? ¿Quién es Esther en realidad? ¿Será Esther o será Jane? Las preguntas se me agolpan en la cabeza hasta que ya no puedo ver con claridad y apenas pensar.

El detective me deja frente a mi edificio. Antes de poder darme la vuelta para despedirme o darle las gracias por traerme, pisa el acelerador y se marcha, con el teléfono móvil de Esther y las notas misteriosas. Quiere ver qué consiguen sacar los técnicos del teléfono; el historial de llamadas de Esther y los mensajes del buzón de voz, sus vídeos y sus fotos.

Yo llevo su tarjeta en la mano y una orden en la cabeza: llamar si sucede algo, si encuentro algo, si sé algo de Esther, si Esther reaparece. Llamar.

De pie en la acera, miro hacia la ventana de nuestro apartamento y espero verla allí, mirándome. Pero claro, no está allí. La ventana está vacía, salvo por las cortinas y el reflejo del otro lado de Farragut Avenue.

Pero entonces veo a una mujer de pie junto al portal, pulsando repetidamente el telefonillo. Espera impaciente una respuesta que no obtiene. Está frente a la puerta y sus manos enguantadas aferran un bolso azul de tela que sé que pertenece a Esther. Es una mujer pequeña; no medirá más de metro cuarenta y cinco, con un peinado voluminoso que debe de pesar lo mismo que ella. Apostaría mi vida a que pesa cuarenta kilos. Todo lo que lleva es ajustado: pantalones ajustados, abrigo ajustado, botas ajustadas.

—¿Puedo ayudarla? —pregunto sin dudar y sin apartar la mirada de ese bolso. Siento el deseo de arrebatárselo con mis propias manos. «¡Es de Esther!», quiero gritarle, pero me miro las manos y compruebo que siguen temblando. Estoy preocupada. Preocupada por Esther. El relato del detective me ha dejado asustada y confusa, más de lo que ya estaba. Se ha producido un curioso giro de acontecimientos que me ha hecho pasar de estar enfadada a estar asustada y finalmente preocupada. En vez de pensar que alguien me persigue, que Esther me persigue, ahora estoy preocupada por ella.

Pero todavía hay muchas preguntas sin respuesta: ¿qué pasa con Kelsey Bellamy?, ¿por qué Esther se ha cambiado el nombre y ahora es Jane Girard?, ¿por qué busca nueva compañera de piso para reemplazarme?, ¿por qué sacó mil quinientos dólares del cajero? Todo esto no tiene ningún sentido.

—¿Eres Jane...? —pregunta la mujer del telefonillo, hace una pausa y examina una tarjeta que lleva en la mano—. ¿Girard?

Me pregunto quién será Esther Vaughan. ¿Existirá siquiera?

Niego con la cabeza. Le digo que no, que no lo soy, pero que soy Quinn, la compañera de piso de Jane. Se lo digo aunque me da la impresión de que le da igual mi nombre. Ha venido a buscar a Jane.

—Ah, bien —responde, y veo el alivio en todos sus rasgos faciales: en los ojos grandes, la sonrisa grande y el pelo grande—. He encontrado esto —me dice mientras me ofrece el bolso azul—, en el cubo de la basura. —Yo lo acepto, agradecida por tener algo que pertenece a Esther. Lo estrecho contra mi pecho y aspiro el aroma de Esther, que ha comenzado a diluirse y a mezclarse con el olor a ciudad y al potente perfume de esta mujer, compuesto de jazmín y rosas.

—¿Ha encontrado su bolso en el cubo de la basura? —repito, solo para estar segura, y ella asiente y me dice que estaba a punto de tirar su vaso de café cuando lo vio entre bolsas de comida rápida. El azul del bolso llamó su atención.

—Es un bolso bonito —me explica—. Demasiado bonito para tirarlo a la basura, así que supuse que habría sido un descuido. —Y luego me dice que no quería que mi compañera se preocupara—. Sé que yo me preocuparía si no encontrara mi bolso.

—Es muy amable por su parte —le digo, y es cierto. Claro que lo es, si no tiene motivos ocultos. Ahora mismo ya no estoy segura de nada, salvo del hecho de que estoy cansada y nerviosa al mismo tiempo. Me duele la cabeza y me tiemblan las manos. Si me surge alguna pregunta más, es posible que explote.

¿Qué hacía el bolso de Esther en el cubo de la basura?

—¿En qué cubo de basura? —pregunto.

—Por allí —responde señalando hacia Clark Street.

—¿Y lo ha encontrado hoy? ¿Ahora mismo? ¿Hace solo unos minutos?

Pero ella niega.

—Fue hace un día o dos —responde, suspira y añade—: Ha sido una semana larga. Una semana muy larga. —Como si eso explicara por qué ha tardado un día o dos en devolver el bolso de Esther—. Vivo cerca. Me pilla de camino. —Me dice que Jane debería tener más cuidado con su bolso—. Y con tanto dinero en efectivo dentro. —Y entonces me doy cuenta de dos cosas: la primera, esta mujer ha registrado el bolso de Esther; la segunda, cuando mire en su interior, encontraré mil quinientos dólares.

Esther sacó el dinero del cajero, pero no llegó a usarlo. No contrató a un asesino para matarme. No está de vacaciones en Punta Cana, bebiendo un daiquiri de fresa.

¿Dónde está Esther?

—¿Y cómo sabe nuestra dirección? —le pregunto de pronto, las dos de pie en las escaleras de la entrada, envueltas por el aire otoñal.

—Aparece en su carné de conducir —me responde—. No estaba cotilleando —me jura antes de que yo pueda decir nada, utilizando un tono entre arrepentido y defensivo. Claro que estaba cotilleando—. Solo quería devolver el bolso. ¿Se lo darás a Jane?

—Oh, sí. Claro. —Me despido, entro en el edificio y cierro la puerta.

Nuestro apartamento está vacío cuando entro, pero huele a Esther: el aroma de su cocina, su colonia de peonía. Y me invade la nostalgia.

Me acerco a su puerta y, al entrar en su habitación, veo al molly dálmata muerto en el fondo del acuario. Me acerco y apago la luz para no ver al pobre pez muerto en el fondo de rocas rosas. Su cuerpo yace flácido y blanquecino en el fondo. Golpeo el cristal y no se mueve. Está muerto. El pez de Esther está muerto. ¿Cuánto tiempo llevará muerto?

—Lo siento, Fishy —digo en voz baja. No estoy segura de lo que he hecho, pero seguro que he hecho algo mal.

Examino por tercera vez el apartamento, volviendo a ejecutar los pasos que ya he repetido dos veces. Empiezo a estar desesperada. Debe de haber algo más, algo que he pasado por alto. Vuelvo a inspeccionar su escritorio y sus cajones. Miro en su armario. Toco objetos al azar y los tiro al suelo, sin preocuparme del desastre. Arrugo sus papeles, saco los cajones del escritorio de IKEA y busco dobles fondos. Respiro con dificultad por el esfuerzo.

Aquí no hay nada.

Dejo la habitación de Esther hecha un desastre; tiro al suelo su bote de lápices, furiosa y frustrada. Reviso su pila de libros de texto y después los tiro al suelo uno a uno, caen sobre la madera y generan un fuerte estruendo. Seguro que la señora Budny está a punto de agarrar su mopa para golpear el techo desde abajo, pero me da igual.

Suena mi móvil; estoy segura de que es Ben, que por fin me devuelve la llamada, pero no puedo entretenerme. Tengo que encontrar a Esther. Cuando llego al final de la pila de libros, me incorporo y atravieso la habitación. Piso con los zapatos manchados la colcha aguamarina y naranja de Esther, dejo huellas en la tela, y entonces recuerdo las palabras de Esther: «El eneldo va aquí. Y la harina de cacahuete va aquí».

A ella no le gustaría nada esto.

—Aquí no hay nada —digo en voz alta, levantando las manos en actitud de derrota.

Ataco el salón y la cocina con vehemencia, vaciando cada cajón, cada mueble, miro detrás de los marcos de fotos, debajo de la alfombra. Meto una mano detrás de los cojines del sofá y busco ahí también. Golpeo el pladur para ver si suena hueco, si hay algún escondite secreto. Miro dentro del conducto del aire, pero no encuentro nada. Solo polvo y suciedad.

Y entonces se me ocurre una idea, un lugar en el que aún no he mirado. Me subo a los muebles de la cocina y registro el hueco de dos centímetros que hay entre ellos, buscando alguna pista, lo que sea. Dejo huellas sobre la encimera de formica, pero no me importa.

Allí tampoco hay nada.

Estoy subida sobre la encimera y entonces lo veo; tengo la cara roja y sudorosa de rebuscar por todo el apartamento, el corazón me late desbocado y respiro entrecortadamente. Me remango el jersey hasta los codos y advierto el objeto azul claro tirado en el suelo, detrás de la puerta, justo donde lo he dejado.

El bolso de Esther.

Salto de la encimera, mis rodillas se resienten, y corro hacia el bolso. ¿Cómo es posible que no se me haya ocurrido mirar dentro del bolso? Lo vuelco y vacío el contenido en el suelo, agitándolo para asegurarme de que no se quede nada dentro. Lo dejo a un lado, pero no antes de abrir y cerrar las cremalleras de los bolsillos y de palpar el forro en busca de algún compartimento secreto. Pero lo único que queda es un chicle.

Esto es lo que me encuentro tirado en el suelo de nuestro apartamento: un kit de costura, una cinta para el pelo, un espejito, tres tampones, unos caramelos mentolados, la cartera azul de tela de Esther, a juego con el bolso, pañuelos de papel, un libro y unas llaves. Una llave de la puerta de abajo, otra de nuestro apartamento y una llave de candado para el almacén.

Y otra hoja de papel escrita a máquina y doblada en tercios.

Dirigida a *Cariño* y firmada *Con todo mi amor, EV*.

ALEX

Soy el primero en entrar en la biblioteca cuando abre. Estoy esperando fuera, en lo alto de una pequeña escalera, junto a las columnas blancas del exterior, cuando la bibliotecaria abre la puerta. Se toma su tiempo para meter la llave en la cerradura y después mira al reloj para asegurarse de que son las nueve en punto. Las nueve en punto, ni un minuto antes. Y entonces abre la puerta y yo entro corriendo y aspiro el olor de su laca para el pelo.

—Eres el primero —me dice, como si no fuera evidente que soy el primero en llegar, el único. Murmuro un «Sí» apresurado y me dirijo hacia uno de los ordenadores, que no me he molestado en reservar con antelación. No se me había pasado por la cabeza. Aunque soy el único aquí, la bibliotecaria me sigue y me pide la tarjeta de la biblioteca porque, como bien dice, «Las normas son las normas». Y yo ya he incumplido una de las veintisiete normas sobre la utilización de los ordenadores. Veo que me mira con desaprobación y después se aleja. Las únicas personas que hay aquí hoy son las otras bibliotecarias; dos mujeres mayores que recolocan los libros devueltos que hay en los carritos. Desaparecen por los pasillos mientras ordenan los ejemplares alfabéticamente para que después llegue la gente y los descoloque otra vez. Deben de volverse locas.

No tengo mucha información con la que trabajar, pero sí sé que la tumba del cementerio en la que se supone que estaba enterrada

Genevieve está vacía. Trato de rescatar de mi memoria las historias de la pequeña Genevieve antes de que se ahogara en la bañera. Yo aún no había nacido; ni siquiera era un puntito en el radar. Para mí ella siempre fue un fantasma. Nunca fue una niña, sino el supuesto espectro de la ventana de la casa de enfrente, una aparición blanca que vagaba de habitación en habitación llamando a su madre. Pero para otras personas sí que fue una niña.

Busco *online* y esto es lo que averiguo. Pagando treinta y cuatro dólares puedo solicitar certificados de nacimiento y defunción del estado de Míchigan, pero tengo que enviar la solicitud, pagar doce dólares más para que me la envíen y después esperar. No tengo tiempo para eso. Necesito respuestas ya. Según parece, el Registro Civil podría enviarme la información que necesito o no; al parecer esas cosas, sobre todo los certificados de nacimiento, son confidenciales. En realidad no necesito el certificado de nacimiento de Genevieve, pero su certificado de defunción sí me sería útil, algo que me ayude a entender por qué el ataúd está vacío.

Pruebo suerte con otro enfoque. Busco la vieja casa, con la esperanza de encontrar una especie de cadena de titularidad que me permita localizar a la familia que vivió allí antes. Lo malo es que esa casa lleva abandonada mucho tiempo, desde antes de que existieran webs inmobiliarias como Zillow y Trulia. Las quiebras y ejecuciones hipotecarias que me encuentro tuvieron lugar a lo largo de los últimos dos años; un dúplex al oeste del pueblo, una decadente vivienda al este y un par de docenas más entre medias. Símbolo de nuestro tiempo, imagino. Es triste pensar en toda esa gente expulsada de sus hogares porque no podía pagar. Dentro de poco mi padre y yo estaremos en la misma situación, en algún cruce de carreteras con carteles de cartón en los que se leerá *Sin techo* y *Ayuda, por favor*. Y agradeceremos un pavo o dos.

Hago una búsqueda rápida del obituario de Genevieve, con la esperanza de encontrar ahí el nombre de algún familiar cercano. Pero esto es lo que encuentro: nada, *nothing*. Escribo su nombre seguido de la palabra «obituario» y después me aseguro dos veces de haber escrito las palabras correctamente. Añado el nombre de nuestro pequeño pueblo para acotar la búsqueda, pero no obtengo resultados. Bueno, sí los obtengo, pero son un montón de basura que no necesito: una mujer de mediana edad de Hamilton, Ohio; una monja dominica de Nashville, Tennessee, fallecida a los ochenta y dos años. No es mi Genevieve. A simple vista, no parece que exista un obituario de la pequeña por ninguna parte. Quizá es porque han pasado veintitantos años desde su muerte, o quizá sea otra cosa.

Pasa junto a mí una bibliotecaria y le pregunto por el microfilm, con la esperanza de poder encontrar ahí un obituario de hace dos décadas en el periódico local. Se queda mirándome con las bifocales colgando de una cadenita dorada y su pelo blanco. Puede que sea la persona más vieja que jamás he visto, y la sigo a través de la biblioteca hasta el lector de microfilm, ubicado en el otro extremo. Nos cruzamos con dos bibliotecarias más jóvenes que sin duda serán más rápidas y tendrán más conocimientos tecnológicos que ella, y pienso que esto ha sido una pérdida de tiempo, pero resulta que ella es justo la persona que necesito.

Antes incluso de llegar a la máquina de microfilm, me pregunta:

—¿Estás documentándote?

—Podría decirse que sí —respondo.

—¿Qué tipo de información estás buscando? —me pregunta con tono amable, no cotilla. Y, aunque yo vacilo un momento, se lo cuento.

—Estoy intentando encontrar información sobre una vieja casa abandonada en Laurel Avenue.

La mujer se detiene.

—¿Qué clase de información estás buscando? —He captado su atención, lo quiera o no, pero no tengo ni idea de cómo utilizar una máquina de microfilm, así que parece que voy a necesitar su ayuda.

—Solo intento averiguar quién vivía allí —digo de pasada, como si no tuviera importancia. Pero su respuesta me pilla completamente desprevenido. Su voz y su actitud cambian, y me mira como si fuera idiota o como si hubiera estado viviendo debajo de una gran roca.

—No necesitas un microfilm para eso —me dice inclinándose hacia mí, y el olor de su laca para el pelo me da ganas de vomitar—. Yo puedo decirte quién vivía en esa casa —me explica. Acerca tanto su cara a la mía que puedo verle los dientes desgastados y la piel arrugada y traslúcida. Aunque espero que me diga algo evidente, algo críptico y misterioso sobre el fantasma de Genevieve, su respuesta lo cambia todo y hace que me cuestione todo lo que antes creía que era cierto.

Cariño:

Me robaste a mi familia y ahora has de saber lo que se siente al perder algo que amas. Tuve que irme por tu culpa. Quiero asegurarme de que lo sepas. Me dijeron que era una niña mala y que por eso no podía quedarme. Pero ambas sabemos que eso no es cierto.

No fue culpa de esa chica. Deberías saberlo. Fue culpa tuya. Ojalá pudiera decir que me da pena que muriera, pero no es así. Era lo que había que hacer. Fue sencillo, muy sencillo, un juego de niños: cambiar la harina mientras tú estabas en el trabajo. Deberías poner una cerradura mejor en tu casa, cariño. No querrás que haya extraños merodeando por ahí cuando tú no estás.

Fue maravilloso contemplar, desde mi atalaya privilegiada, como echabas esa harina en un cuenco y se la dabas a tu pobre amiga. Cuando se llevó las manos al cuello, cuando vomitó y todo se precipitó. Fue mejor de lo que habría imaginado. No tuvo precio. Maravilloso. Tuve que esperar días hasta que serviste esa harina, pero la espera mereció la pena. Mereció la pena cuando vi la escena con mis propios ojos, como una representación que yo misma hubiera escrito. Absolutamente perfecto.

Por desgracia también me había llevado la epinefrina de la chica. Habría resultado útil, ¿verdad que sí? Pero ahora la tengo yo.

Es culpa tuya que regresara. Fuiste tú quien me encontró. Podrías haberme dejado en paz. De no haber sido por ti, jamás habría descubierto que ya estaba muerta.

Si pudieras verme ahora, mi dulce Esther. Si pudieras ver en qué me he convertido.

Llevo ya un tiempo observándote, el suficiente para conocer tus costumbres, tu rutina. He estado siguiéndote al trabajo, a clase. Cuando haces tus recados. ¿Me has visto? ¿Sabías que estaba allí?

Compro donde compras tú, me visto igual que tú. Los mismos za-patos, el mismo abrigo, el mismo pelo. No me resultó difícil. Antes tú eras la única Esther Vaughan, pero ahora yo también soy Esther.

Pensabas que podrías cambiarte el nombre, que podrías desaparecer sin más. Que podrías pagarme para que me fuera. Qué ingenua.

Tú siempre fuiste su favorita, pero, si yo soy tú, entonces tal vez ella también me quiera.

Con todo mi amor,

EV

ALEX

Voy corriendo durante todo el camino, clavando los pies en el suelo, aunque estoy completamente anestesiado. No siento nada.

Aporreo la puerta cuando llego –una, dos, tres veces– y veo como el zaguán de metal se agita con la energía de los golpes. Y vuelvo a llamar.

Ella abre la puerta con una mirada confusa y se queda de pie frente a mí, con el pelo recogido y las manos cruzadas sobre el abdomen.

—Alex —me dice con un tono interrogativo y afirmativo al mismo tiempo, mientras yo entro y cierro la puerta—. Parece que hayas visto un fantasma. ¿Va todo bien?

No puedo responder. No tengo palabras. Trato de recuperar el aliento mientras Ingrid atraviesa el recibidor y entra en la cocina. Yo oigo sus pisadas mientras anda, incapaz de hablar porque no puedo tomar aire. Me doblo hacia delante, apoyo las manos sudorosas en las rodillas y, al ver que eso no me ayuda, me acuclillo en el suelo.

—Deja que te traiga un poco de agua —me dice Ingrid desde la cocina y, antes de poder responder, oigo el grifo del fregadero; los cubitos de hielo al caer al vaso desde el expendedor de la nevera; las gaviotas de fuera, que graznan a lo lejos por encima del sonido de una furgoneta que atraviesa la calle, el rebote de los neumáticos al pasar sobre el asfalto cuarteado. «Respira», me digo a mí mismo. «Respira».

—No sabía que venías hoy —me dice Ingrid desde la cocina—. Deberías habérmelo dicho. Habría horneado algo. Bizcocho de plátano o... —Y sigue hablando, pero yo no oigo nada porque sigo recordando las palabras chismosas de la bibliotecaria. «Ingrid Daube vivía allí antes», me había dicho mientras yo la escuchaba con la boca abierta, en mitad de la vieja biblioteca. «Esa era su casa. Era una Vaughan hasta que su marido falleció, entonces recuperó su apellido de soltera. Daube. Es holandés, creo. Daube. Claro que nadie menciona nunca que esa era la casa de Ingrid. Fue una tragedia lo que ocurrió allí. ¿Sabes lo de su hija pequeña, Genevieve?». La bibliotecaria siguió hablando, pero para entonces yo ya había empezado a correr, al darme cuenta de que, todas esas veces que Perla se sentaba junto al ventanal de la cafetería y miraba hacia el otro lado de la calle, no era la consulta del doctor Giles lo que observaba.

—No tengo hambre —consigo decirle. Me obligo a levantarme y me dirijo hacia la cocina, un pie delante del otro, arrastrando la mano por la pared para no perder el equilibrio. La habitación da vueltas a mi alrededor. Siento la necesidad de colocar la cabeza entre las piernas para que me vuelva la sangre al cerebro. Estoy mareado y apenas puedo respirar.

Pero Ingrid no parece darse cuenta.

He dado menos de cuatro pasos cuando el grifo se cierra y la casa queda en silencio. Es entonces cuando oigo una melodía tarareada, una canción lúgubre y sombría, una que ya le he oído tararear antes.

Hace un día o dos habría dicho que no conocía esa canción, pero ahora sí la conozco. Reconocería esa nana en cualquier parte.

—Calma, mi niña, no llores más —murmuro, de pie en el umbral entre la cocina y el recibidor, mirando a Ingrid, que sostiene mi vaso de agua en las manos. Digo las palabras, pero no las canto, me tiembla la voz, aunque trato de disimular la vibración con una postura rígida, como un gato asustado que arquea el lomo para parecer más grande.

—¿Conoces esa canción? —me pregunta con una sonrisa de satisfacción y, cuando asiento levemente con la cabeza, exhausto, asustado y confuso al mismo tiempo, confiesa—: Yo solía cantársela a mis niñas cuando eran pequeñas. —Y, sin perder un segundo, empieza a cantar—. Duérmete, niña bonita. —Y yo veo a Perla aferrando la muñeca de trapo contra su pecho, balanceando las caderas en la vieja casa abandonada. La antigua casa de Ingrid.

Antes de poder revelar nada con la mirada, Ingrid me da la espalda y sigue cantando esa nana sombría que solía cantar mientras mecía a sus hijas en brazos para que se durmieran. Llega hasta el fregadero y comienza a fregar los platos. Yo me quedo quieto, tratando todavía de recuperar el aliento, sin saber qué decir o qué hacer. ¿Digo algo? ¿Hago algo? ¿Le digo a Ingrid lo de la joven que está viviendo de okupa en su antigua casa, la que desenterró el ataúd vacío de Genevieve y canta la misma nana que ella está cantando ahora?

¿O me doy la vuelta, me largo y finjo no ver lo que está ante mis ojos? Los puntos que van conectándose en mi cabeza, las piezas del rompecabezas.

«Mis padres se deshicieron de mí», me había dicho Perla mientras caminábamos sin rumbo por la calle, pero ya no estoy tan seguro.

Ahora es mediodía, el sol brilla en lo más alto del cielo, a esa hora en la que se cuela por las ventanas sin que le inviten. Una corriente de aire sopla por el lateral de la casa de Ingrid mientras nosotros seguimos en la cocina. Por encima del chorro del agua que sale del grifo del fregadero, oigo la puerta de la entrada, que se abre ligeramente por la fuerza del viento, haciendo que las paredes silben.

—La puerta, Alex —dice Ingrid sobresaltada. El terror se apodera de sus ojos—. Has cerrado la puerta de la entrada. Has echado el pestillo. —Pero no sé si lo he echado o no.

De entre sus manos mojadas, Ingrid deja caer un plato, que se estrella contra el suelo y se hace añicos. Entonces suelta un grito.

—Esther —dice, mirando por encima de mi hombro antes de dejar escapar un gemido. Retrocede pisando las esquirlas de cristal. El agua sigue saliendo del grifo, creando miles de burbujas de jabón en el fregadero, que amenaza con desbordarse. Burbujas como en un baño de burbujas—. Oh, no —murmura Ingrid llevándose una mano al cuello—. No, no, no.

Me doy la vuelta y detrás de mí veo a Perla.

—Alex, me alegra que hayas venido —me dice, aunque no me mira en ningún momento, no aparta la mirada de Ingrid.

—Eres igual que ella —chilla Ingrid, pero su voz suena muy lejana, como si estuviera bajo el agua, como si estuviera ahogándose en el fregadero de la cocina—. Eres igual que ella. Casi pensé que eras... —Avanza, pasa junto a mí y estira una mano temblorosa para acariciar los mechones de pelo degradado.

Perla le dedica una sonrisa de satisfacción, como una niña que acaba de hacer una nueva amiga, se pasa una mano por el pelo decolorado y hace una reverencia, de modo que el dobladillo de su abrigo de cuadros le tapa las rodillas.

—Pensé que te gustaría —dice, radiante—. Al fin y al cabo ella siempre fue tu favorita. Pensé que te gustaría más si te recordaba a ella.

Y entonces alcanza un cuchillo.

QUINN

Cuando termino de leer la nota, dejo escapar un gemido. No puedo evitarlo. Me sale solo. Me llevo una mano a la boca de manera instintiva.

Me tiembla la nota en las manos como si fuera una hoja movida por el viento. No consigo que deje de temblar. Trato de procesar lo que acabo de leer, intento releer la nota, pero las palabras se emborronan ante mis ojos, hasta que ya no distingo las aes de las oes ni puedo pronunciar las palabras. Las letras y las palabras se funden y se convierten en una mancha. Revolotean sobre la página, se burlan de mí: «No puedes atraparnos».

Pero hay dos conclusiones que sí saco de la carta: sea quien sea EV, ella mató a Kelsey Bellamy, y es probable que le haya hecho algo a Esther. Finge ser Esther, se pasea por la ciudad con su aspecto, comportándose como ella. ¿Quién es? La carta hace mención a la familia: *Me robaste a mi familia*, es lo que dice, y aun así no me parece algo que haría Esther. Ella nunca hablaba conmigo de su familia; si no fuera físicamente imposible, habría jurado que no tenía familia, que la criaron unos enanos en una casita de campo con tejado de paja. Esther se mostraba esquiva cuando le hacía preguntas; volvió a tapar la caja de fotografías que yo había encontrado en el almacén, fotografías de familia, y cuando le pregunté quiénes eran los de las fotos me respondió que nadie.

Pero estaba claro que no era así. Y ahora me gustaría volver a ver esas imágenes, poder ver a la familia de Esther, y me pregunto si la persona que escribió esta nota aparece en esas fotografías. Necesito verlas. Repaso los recuerdos que guardo en la cabeza, pero no están. No puedo recordar las fotografías, aunque Esther tampoco me dio mucha oportunidad de verlas aquel día de invierno en que fuimos al almacén a por el árbol de Navidad. Aquel día hacía frío y fuera nevaba copiosamente. Estábamos en el frío almacén y, aunque había calefacción, los muros y los suelos de cemento no nos ayudaban a entrar en calor. «Creo que está por aquí», dijo Esther, refiriéndose al árbol, pero en su lugar yo levanté la tapa de una caja de zapatos llena de fotografías. Estaba husmeando sí, pero no me lo parecía con Esther en la misma habitación. No pensé que le importaría.

Pero sí le importó.

Y ahora se me acelera el corazón y la habitación comienza a desenfocarse ante mis ojos, el sofá rosa parece alejarse. De pronto las ventanas están tan cerca que puedo tocarlas y, sin previo aviso, desaparecen. Siento que estoy perdiendo la audición, como si estuviera atrapada bajo el agua o sufriera otitis. No oigo.

Jamás habría descubierto que ya estaba muerta.

Esa frase se repite una y otra vez en mi cabeza. ¿Qué significa?

Observo los objetos desperdigados por el suelo frente a mí y ahí veo las llaves de Esther, las tres. Tres llaves de latón en un llavero: una del portal, otra de la puerta del apartamento y una llave de candado para el almacén.

Una llave de candado para el almacén.

Me levanto del suelo y, llevando conmigo el bolso de Esther, empiezo a correr. Pienso solo en una cosa: esas fotografías. Tengo que ver esas fotografías.

Corro por las calles de Chicago, dejo atrás las tiendas y los restaurantes, rebaso una marquesina de autobús, un diminuto espacio que finge combatir el viento de Chicago, aunque sin conseguirlo. De hecho, el viento agita las páginas de un *Chicago Tribune* que han dejado abandonado en el banco de la parada cuando paso por delante, de camino al almacén de Clark Street. El almacén en sí me da miedo; muchas puertas, espacios vacíos y poca gente. No hay apenas gente, salvo por el hombre introvertido mal pagado que se sienta tras el mostrador de la entrada, y que también me da miedo. Pero no puedo permitir que esto me supere; no puedo permitir que esto me detenga.

Una vez allí, utilizo una tarjeta llave que encuentro en la cartera de Esther para abrir la puerta de las instalaciones y entrar. Hay un hombre de servicio, un hombre sentado tras un panel de cristal tecleando palabras en el ordenador. No levanta la mirada para recibirme.

Se trata de un pasillo largo y desierto lleno de puertas enrollables de color almendra. El suelo es de una especie de hormigón pulido que no ayuda a enmascarar el sonido de mis pasos mientras corro por el pasillo, casi incapaz de distinguir una puerta de la siguiente, aunque ya he estado aquí antes. Trato de recordar cuál es el almacén de Esther. Meto la llave en tres candados sucesivos, pero no se abre ninguna. Vuelvo a recordarme a mí misma que ya he estado aquí antes. Piensa, Quinn. Piensa. ¿Es esta puerta o aquella? Debe de haber por lo menos cien, cien puertas color almendra con candados idénticos. Todas me resultan iguales. Retrocedo en el tiempo; intento acordarme de la vez que estuve aquí con Esther. Desando nuestros pasos y sigo las pistas: la colección de almacenes más pequeños, tamaño armario, seguidos de otros más grandes con puertas de garaje; la cámara de seguridad para la que Esther y yo bailamos. Sonrío al recordarlo. Esther y yo le hicimos un baile irlandés al tío que estaba sentado en el mostrador de la entrada.

Y entonces lo recuerdo: compartimento 203, la misma dirección de mis padres, en la que ellos viven aún. «El destino», recuerdo que dijo Esther, pero yo le dije que era más bien una coincidencia estúpida. Veo los números en mi cabeza, el pasado diciembre, mientras Esther levantaba la puerta.

Encuentro el compartimento 203.

Meto la llave en el candado y se abre. «¡*Presto!*». Estoy dentro.

Levanto la pesada puerta, echo un vistazo al interior y suelto un grito. Y no es un grito cualquiera. Es un grito desesperado, en falsete, que llama la atención del hombre de la puerta, que se acerca corriendo y entra en el almacén a toda velocidad, pero no la suficiente para atraparme antes de marearme y precipitarme hacia el suelo de hormigón.

Las llaves y el teléfono salen disparados en todas direcciones. Los músculos de mi vejiga se contraen cuando la orina comienza a resbalar por el interior de mis piernas, empapándome las medias. Se me tuerce el tobillo por el peso de mi cuerpo al caer, y entonces grito de dolor. Mi cabeza golpea el suelo y rebota varias veces en el hormigón como si fuera una pelota. No tengo tiempo para reaccionar y acabo tendida en el suelo boca abajo, a pocos centímetros de Esther, tan cerca que casi puedo tocarla.

Todavía lleva puesto el pijama de algodón que llevaba la última vez que hablamos, cuando la vi acurrucada bajo la manta verde en nuestro salón y me dijo: «Sería una aguafiestas, Quinn. Vete sin mí. Te divertirás más». Eso fue lo que me dijo y yo me fui. Me fui sin ella y me divertí. Pero ahora me pregunto qué habría ocurrido si me hubiera quedado. ¿Habría podido proteger a Esther de este destino?

Reparo en las cajas abiertas, con el contenido desperdigado azarosamente alrededor de su cuerpo. Álbumes de fotos. Diarios. Sus libros de cuando era niña, los que compuso su madre meticulosamente cuando ella era pequeña, con fotos de Esther de bebé, de niña, de joven. Ahora las fotos están fuera de sus fundas de plástico, hechas pedazos. ¿Quién haría algo así?

Y ahí está Esther, por supuesto, tendida frente a mí, con el cuerpo reclinado y los ojos cerrados.

Más allá del alcance de su mano blanca yace una fotografía en la que aparecen dos niñas, una mayor y la otra pequeña, y unas palabras escritas con rotulador negro en el borde superior de la imagen: *Genevieve y Esther.*

ALEX

La sangre se me coagula en las venas, incapaz de transportar el oxígeno por mi cuerpo. Se me duermen las piernas y empiezo a sentir un cosquilleo. Me tiemblan las rodillas y temo que pueda caer al suelo.

—No tienes buen aspecto, Alex —me dice, con el cuchillo en las manos, un cuchillo brillante, de más de treinta centímetros, muy afilado. Un cuchillo de cocina que ha sacado del soporte de la encimera. Nos conduce a Ingrid y a mí hasta el salón y nos obliga a sentarnos. Mis pisadas suenan con fuerza mientras atravieso la habitación, como los disparos en un campo de tiro, que explotan a ciento cincuenta decibelios o más. O un corcho al salir disparado de una botella de champán. O un estampido sónico. Un trueno. El ruido de la lluvia al golpear el capó de acero de un coche.

—En realidad no quieres hacer esto —le digo mientras se coloca en el centro de la habitación sin soltar el cuchillo. Se mueve con seguridad, claro que quiere hacer esto, y aun así parece nerviosa, delirante. Está loca. Genevieve está loca. Golpea el pie compulsivamente contra el suelo. Le tiembla la pierna. Tiene los ojos desencajados. Temblorosas están también sus manos, las mismas que sujetan el cuchillo. Lo blande no como alguien que está a punto de cortar un trozo de carne o una tarta de cumpleaños, sino como alguien dispuesta a atravesar la piel humana. Lo empuña con fuerza, con los músculos en tensión, visibles en su piel las venas y arterias hinchadas.

—Estabas ahí, ¿verdad? —dice Ingrid—. Te vi en el mercado. Sabía que eras tú.

—Claro que sí. Quería que me vieras —responde Genevieve.

—Todos estos años. ¿Cómo te acordabas?

—¿Cómo iba a olvidarlo? Eres mi madre —dice Genevieve—. Una chica jamás olvida a su madre. —Y yo veo una resignación en los ojos de Ingrid que indica que sabía que tarde o temprano sucedería esto. Su secreto no podría serlo para siempre.

El mercado. El lugar donde Ingrid tuvo su ataque de pánico. El último lugar público donde estuvo antes de encerrarse en su casa. Cuando tuvo el ataque de pánico, los mirones aseguraron que dijo cosas como: «Apártate», «Déjame en paz» y «¡No me toques!». Dijeron que Ingrid gritaba.

—Te seguí hasta dentro —dice Genevieve con voz insensible, apenas audible.

—Entonces tenías otro aspecto —dice Ingrid—. Te parecías a...

—Me parecía a mí —responde Genevieve—, pero ahora me parezco a ella. Te gusto más así, ¿verdad? Siempre la quisiste más a ella. Pero no quiero hablar de Esther. Ahora no. Todavía no.

Y sigue hablando de aquel día, el día en que siguió a Ingrid hasta el mercado del pueblo. La vio caminar por los pasillos con la cesta de la compra en la mano, de un lado a otro. La siguió durante mucho tiempo. Describe el modo en que Ingrid dejó caer la cesta cuando la vio, cuando vio a Genevieve en el otro extremo: la cesta cayó al suelo, ella se llevó la mano al corazón y soltó un grito de terror.

—¿Cómo supiste que era yo? —pregunta Genevieve.

—Una madre jamás olvida a su hija —responde Ingrid con solemnidad.

Genevieve recorre la habitación de un lado a otro. Sus pasos son pasos medidos, mientras Ingrid y yo permanecemos sentados en el sofá. Ella está bastante serena, yo todo lo contrario. Ingrid está asustada, sí, pero es un miedo tranquilo, señal que delata la derrota. Se rinde. Está sentada con la espalda recta y las manos cruzadas en el regazo. No aparta la mirada de Genevieve ni un solo instante. No parpadea. No llora. No pide que la deje en paz, mientras que yo, por mi parte, quiero hacer todas esas cosas, pero no las hago. No puedo. No puedo hablar.

Advierto entonces la forma similar de sus ojos, de su nariz, la ausencia de sonrisa. Se nota en los pequeños detalles: los labios finos, la nariz aguileña. La estructura facial en forma de diamante, los pómulos pronunciados, la barbilla puntiaguda. El color de los ojos.

—Tienes que entenderlo —dice Ingrid con la voz temblorosa como una maraca de madera—. Lo hice lo mejor que pude. Lo intenté todo. Todo —repite. Genevieve sigue dando vueltas de un lado a otro. Yo podría salir corriendo y placarla, o reducirla de cualquier otra manera, pero no hay manera de saber dónde aterrizaría el cuchillo. En mis pulmones, en mis riñones, en mi abdomen—. Las cosas eran distintas entonces —continúa Ingrid—. Ahora a los niños se les diagnostican los trastornos. Autismo, síndrome de Asperger, trastorno por déficit de atención. Pero entonces no era así. Entonces esos niños eran niños malos. Tú, Genevieve, eras una niña mala. Hoy en día te habría llevado a un psicólogo y te habrían diagnosticado y habrías tomado pastillas. Pero no era así entonces, hace más de veinte años. Se hablaba mucho, Genevieve. Se hablaba de las cosas que hacías, de las cosas que no hacías. De las cosas que les hacías a los niños en la escuela. La gente hablaba. «Con solo cinco años», decían, imaginando lo que harías cuando fueras mayor y te volvieras más cruel. A la gente le daba miedo imaginar. A mí me daba miedo imaginar. ¿Y sabes lo que hacían cuando te portabas mal? ¿Sabes lo que hacían los profesores y los vecinos? Me miraban a mí —explica Ingrid mientras una lágrima solitaria resbala por su mejilla. Se le queda colgando de la barbilla. Yo observo la escena, intentando aún procesar el arrepentimiento en las palabras de Ingrid, el hecho de que no le sorprenda en absoluto que una Genevieve de carne y hueso esté plantada frente a ella en este salón. Sabía desde el principio que estaba viva, que el cuerpo que supuestamente sacó de aquel hotel no era el de su hija muerta. Dejó que el pueblo enterrara una caja vacía, hizo creer a todos que Genevieve había muerto. Hizo que sintieran pena por ella.

Y entre tanto se deshizo de Genevieve, sin más.

¿Qué clase de madre le hace eso a su hija?

«No es fácil ser madre», me dijo.

—Eras bastante difícil —continúa—, pero eso era antes de que tuviera a Esther. Ambas sabemos lo que sentías por Esther, Genevieve. Las cosas que te vi hacerle a esa niña... No era más que un bebé. ¿Cómo pudiste hacerle esas cosas a Esther? —pregunta, y entonces su voz se evapora, desaparece. No habla y, por un momento, la habitación queda en completo silencio.

Al cabo sigue hablando, y sus palabras suenan entrecortadas, como el ruido de las teclas de una máquina de escribir, desgranando la historia para mí. Genevieve era más que un quebradero de cabeza para Ingrid. Era más que un incordio. Tenía una faceta cruel, rabiosa y maníaca. Eso es lo que dice Ingrid.

—¿Recuerdas las cosas que le hacías a Esther? —pregunta Ingrid—. Claro que sí. Sí las recuerdas. —Y entonces se las recuerda, por si acaso las ha olvidado. Le recuerda la vez que intentó asfixiar a la pequeña Esther mientras dormía en su cuna. Fue cuestión de suerte que Ingrid acudiera a la cuna justo a tiempo, antes de que el bebé sucumbiera al peso de la almohada. Eso es lo que dice Ingrid, y sus palabras ahora suenan cargadas de rabia. En su momento se esforzó por excusar el comportamiento de su hija, se dijo a sí misma que Genevieve no sabía lo que hacía al ponerle la almohada al bebé en la cara, pero en el fondo Ingrid sabía que Genevieve sí era consciente de lo que hacía. Pese a tener solo cuatro o cinco años, sabía bien que con ese pequeño gesto podría lograr que el bebé desapareciera. Y eso era exactamente lo que deseaba; deseaba que el bebé desapareciera.

Se hace el silencio en la habitación. Solo se oye el llanto ahogado de Ingrid. Eso y el reloj de la pared, el rápido tic, tic, tic del segundero, que acompaña a mis latidos desbocados en su recorrido por la esfera del reloj. Y entonces se abre una puerta diminuta y emerge un pajarito. Es un reloj de cuco, que da las doce en punto. Mediodía. Y la habitación ya no está en silencio. El carillón atruena doce veces. Al otro lado de la calle me imagino la cafetería abarrotada, la gente que viene y va, ajena a lo que está sucediendo aquí. Mi única esperanza es Priddy. Priddy estará preparándole la comida a Ingrid en este mismo instante: un sándwich de beicon, lechuga y tomate con muchas patatas fritas y pepinillos como guarnición.

—Sabía que no podía quedarme contigo. Era peligroso para Esther, peligroso para mí. Lo hice lo mejor que pude. Encontré una agencia de adopción reputada y ellos te encontraron un buen hogar. Tus padres adoptivos eran buenas personas, Genevieve. Podrían cuidar de ti mejor de lo que yo nunca lo haría.

—O quizá ni siquiera te molestaste en intentarlo —responde Genevieve.

—Lo intenté. Desde luego que lo intenté —susurra Ingrid en voz baja—. ¿Cómo nos has encontrado? —pregunta entonces, y estira sus dedos temblorosos para tocar el brazalete de perlas que lleva en la muñeca Genevieve, sentada junto a ella. Perla. El brazalete está ajustado y se aprecia la goma elástica entre las cuentas, cortándole la piel—. ¿Todavía conservas eso? Te lo hice yo, cuando eras una niña. Todavía lo conservas —repite, ya sin preguntar. Ingrid le hizo el brazalete de perlas a Genevieve cuando esta era pequeña.

Genevieve ignora sus palabras y aparta la mano con brusquedad.

—Querrás decir que cómo me encontró Esther a mí. Sí, eso es. Fue Esther la que me encontró a mí. Ella me localizó *online*. Me buscó, pero luego quiso que me fuera. Trató de darme dinero para que me fuera. ¿Te lo puedes creer? Pero yo no quería irme. Quería estar con mi familia. Contigo y con Esther. Y, cuando ella se negó, pensé que podría estar contigo sin más. Si me parecía a Esther, si actuaba como ella, quizá tú me querrías también. Sobre todo si Esther ya no estaba.

—¿Qué le has hecho a Esther? —pregunta Ingrid angustiada.

—Ya lo verás —responde Genevieve encogiéndose de hombros. Después anima a Ingrid a continuar, a terminar su relato, a contar cómo volvió a casa con un ataúd vacío, asegurando que la pequeña Genevieve había muerto trágicamente en la bañera.

—Eso no cambia el hecho de que tus padres adoptivos fueran ejemplares, Genevieve. Vi los papeles. Yo estaba allí escondida la primera vez que os visteis. Él era médico y ella maestra. Ellos cuidarían de ti. Me pareció que aquello era lo mejor. Pensé que ellos cuidarían de ti mejor que yo.

—Me dijiste que tenías que ir a hacer un recado. Me dejaste con un hombre al que no conocía. «Pórtate bien», me dijiste. Y te fuiste.

—Estaba allí, Genevieve. Mirando por la ventana. Los vi venir y, al poco, te vi marcharte. Ibas de la mano de tu nueva madre. Ella te daba la mano mientras te alejabas. Y yo... —Tartamudea y vuelve a intentarlo—. Yo... —Se le apaga la voz antes de poder acabar la frase y se deja caer sobre los cojines del sofá—. Jamás me he sentido tan aliviada. Te habías ido —concluye—. Se había acabado.

—Nunca se acabó —responde Genevieve, se levanta del sofá y empieza a dar vueltas de nuevo—. Me abandonaste. Te deshiciste de mí. Elegiste a Esther antes que a mí. Eso fue lo que hiciste. Solo te importaba Esther. Esther, Esther, Esther. Pero yo no.

—No pensé que te acordarías —confiesa Ingrid—. Eras demasiado pequeña para recordar lo que había hecho. Pensé que serías feliz.

—Nunca fui feliz —responde Genevieve.

Yo sopeso mis opciones y me pregunto si podría derribar a Genevieve o no. Pienso en los vasos sanguíneos que ese cuchillo seccionaría al atravesar la piel elástica, la sangre se escaparía del sistema vascular y se filtraría a otras partes de mi cuerpo. Pienso que sería afortunado si me alcanzara en la aorta, o en la arteria hepática, quizá, algo que provocara una muerte rápida, inmediata, en vez de la pérdida de sangre lenta del hígado, los riñones o los pulmones.

También pienso en mi nueva amiga, Perla. En esa parte de mí que aún desea acariciarle el pelo, estrecharle la mano. Pero no puedo hacer eso. Claro que no, aunque en el fondo eso sea justo lo que desearía. Tocarle el pelo, estrecharle la mano, salir por la puerta con Genevieve, darnos la mano y alejarnos caminando por la calle.

Ingrid toma aire para intentar recuperar el aliento. Respira entrecortadamente y a veces parece que no lo hace. Veo el terror dibujado en su rostro. No puede respirar, no le llega el aire, pero entonces respira y se relaja durante unos segundos; puede respirar, se dice a sí misma mientras se lleva una mano al pecho y se obliga a hacerlo.

Aprieta el gesto cuando Genevieve se sienta a su lado y desliza el acero frío y duro sobre su cuello, después le remanga la camisa y deja al descubierto una hilera de venas azuladas en su piel blanquecina. Muerte por desangrado. Así lo llaman. Es la pérdida de sangre la que provoca la muerte. Genevieve se inclina hacia Ingrid y le susurra al oído:

—Estate quieta. No querrás que se me vaya la mano. Y, por favor, no me digas que tú también me rechazarás, como hizo Esther.

No puedo quedarme quieto viendo cómo sucede todo esto. Me recuerdo a mí mismo que Ingrid es una buena persona, aunque ahora mismo me cuesta bastante creerlo.

Pese a estar muerto de miedo, intento mantener la calma y el control.

—Todavía no le has hecho daño a nadie —trato de razonar con Genevieve, aunque en realidad no sé si eso es cierto o no. Por fuera puede que parezca que estoy relativamente tranquilo, pero por dentro creo que jamás volveré a ser el mismo. Algo ha cambiado. Y no tiene que ver solo con Genevieve, la chica que, durante cuarenta y ocho horas, pensé que era la mujer de mis sueños. También tiene que ver con Ingrid. Yo he cambiado—. Ingrid está bien —le digo—. Tú y yo estamos bien —añado señalándonos con un dedo. Aunque por dentro no sé si realmente estoy bien—. Todavía puedes cambiar de opinión. Ni siquiera estoy seguro de que vayas a meterte en un lío, no después de lo que ella te ha hecho, de lo que tu madre te ha hecho. Además —continúo señalando con el dedo el objeto afilado que resplandece en su mano—, eso ni siquiera es un arma. Es un cuchillo. Nada más. Para cocinar. ¿Ves lo que quiero decir?

Me siento en el sofá junto a Ingrid.

—La policía está de camino —miento—. Lo averigüé todo antes de llegar y llamé a la policía.

A lo lejos se oyen sirenas, aunque no vienen hacia aquí. No he llamado a la policía. Podría haber llamado a la policía mientras volvía de la biblioteca, pero no lo he hecho. En su lugar he venido directo aquí.

—Lo mejor que puedes hacer ahora mismo es rendirte —le digo, con la esperanza de que esta sutil táctica psicológica funcione—. O huir —añado—. Podrías huir. Si te vas ahora, nunca te atraparán. Tengo dinero —le digo mientras me llevo la mano al bolsillo y después se la ofrezco con cuarenta dólares. No tengo más, pero imagino que es más de lo que tiene ella. Suficiente para comprarse un billete de tren y marcharse del pueblo. Miro por la ventana y, al hacerlo, veo columnas de humo negro que ascienden por el aire al otro lado del pueblo. Un incendio. Algo se quema.

Pero Genevieve se limita a reírse con unas carcajadas indescriptibles que me atormentarán siempre. Nos mira alternativamente a Ingrid y a mí con esos ojos marrones turbios y dice:

—O podría mataros a los dos ahora mismo. —Habla con rapidez—. Solo tengo que darme prisa. Hacerlo antes de que llegue la policía. Entonces te quitaré tu dinero y huiré —añade señalando con la cabeza el dinero que tengo en la mano.

Yo asiento. Han empezado a temblarme las rodillas y me cuesta trabajo levantarme, pero no puedo concentrarme en eso ahora. Ahora mismo tengo que centrarme en la tarea que tengo entre manos.

—También podrías hacer eso —admito, aunque no hablo en serio. Claro que no hablo en serio. Es una estrategia, un plan. Estoy construyendo un vínculo con Genevieve, tratando de ganarme su confianza. Hablo despacio, con calma, con la esperanza de que ella haga lo mismo. Para que ella hable y, sobre todo, se comporte con calma, igual que yo—. Tienes todo el derecho a estar enfadada, Genevieve.

—Eso es —reconoce ella mientras se acerca más a Ingrid con el cuchillo en la mano. Mira a su madre a los ojos y añade—: Estoy enfadada. —Y lo que más me aterra es la mirada de resignación de Ingrid, el hecho de que ahora mismo podría rendirse sin más. Dejar que Genevieve le quitara la vida. Ingrid parece cansada, somnolienta, exhausta. Tiene el cuerpo flácido, está encorvada, y no hay rastro en su cara de su habitual sonrisa. Ni siquiera tiene la energía ni el deseo de mantener una sonrisa falsa. Se pasa una mano por el pelo y se lo deja de punta, y en el transcurso de veinte o treinta segundos comienza a envejecer de golpe. Ingrid tiene sesenta años, después setenta, y luego ochenta, todo delante de mis ojos. Adquiere el aspecto de una anciana decrépita—. Pero da igual —continúa Genevieve—. Esas sirenas no se dirigen hacia aquí —concluye siguiendo mi mirada a través de la ventana, en dirección a las columnas de humo. El incendio. Ahora hay llamas, lo que imagino serán serpientes naranjas y rojas que ascienden por el cielo a dos o tres kilómetros de aquí. Pero, desde donde yo me encuentro, solo veo humo—. Parece que alguien se ha dejado el radiador encendido en esa vieja casa abandonada.

Y entonces se ríe.

Ha incendiado esa maldita casa de una vez por todas.

—¿Dónde está Esther? —pregunta Ingrid con un susurro desesperado. Y Genevieve vuelve a reírse antes de responder.

—Esther está muerta.

—No —dice Ingrid—. No te atreverías. No es verdad.

—Oh —dice Genevieve con una sonrisa cruel—. Claro que sí.

Y ahí es cuando la situación comienza a descontrolarse y se pierde cualquier esperanza de salvación. Ingrid se pone a gimotear, diciendo una y otra vez «¡Mi bebé! ¡Mi bebé!», mientras Genevieve le recuerda gritando que en otra época ella fue su bebé. Ella también fue el bebé de Ingrid. Pero entonces Ingrid la abandonó, y al discutir esta traición por segunda, tercera y cuarta vez, Genevieve deja de razonar y enloquece más. Yo intento captar su atención, que se centre en otras cosas. El dinero que tengo en la mano, el hecho de que todavía no nos ha herido a ninguno de los dos, que todavía podría huir. Trato de negociar como lo haría con un secuestrador: que se quede a gusto, pero que no pierda la calma. Que no se deje llevar, porque entonces perdería el control y, en un momento impetuoso, podría clavarnos el cuchillo a Ingrid o a mí.

Pero Ingrid no está utilizando una buena táctica de negociación. Actúa desde la desesperación, desde la certeza de que Esther está muerta.

—Has matado a mi bebé —le grita. Una pésima elección de palabras que enloquece a Genevieve.

Yo trato por todos los medios de abortar una situación peligrosa.

—Dime qué puedo hacer por ti, Genevieve. ¿Necesitas algo? ¿Algo que te ayude a escapar? —le pregunto, hablando por encima de ellas, aunque voy perdiendo la compostura a medida que la escena se descontrola. Le digo a Genevieve que tengo un amigo piloto, un hombre que tiene un *jet* privado y que podría ayudarla a escapar. Hay un pequeño aeropuerto regional en Benton Harbor, a cuatro o cinco kilómetros de aquí. Le llamaré. Le pediré a mi amigo que se reúna con nosotros allí.

Entonces Genevieve me mira y me espeta:

—Estás mintiendo, Alex. Estás mintiendo. Tú no tienes amigos. —Y yo me quedo sin respiración y pienso que una puñalada me habría dolido menos.

«Tú eras mi amiga», me dan ganas de decirle. «Pensaba que tú eras mi amiga». Pero esas palabras no me ayudarán. Tengo que mantener la razón y olvidarme de que, en esta vorágine, yo también he resultado herido. No se trata de mí. Se trata de Ingrid, de Genevieve y de Esther. Es su historia, no la mía.

—Genevieve —le digo en su lugar, intentando hacerme con su atención, como si jugáramos a Atrapa la bandera. Por un segundo, por el rabillo del ojo, me parece ver una sombra en la ventana, unos ojos que me miran. Piel blanquecina, pelo teñido de rojo, un cigarrillo mentolado entre los labios finos y agrietados. Roja.

Pero ya no hay nada.

—Genevieve —repito, tratando de hablar por encima de los lamentos de Ingrid, que no hacen sino empeorar la situación—. Genevieve. Escúchame, Genevieve. Te ayudaré a salir de aquí —le digo—. ¿Dónde quieres ir? Te llevaré donde quieras ir. Donde sea. —Lo digo una vez y lo repito, más tranquilo ahora—. Donde sea.

Pero ya nadie escucha lo que yo digo. Tenemos la atención puesta en Genevieve. Genevieve, que nos relata la noche en que trepó por la escalera de incendios de un edificio de apartamentos al norte de Chicago y se coló por la ventana de un dormitorio. La ventana estaba cerrada, pero consiguió entrar de todos modos con ayuda de un destornillador y un poco de maña. Entró al dormitorio a través de la ventana y allí, profundamente dormida en su cama, estaba Esther, su hermana pequeña. No era la primera vez que la veía, por supuesto. Ya se habían visto antes, en un intento de reunificación que fracasó estrepitosamente cuando Genevieve amenazó con delatar a Ingrid. Desde aquel momento, Esther no quiso saber nada de ella. Quería que Genevieve desapareciera, pero ella no quería desaparecer. Quería que fueran una familia.

—Esther —escupe Genevieve—. Esther —repite con desprecio—. Esther se negó. No quería, dijo que no podía hacerte eso —agrega mirando a Ingrid a los ojos—. Dijo que te meterías en un lío si la gente descubría que yo no estaba muerta. «¿Qué pensaría la gente si se enterase?», me preguntó. ¿Crees que me importa a mí lo que piense la gente? Así que... —levanta las manos como si estuviera admitiendo algo sin importancia, un descuido, un error tonto, como si se hubiera olvidado un cartón de leche en la tienda o hubiese dejado una vela encendida sin vigilancia—... la maté. —Se pasa el cuchillo por el cuello, muy cerca de la piel, aunque no lo suficiente para cortarse—. Así. Esto es lo que hice.

Y entonces la habitación queda en completo silencio durante cinco largos segundos.

Cinco, cuatro, tres, dos, uno.

Bang.

Ingrid es la primera en moverse, se levanta del sofá como si fuera una jugadora de *rugby* y carga contra Genevieve, aunque ninguna de las dos cae al suelo. Ninguna cae, pero Genevieve tampoco suelta el cuchillo. Yo observo, espero y rezo para que suceda, para que ocurra pronto, pero no sucede. Se pelean por el cuchillo, dos mujeres enzarzadas, luchando por hacerse con el arma. Y, al ver que no sucede, al ver que el cuchillo no cae al suelo, sé que tengo que moverme con rapidez, actuar deprisa, hacer algo. «¡Salva a Ingrid!», me grita una voz en la cabeza. «¡Salva a Ingrid!». Soy consciente de que está a punto de perder esta batalla. No puedo quedarme de brazos cruzados y verla morir. Es una buena persona, sí que lo es. Pelean durante un par de segundos más hasta que yo me sumo a la refriega, tres cuerpos enredados con un cuchillo entre medias.

Es inevitable que alguien resulte herido.

Está destinado a ocurrir.

Y entonces lo oigo, justo cuando el cuchillo atraviesa mi piel con la facilidad de un pie al deslizarse en un calcetín o en un zapato; oigo el sonido sublime de las sirenas de policía recorriendo las calles del pueblo, acudiendo para salvarme.

Cuando la sangre comienza a brotar de la herida, lo percibo: un intenso dolor que me inmoviliza. No puedo moverme, aunque a mi alrededor ellas dos han comenzado a apartarse, observándome con los ojos muy abiertos, señalándome con el dedo. Ante mis ojos, Ingrid y Genevieve comienzan a difuminarse. El cuchillo sigue dentro de mí, clavado en mi abdomen, y al verlo sonrío. Después de la pelea, soy yo quien ha conseguido quedarse con el cuchillo.

Soy el vencedor, por una vez en mi vida. He ganado.

La habitación comienza a subir y bajar, como el lago cuando hay marea alta. Y eso es lo que veo: el lago, el lago Míchigan, mi ancla. El pilar de mi existencia, mi soporte.

Dicen que toda tu vida pasa ante tus ojos justo antes de morir.

Esto es lo que yo veo.

La habitación a mi alrededor se vuelve azul y comienza a embravecerse como la superficie del agua, primero por las paredes, después el oleaje se extiende por el suelo de madera y mis pies se hunden en la arena. Luego empiezo a hundirme en el agua, el agua azul del lago, que amenaza con ahogarme, o con llevarme tal vez a casa. A mi casa. Al lago Míchigan. Mi hogar.

Casi sin darme cuenta de lo que ocurre, vuelvo a tener tres años, juego en la playa por primera vez, metiendo guijarros en un cubo de plástico. Geodas y trozos de cuarzo. Rocas que hacen que mi cubo vaya volviéndose más pesado. Mi madre está allí, parada en la orilla, sentada en la arena, con los pies perdidos en el oleaje del lago. La arena se le pega a los pies, a las piernas y a las manos. Lleva unos vaqueros cortos y una camiseta vieja que era de mi padre. Los pantalones se los hizo ella misma; cortó unos vaqueros entre la cintura y la rodilla de manera que las perneras se convirtieran en jirones. El dobladillo está deshilachado, los hilos blancos cuelgan de los pantalones y acarician sus piernas delgadas.

Lo que a ella le encanta son los cristales de la playa, así que cuando los encuentro, los recojo con la mano y se los llevo corriendo, pequeños fragmentos pulidos azules y verdes en la palma de mi mano. Mi madre me sonríe, es una sonrisa tímida que indica que no le sale con facilidad. Pero aun así sonríe, lo intenta. Me acaricia la mano mientras me quita el cubo. Me invita a sentarme a su lado y juntos ordenamos las piedras por forma y luego por color. Mi madre también tiene una piedra para mí, una piedrecita plana y tostada que coloca en la palma de mi mano. «Sujétala con fuerza, no la pierdas», me dice. Me explica que es una piedra india. Un tallo de crinoideo. Yo soy demasiado pequeño para palabras así, y aun así se cuela en mi corazón como las raíces de un árbol se anclan en la tierra, y alimenta mi alma.

La aprieto con fuerza, no la pierdo.

Y entonces, sin más, tengo ocho años. Ocho años y estoy triste y solo. Soy demasiado alto para mi complexión delgaducha. Estoy sentado solo en la playa, dando patadas a la arena con los pies descalzos, buscando con la mirada tallos de crinoideos. Veo como los gránulos de arena vuelan por el aire y después caen, dispersándose como semillas de diente de león. Una y otra y otra vez. Suben y bajan, suben y bajan. Cavo un agujero en la arena con la vieja pala de juguete que algún niño se habrá dejado olvidada. Creo que me gustaría enterrarme en él. Enterrarme y no volver a salir nunca. Lo único que quiero es a mi madre, pero mi madre no está aquí. Me quedo mirando ese lugar donde el agua se junta con la arena, donde las olas golpean la orilla. Lo hago para estar seguro, pero ella no está allí. No está por ningún lado.

Pero sí hay otras madres, madres en las que me voy fijando, y deseo que todas y cada una de ellas fuesen mi madre.

Y entonces es de noche y el mundo a mi alrededor es casi negro. Tengo doce años y miro por el telescopio con Leigh Forney a mi lado. Ella no me toca y aun así, en cierto modo, siento su piel, la nebulosa sensación de su piel contra la mía. Jamás me había sentido así antes. Esto es diferente, es nuevo. Y no es nada malo. Me gusta cómo me siento, allí de pie, mirando al cielo, oyendo las olas, respirando el aire. Es una noche grabada en mi memoria, los detalles están almacenados en mi mente para poder rescatarlos cuando los necesito. El peto de Leigh, morado, con los pantalones cortos y un cordón en la cintura. Lleva los pies descalzos, sujeta sus sandalias con un dedo de la mano muy estirado. En el pelo lleva una cinta; en sus ojos veo la emoción y el miedo, igual que en los míos. La noche es oscura, salvo por las estrellas. La luna está difuminada entre las nubes. Y Leigh me dice, con voz pícara y auténtica: «Seguro que llego antes que tú al tiovivo», y sin más echamos a correr, hundiendo los pies en la arena, atravesamos el aparcamiento, saltamos el muro naranja y nos colamos en el tiovivo. Y allí, sentado en una serpiente marina, el tiovivo comienza a dar vueltas y yo pierdo el mundo de vista.

La habitación se vuelve más oscura, el techo está iluminado como el cielo nocturno, la sonrisa forzada de mi madre aparece dibujada en el pladur como una constelación. Tengo cinco años y a mi alrededor el mundo es negro. Todavía es de noche y yo estoy dormido en mi cama de niño grande, ajeno al roce de una mano vacilante que me acaricia el pelo en la oscuridad, ajeno a las palabras de dolor que mi madre me susurra al oído antes de marcharse. «Te mereces algo mucho mejor que yo».

Pero ahora las oigo, palabras que se cuelan en mi memoria mientras la línea entre esta vida y la siguiente se difumina.

Y entonces me caigo.

QUINN

Estamos de pie en la esquina de la calle. Hay hombres y mujeres de uniforme corriendo a nuestro alrededor: policías, paramédicos, detectives. Se mueven con rapidez de un lado a otro: entre sus coches, el interior del edificio de estuco de una sola planta y un puesto de mando improvisado donde se encuentra el detective Robert Davies diciéndoles a los demás lo que tienen que hacer. El almacén está acordonado con cinta amarilla. *Precinto policial. No pasar,* es lo que dice. Y aun así yo estoy ahí, bajo una gruesa manta de lana, viendo como una docena de hombres y mujeres de uniforme cruzan la cinta. Los veo entrar y, poco después, los veo salir con una camilla en la que transportan un cuerpo tapado con una manta y atado a la camilla con cintas elásticas.

Esther.

Está anocheciendo deprisa. Los coches de la calle se multiplican como hongos, pasando del tráfico habitual del día a los embotellamientos de la hora punta de Chicago, que empeora con el revuelo que se ha formado en la calle: los policías, los paramédicos y los detectives, que los coches que pasan se detienen a mirar, reteniendo así el tráfico. Esos coches curiosos me miran a mí, envuelta en esta manta de lana que pica, con una bolsa de hielo en la cabeza. Miran a Esther, a la que sacan del almacén. Miran a los periodistas con sus micrófonos y sus cámaras, hombres y mujeres que se ven obligados a quedarse al otro lado de la cinta policial, de modo que no pueden acceder a los detectives, ni al empleado del almacén, que también lleva puesta una manta, ni a mí.

Atruena el claxon de los coches.

En Chicago, en noviembre, anochece antes de las cinco de la tarde. El sol se pone por el oeste, en la periferia, por encima de la casa de mis padres, se lleva consigo la luz y deja atrás un cielo azul cobalto. Junto a mí está Ben, que me rodea los hombros con el brazo, aunque apenas siento su peso. No sé cómo ha llegado aquí; no recuerdo haberle llamado. Quizá lo hice.

Yo no puedo hacer nada, salvo mirar a Esther en la camilla, intentando incorporarse sin apenas fuerza. El paramédico le pone una mano en el hombro y le ordena que no se mueva.

—Estate quieta —le dice—. Relájate.

Es más fácil decirlo que hacerlo.

Esther ha estado cinco largos días prisionera en ese almacén. Cinco días sin comer, bebiendo solo el poco agua que su captora le dio la única vez que pasó por allí.

—Estuvo aquí. Genevieve —me dice Esther, y yo no sé si realmente estuvo allí o si fue solo un sueño, una ilusión, un engaño de su propia cabeza—. Me dio agua. Agua tibia, para torturarme, una manera de prolongar lo que habría sido una muerte segura. —Esther ha pasado días enteros tumbada en el hormigón, muerta de frío, sola y aterrorizada. Eso es lo que contó mientras estaba yo también tirada ahí, en el suelo con ella, esperando a que llegaran los paramédicos, envolviéndola con mi cuerpo para intentar que entrara en calor. No tenía idea de qué día era, ni de la hora. Estaba cubierta por sus propios excrementos y orines, en la boca llevaba una mordaza para no poder gritar. El empleado del almacén no podía hacer mucho, aunque llamó al 911 y subió la calefacción en el edificio para que Esther dejara de temblar. Pero la temperatura no subió. Al menos no lo suficientemente deprisa. La envolvimos con nuestros jerséis y abrigos, cualquier cosa que encontramos que pudiera aportarle calor. El hombre le ofreció sorbos de agua, acercándole una botella a los labios, aunque le aconsejó que no bebiera demasiado o vomitaría. Yo no lo sabía y, de haber sido por mí, habría dejado que se la bebiera entera.

Y entonces llegaron los paramédicos y la policía, y al empleado del almacén y a mí nos sacaron de allí.

En el bordillo de la calle, Ben me rodea de nuevo con el brazo y me acerca a su cuerpo. Estoy temblando, por el frío y por el miedo. Me lo dice Ben cuando me inclino sobre él y ruego para que el viento desaparezca.

—Estás temblando —me dice. Tengo el pelo revuelto por el viento y las bajas temperaturas me hielan los huesos. Esta noche se espera que nieve por primera vez en la temporada. No cuajará, pero nevará de todos modos. Yo pienso en el radiador que tenemos en el apartamento y me pregunto si será suficiente para calentar las habitaciones. Pienso en el apartamento en sí, con nuestras pertenencias dentro. Escondo la cabeza entre las rodillas y empiezo a llorar. Es un llanto tranquilo. Un par de lágrimas que brotan de mis ojos. No creo que Ben se dé cuenta.

Esta noche no me iré a casa; esta noche me quedaré con Esther.

—Está preguntando por ti —dice una voz, y, al volverme, veo al detective Robert Davies.

—¿Por mí? —pregunto yo, en parte sorprendida, y sigo su mirada hasta el lugar donde se encuentra Esther en su camilla, frente a la ambulancia, que tiene la puerta abierta. Un técnico de emergencias está administrándole fluidos. Enseguida se la llevarán al hospital para examinarla bien y allí pasará la noche.

Cruzo el área policial y me acerco a la puerta de la ambulancia.

—¿Cómo está? —le pregunto al paramédico, que le pone un estetoscopio en el pecho y después me dice que se pondrá bien. Todavía no puedo mirar a Esther a los ojos. No tiene heridas visibles, ni cortes ni sangre, y aun así me imagino que por dentro lo tendrá todo roto—. No he sido muy buena compañera de piso

—confieso, mirándola de reojo, y ella me mira confusa. En ese momento me parece tan débil, tan frágil y asustada. Delicada de un modo que jamás imaginé. Sus ojos parecen cansados, el pelo, sucio y enredado, la cae desgreñado por encima de los hombros huesudos. Tiene que cortárselo. Estiro una mano y se lo acaricio, incapaz de creer que hace solo veinticuatro horas estuviera convencida de que estaba acosándome, intentando matarme.

Pero ahora me doy cuenta: mi Esther no haría eso. No. Esther jamás me haría daño.

Ahora sé que es verdad.

—¿Qué quieres decir? —me pregunta con un hilo de voz. Se lleva una mano a la garganta; le duele—. Eres una buena compañera de piso, Quinn, claro que sí. Me has encontrado. Me has salvado. —Y al decir la última palabra comienza a toser.

—No tenemos por qué hablar ahora mismo —le aseguro—. Deberías descansar. —Pero, cuando me doy la vuelta para marcharme, me busca la mano.

—No te vayas —me pide. Yo tomo aliento y admito todas las cosas que he hecho, le cuento que he registrado su dormitorio hasta en tres ocasiones, que he encontrado cosas que ella no quería que viera. No es necesario que le diga qué cosas son, porque ella ya lo sabe. Asiente y yo articulo con la boca un nombre: Jane Girard. El nuevo nombre de Esther. También confieso que recibió una llamada de una chica llamada Meg, una chica que respondía a su anuncio en el periódico, una chica que deseaba ser su compañera de piso en mi lugar. Intento no ponerme sensible, Esther ya ha sufrido suficiente. Y aun así me duele cuando se lo digo, cuando admito que sé que quería sustituirme por otra.

—Oh, Quinn —me dice, y, con la poca fuerza que le queda, me estrecha la mano—. La compañera de piso era para ti —aclara. Unas palabras que me dejan totalmente confusa—. Era yo la que iba a marcharse.

Y entonces me lo explica.

Cuando era pequeña, más o menos un año, su hermana se ahogó. Murió. Esther no sabía nada de su hermana, aunque había visto fotos y había escuchado la historia a lo largo de los años: estaban en una habitación de hotel, Esther, su madre y Genevieve, su hermana. Y, cuando Genevieve se quedó sola en el baño durante un par de minutos, se ahogó en la bañera. ¿La razón por la que estaba sola en el baño? Esther. Esa era la historia que le habían contado, aunque su madre siempre terminaba diciendo: «No es culpa tuya, Esther. Tú eras un bebé. No podías saberlo».

Sin embargo, Esther creció pensando que era culpa suya. Y también creció sintiendo que le faltaba una parte. Por su culpa, su hermana había muerto. El dolor era difícil de asimilar, así que buscó ayuda; un psicólogo de la ciudad, cuya tarjeta encontré yo: Thomas Nutting. Él la ayudó, pero solo un poco, no lo suficiente. Y el dolor iba y venía constantemente, desgastándola. No podía respirar. Hasta el día en que su madre admitió que Genevieve no estaba muerta.

—Me había mentido —murmura Esther—. Mintió a todo el mundo. Jamás podría perdonarla por lo que hizo.

Y Esther, que siempre se encarga de hacerlo todo, decidió encontrar a Genevieve, y lo consiguió. Me dice que la encontró hace más o menos año y medio. La localizó en una página web de adopciones y ambas decidieron conocerse. Lo que Esther imaginaba que sería un bonito reencuentro familiar. Estaba emocionada.

En su lugar, el encuentro estuvo cargado de chantajes y amenazas. Genevieve tenía planeado delatar a su madre por lo que había hecho: la adopción, la mentira, el abandono. Empezó a acosarla, la llamaba una y otra vez, pese a que Esther se cambió de número en dos ocasiones. Genevieve siempre la encontraba. Se presentaba en su apartamento, le enviaba cartas. Pero Esther no permitiría que ocurriera, no podía ayudarla a delatar a su madre, por muy disgustada que estuviera. Genevieve decía que quería que fueran una familia feliz, pero Esther sabía que eso nunca podría ser, así que planeó desaparecer. Se cambió el nombre, consiguió otro pasaporte. Quería marcharse y empezar una nueva vida en otra parte, sin su madre y sin Genevieve.

—No podía abandonarte sin más —me dice—. No quería dejarte sola. La compañera de piso era para ti —me explica.

Esther estaba entrevistando a candidatas para encontrarme la compañera perfecta.

Quería asegurarse de que estuviera bien antes de marcharse. Eso sí que es lo típico que haría Esther.

—Pero entonces Genevieve comenzó a enviar cartas. —Al principio eran inofensivas, me dice, pero siempre extrañas. Las tiró casi todas, pues no pensaba que Genevieve tuviera el valor de cumplir sus amenazas. Estaba mal de la cabeza, eso estaba claro, pero no creía que fuese más allá de una simple molestia. Inofensiva. Hasta que recibió la carta en la que admitía haber matado a Kelsey—. Kelsey —dice Esther y comienza a llorar. Creía que había sido culpa suya que Kelsey muriera. Muerte por asociación. Kelsey no había hecho nada malo—. Entonces supe que tenía que acudir a la policía. Aquello escapaba a mi control. Había ido demasiado lejos. —Y admite que tal vez su madre no estuviera equivocada después de todo. Quizá hizo bien al deshacerse de Genevieve.

El sábado por la noche, cuando recibió la última nota, se puso en contacto con la señora Budny para que cambiaran las cerraduras de nuestro apartamento y que Genevieve no pudiera entrar y hacerme daño a mí también. Esther estaba tratando de protegerme. Llamó al detective Davies y le dijo que tenían que verse, que tenía algo que mostrarle. La carta.

Y en ese momento todo encaja, todo cobra sentido.

Esa noche, después de que Esther cerrara la puerta y se metiera en la cama, Genevieve comenzó a llamar al telefonillo con insistencia y, como Esther se negó a contestar, apareció en la ventana de su dormitorio y se la llevó. «Si no vienes...», le dijo a Esther mientras la arrastraba hacia la escalera de incendios. Si no se iba con ella, me haría daño a mí también. Tenía una fotografía para demostrarlo: aparecía yo caminando por la calle con mi jersey púrpura. Una fotografía que ella misma metió en la trituradora antes de llevarse a Esther. Había estado siguiéndome y Esther estaba intentando protegerme.

Esther no sabía hacia dónde se dirigían, pero sí sabía una cosa: Genevieve estaba intentando hacerse pasar por ella.

—Estaba intentando ser yo —me dice—, con la esperanza de que nuestra madre la quisiera más. «Siempre fuiste su favorita», me dijo, pero ¿cómo iba a saberlo yo? No era más que un bebé cuando ella se fue —explica entre llantos.

Esther pasó cinco días con sus noches tirada en el suelo de hormigón, respirando por la nariz porque la mordaza le impedía tomar aire por la boca. «No puede haber dos iguales, ¿verdad?», le dijo Genevieve antes de encerrarla en el almacén. «Eso sería raro». Así que la quitó de en medio para poder ser ella Esther. EV. Esther Vaughan.

En ese momento reaparece el detective Robert Davies con el teléfono móvil de Esther, que había confiscado previamente para que sus técnicos lo revisaran.

—Es para ti —le dice con una sonrisa rígida, y le pregunta si se encuentra con fuerzas para hablar. Esther asiente débilmente, me mira y me pide que le sujete el teléfono.

—Estoy cansada —confiesa, algo que resulta evidente—. Estoy muy cansada.

—Por supuesto —respondo, me inclino hacia ella y le pongo el teléfono en la oreja, tan cerca que puedo oír cada palabra de la conversación. Es su madre, la madre de Esther, de la que lleva años distanciada.

Esther suspira aliviada al oír la voz de su madre y entonces comienza a llorar.

—Pensé que te había perdido —dice, y su madre, que llora también, le dice lo mismo.

—Yo pensé que te había perdido a ti. —Se piden perdón, se prometen cosas. Empezar de nuevo.

No es que yo cotillee como tal, pero oigo lo que dicen y llego a la siguiente conclusión: cuando Genevieve encerró a Esther en el almacén, buscó a su madre. La amenazó, le dijo que Esther había muerto. Un chico del vecindario la salvó, dio su propia vida por ella.

—Alex Gallo —le dice—. ¿Te acuerdas de él? —Pero Esther niega con la cabeza, no se acuerda—. Es un héroe. —Oigo que dice su madre a través del teléfono—. Me ha salvado. De no haber sido por él, estaría muerta.

Y entonces se produce una pausa, una pausa breve cargada de llantos y dolor, antes de seguir hablando.

—Genevieve nunca volverá a molestarnos. —Resulta que Genevieve pasará el resto de su vida entre rejas acusada de asesinato.

—Tenemos que llevarla al hospital —dice el técnico de emergencias, y yo asiento. Le aparto el teléfono de la oreja y le digo a su madre al otro lado de la línea que Esther la llamará lo antes que pueda. Le prometo a Esther que estaré a su lado. No tendrá que pasar por esto sola. Yo estoy aquí.

Vuelvo junto a Ben justo cuando empieza a sonarle el móvil. Es Priya. Se saca el teléfono del bolsillo y se excusa para ir a un lugar tranquilo en el que poder hablar. Pronto se marchará y, cuando la policía me lo permita, yo también me iré. Al hospital, para estar con Esther.

Veo a Ben hablando con Priya y me siento más sola que antes, aunque estoy rodeada de gente.

Cuando regresa, le digo:

—No hace falta que te quedes conmigo. —Y señalo el teléfono, que aún tiene en la mano—. Seguro que Priya te está esperando. —Él asiente con cierta indiferencia.

En efecto, Priya está esperándolo.

—Sí —murmura sin mucho entusiasmo—. Sí, debería irme —decide.

Me dice que Priya ha preparado la cena. Está esperando. Pero yo no quiero que se marche. Quiero que se quede. «Quédate», le suplico en silencio.

Pero Ben no se queda.

Me da un último abrazo, me rodea con esos brazos acogedores que me envuelven y me hacen sentir un calor que procede del interior. Y entonces se aparta y me dice «Adiós», y yo me quedo mirando esos ojos penetrantes, esa barba incipiente que ahora adorna su barbilla, esa sonrisa arrebatadora.

Y me pregunto: ¿será un «Adiós, mi amor», o más bien un «Hasta pronto, amiga»?

Supongo que solo el tiempo lo dirá. Me despido y le veo marchar hacia la calle perpendicular.

Pero entonces, sin previo aviso, se da la vuelta y regresa junto a mí. Y allí mismo, en esa esquina, rodeados de hombres y mujeres de uniforme, con el zumbido incesante del tráfico y los equipos de noticias filmando con sus cámaras, nos besamos por primera vez.

O quizá sea la segunda.

AGRADECIMIENTOS

Gracias al brillante equipo editorial de Erika Imranyi y Natalie Hallak, que con su diligencia y sus sabios consejos ayudaron a hacer brillar esta novela. Y a mi agente, Rachel Dillon Fried, cuyo apoyo emocional infatigable me hizo seguir adelante.

Gracias a los equipos de Harlequin Books y HarperCollins por ayudar a dar forma a mi novela. Estoy especialmente agradecida a Emer Flounders por la increíble publicidad y al maravilloso equipo de Sanford Greenburger Associates.

Muchas gracias a las familias Kubica, Kyrychenko, Shemanek y Kahlenberg, y a mis queridos amigos por el ánimo y el apoyo: por ayudarme a cuidar de mi familia cuando yo no podía estar ahí; por acudir sonrientes y felices a mis firmas; por conducir cientos de kilómetros para escucharme decir lo mismo una y otra vez; por enviar botellas de vino cuando más las necesitaba; y por soportar mis olvidos y mi permanente falta de tiempo. No sé cómo agradeceros vuestro amor, vuestro apoyo y vuestra paciencia.

Y finalmente a mi marido, Pete, y a mis hijos, mis propios Quinn y Alex, que me inspiran a diario. No podría haberlo hecho sin vosotros.